Un
perro

Alejandro
Palomas

Un
perro

Alejandro
Palomas

Ediciones Destino
Colección Áncora y Delfín
Volumen 1354

© Alejandro Palomas, 2016

© Editorial Planeta, S. A. (2016)
Ediciones Destino es un sello de Editorial Planeta, S.A.
Diagonal, 662-664. 08034 Barcelona
www.edestino.es
www.planetadelibros.com

Primera edición: enero de 2016

ISBN: 978-84-233-5022-3
Depósito legal: B. 28.373-2015
Impreso por Romanyà Valls, S. A.
Impreso en España-*Printed in Spain*

El papel utilizado para la impresión de este libro es cien por cien libre
de cloro y está calificado como papel ecológico.

Para todos los perros del mundo,
porque miran para decir.

La soledad es quizá
el momento más ruidoso del día:
callan los de fuera,
vuelven los de dentro.

Libro primero

Cuando cambia el viento y queda la luz

—Cuéntame una historia, Silver.
—¿Qué historia?
—La de cómo nos conocimos.

La niña del faro,
JEANETTE WINTERSON

I

Mamá había dicho que ella misma compraría las flores, pero con tanto ajetreo y tantos nervios por la visita de Hermione se le ha olvidado pasar por la floristería y al final ha comprado unas flores de cerezo de plástico en el chino. Luego, poco antes de la merienda, las ha mezclado con las ramas que arranca todas las semanas de los arbustos de la plaza y que mete en uno de esos jarrones holandeses de porcelana blanca que parecen un Sputnik. Ahora se recoloca el trapo con hielo que le cubre el codo, evitándome la mirada.

—Pero, Fer... —balbucea con voz de disculpa al tiempo que una familia (el padre y la madre morenos, las tres niñas rubias y vestidas igual) pasa en bicicleta por delante de la cristalera y desaparece pedaleando calle abajo. Cuando va a completar la frase, la camarera, una chica pelirroja con el pelo recogido en un moño, *piercings* en el labio y top de tirantes, nos mira desde la barra con cara de preocupación y pregunta, dirigiéndose a mamá:

—¿Mejoras, señora?

Mamá se vuelve y sonríe.

—Sí, hija, gracias—responde, tocándose el brazo—. Parece que duele menos.

La chica asiente.

—Cuando se deshaga el hielo, dime y cambias.

Hace unos minutos, cuando mamá pasaba por delante de la cafetería, Shirley me ha olido desde la puerta abierta, se ha soltado de un tirón y, arrastrando tras de sí la correa, ha entrado ladrando como una loca, echándose en mis brazos y cubriéndome de lametones. Mamá se ha quedado parada en la entrada, sin entender. Luego ha asomado la cabeza y, en cuanto ha visto a Shirley en mi regazo, se le ha iluminado la cara y ha entrado. Llevaba el bolso de tela raída agarrado con una mano como si llevara un pollo cogido por las patas y una de esas bolsas de plástico duro que venden en los supermercados colgada del hombro y llena de cosas que ni siquiera ahora alcanzo a ver, así que no ha calculado bien y se ha tropezado con el escalón, derrumbándose sobre codos y rodillas con un golpe sordo que a mí me ha erizado el vello y que la camarera ha recibido con un grito de espanto y una retahíla de cosas en una lengua que no he entendido.

Enseguida la hemos ayudado a levantarse, la hemos traído hasta la mesa y luego la chica ha vuelto con un poco de agua y unos trapos con hielo que, a pesar de las protestas de mamá, le ha enrollado a las rodillas y a los codos. Y así estamos ahora, recuperándonos del susto, ella con sus trapos, sus hielos y sus dos bolsas aparcadas junto a las piernas y yo sin perder de vista la pantalla del móvil que tengo encima de la mesa.

Fuera, la lluvia ha cesado hace un rato y un viento caliente barre las nubes, arrancando del cielo una luz limpia que ya no esperábamos. Desde la calle vuelve a colarse, por primera vez en días, el olor a verano.

Barcelona. Hoy es 21 de junio.

—Pero, Fer... —vuelve a decir mamá, frunciendo el ceño y entrecerrando los ojos, con cara de niña pillada en falta.

—«Pero, Fer» nada, mamá —la corto—. Cuántas veces te hemos dicho que tienes que dejarte siempre una mano libre para que, si te caes, puedas apoyarte.

—Ya, hijo, ya.

—No, «ya», no, mamá. —Estoy rabioso, pero sobre todo muy asustado después de verla en el suelo como la he visto—. Es que siempre estamos igual. Nunca haces caso. Lo que no entiendo es cómo no te has roto nada todavía, con la de golpes que te das y la de veces que terminas en el suelo.

Arruga el morro y pone los ojos en blanco. Esta es una conversación que hemos tenido tantas veces en los últimos meses que en realidad sé que debería ahorrármela, porque mamá hace lo que le da la gana en cuanto no la vemos, desoyendo consejos, advertencias y amenazas. Con ella no sirve nada, solo la paciencia y rezar, rezar mucho para que, si finalmente termina ocurriéndole algo grave, ese algo tenga solución. Lo demás es inútil.

Ahora está con las orejas gachas. Sabe que ha actuado mal y que estoy enfadado, así que guardamos silencio, cada uno atrincherado en su orilla de la mesa. Pero mamá no es muy amiga de los silencios ni de las tensiones, y menos cuando acaba de hacer una de las suyas. Si la intuición no me falla, no va a tardar en inventarse algo para intentar despistarme y que la perdone.

—¿Sabes una cosa? —dice como si me hubiera oído, con esa voz que pone siempre que estamos solos los dos y saca a la Amalia de «vamos a jugar a las confidencias ahora que tus hermanas no nos oyen, hijo».

—No.

Se toca el trapo con hielo de la rodilla izquierda. Al apartárselo, veo que le está empezando a salir un moratón enorme y siento un pinchazo en la garganta, pero me contengo, porque tengo tantas ganas de estrangularla y de volver a echarle la bronca que sé que este no es el mejor momento para hablar.

—Pues que en la esquina de la plaza, la de al lado del colegio, han abierto una tienda de móviles de esos que a ti te gustan —dice—. Con *aipocs* y *aitracs* y *feisbuks* y todas esas cosas, ya sabes...

No la miro. Empieza el despiste y la Operación Ablandar a Fer. Como yo no respondo, ella espera un poco antes de atacar de nuevo y suelta un suspiro de madre desatendida tan dramático que hasta Shirley levanta la cabeza. Luego otro. Y otro más.

—El chico de la tienda es tan encantador... —Vuelve a la carga.

Silencio.

—Y tan guapo...

Silencio. Paso el dedo por la pantalla del iPhone y la pantalla se ilumina. Es un gesto automático y cada vez más frecuente desde que ha ocurrido lo que ha ocurrido y estoy sentado a esta mesa, esperando unas noticias que no llegan.

—Y además creo que es un poco... gay —dice mamá, que sigue a lo suyo. Luego se agacha, hurga en su bolsa pequeña y saca una libreta amarilla que siempre la acompaña y que nunca nos enseña. Es una de esas libretas de anillas del chino, que ella atesora como si estuviera llena de secretos y en la que apunta cosas de vez en cuando.

Ahora el que suspira soy yo. Este inicio de conversación es otro de los que se repiten entre nosotros desde hace tiempo. Ella ve hombres guapos, gais y posibles novios para mí por donde pisa, pero su ojo es el que es y su realidad, también.

—A lo mejor te gustaría, cielo —insiste, ignorando mi silencio, anotando algo en la libreta con el boli, que vuelve a insertar en el hueco de la espiral, y mirándome de reojo.

Ni siquiera le contesto.

—Es así... un poco como George Clooney, pero más bajito y más... cómo te diría... humm... orgánico. Eso es, sí: muy orgánico.

«Orgánico.» A pesar de todo, del susto que me he llevado al verla en el suelo y de la tensión que tengo acumulada después de lo que ha ocurrido con R, no puedo disimular una sonrisa. «Orgánico» es, en boca de mamá, la palabra del mes, y sin duda va a convertirse también en la del verano. Mamá adereza con ella todas las ensaladas, porque no se ha preocupado por entender lo que significa realmente y cree que combina bien con todo lo que le viene a la cabeza. La culpa es de Silvia, que desde hace un tiempo ha convertido en «orgánico» lo que antes era «fenomenal», y mamá, que es una esponja para lo que quiere, la ha adoptado y la suelta sin ton ni son donde cree que puede encajarla. Así, un día te cuenta al teléfono que «la película de anoche fue tan orgánica...», o que su amiga Ingrid «se ha comprado unos sujetadores muy orgánicos, de esos que no dejan marca y te levantan las... cosas».

Cuando le he visto a mamá los trapos en codo y rodillas y el corte de la barbilla, me han vuelto las ganas de matarla por tozuda y por esa cosa de niña malcriada de setenta años que nos está volviendo locos a Silvia, a Emma y a mí. Pero ha vuelto también el pánico a perderla, a que, en una de estas, pase algo y pase de verdad y, como siempre que eso ocurre, enseguida he apartado la idea de mi mente, porque es impensable. Imaginarme —imaginarnos— sin ella, no, y menos hoy, con lo que ha pasado.

En cuanto me he encontrado con la cara de abuelita inocente que pone cuando hace de las suyas y quiere engatusarme para que la perdone, he tenido que morderme el labio para no sonreír.

—Mamá —le digo por fin—: ese... «chico» debe de tener unos sesenta años, es padre de seis hijos, abuelo de dos y además es «paqui».

Me mira con cara de incredulidad y se frota el rasguño con los dedos.

—¿Pa... qui?

—Sí.

Se queda un rato en silencio, barruntando algo, y luego dice:

—¿«Paqui» como de... «Paquita»?

Intento no reírme, pero no me es nada fácil, porque, aunque cueste creerlo, mamá lo pregunta en serio. Mientras yo intento no ceder y mantenerme en mis trece, ella aprovecha el paréntesis y mueve pieza desde su peculiar lógica de «Amalia a la fuga».

—¿Entonces es transgénico? O sea, ¿operado? —Me mira con cara de no entenderlo—. Pero no puede ser, Fer. Si dices que tiene seis hijos y dos nietos, los habrá sacado de alguna parte, ¿no? —De repente abre mucho los ojos, como si acabara de entender, y dice—: Oh, a lo mejor son adoptados, como Shirley —remata, agachándose para darle un beso a Shirley en la cabeza.

—Mamá, deja de decir burradas, ¿quieres? —le suelto, pero se me escapa la risa y a ella se le ilumina la poca vista que tiene porque sabe que ha ganado la batalla—. «Paqui» es de «paquistaní», no de «Paquita».

Chasquea la lengua y niega con la cabeza. Está más cómoda y más crecida porque me tiene en la conversación. Me ha recuperado y estoy donde quería tenerme. Es ahora cuando se pone peligrosa.

—Pues será «paqui», pero solo de bisabuelos o algo, porque los «paquis» llevan esas tartas enrolladas en la cabeza, ¿sabes? Y este es clarito y flaquito, con sus chanclas de lona y su polito de marca. A mí me parece una monada, la verdad.

—Ya —le digo, volviendo a mirar la pantalla del móvil y pasando el dedo por el plástico—. A lo mejor es que a ti cualquier hombre que no lleve a una mujer al lado te parece una monada.

—No es verdad —se defiende con un mohín de fastidio, volviendo a abrir la libreta y anotando algo muy brevemente—. Solo intento ayudar, Fer. Y lo sabes.

—Ya, mamá. Pero es que yo no necesito ayuda.

—Es verdad —declara—. Lo que tú necesitas es un novio. Y si es veterinario, mejor. Ya lo sabes.

No digo nada. Sé que si le sigo la corriente no terminaremos nunca con esto y derivaremos a otra de las conversaciones que se repiten periódicamente entre los dos sobre mi soledad y su obsesión por ponerle remedio, pero no me siento con fuerzas para tanto. En cuanto me aparto de la conversación y vuelvo a esta espera interminable que me ha traído a la cafetería y que me tiene en este estado de tensión en el que mamá parece no haber reparado, siento que una oleada de angustia me pega a la silla y me comprime el pecho. Por un momento estoy tentado de no decir nada más y concentrarme en lo mío, pero sé que, si freno ahora, a mamá tendré que sacarle otro tema para que no piense. No puedo dejarla pensar. Si lo hago, no tardará en atar cabos y sabrá que nuestro encuentro no tendría que haber sido, que yo no tendría que estar aquí, y menos así.

Pero estoy torpe y la torpeza me vuelve lento. En el silencio que sigue, durante los instantes en los que intento inventarme algo con lo que entretenerla y ser yo quien la despiste, un resorte en la memoria reciente de mamá se activa de improviso, devolviéndole la misma perplejidad que ha sentido cuando hace unos minutos me ha visto desde la puerta, antes de caerse.

Entonces frunce el ceño, buscando la pieza que le falta al rompecabezas que ella ya había registrado y, antes de que yo pueda volver a hablar, se vuelve hacia mí y hace la primera de las dos preguntas que llevo temiendo desde que la he visto pasar con Shirley por delante de la cristalera.

Sé cuál es la pregunta antes de oírla.

Y me preparo para responder.

2

—Pero, Fer, hijo —empieza mamá, con cara de no entender nada—, ¿tú no te habías ido a casa? —Luego abarca la cafetería con un gesto de la mano mientras la pregunta genera enseguida nuevos interrogantes que van delineándose en la piel fina y arrugada de su frente. Y antes de que yo responda, añade—: ¿Qué haces... aquí?

La pregunta es tan lógica y tan natural que lo raro es que haya tardado tanto en llegar.

—Me he parado a tomar un café de camino al coche —le digo con un tono que intento que suene despreocupado, aunque al oírme sé que lo he conseguido solo a medias—. No me apetecía conducir con dos copas de cava encima.

Parpadea, pone su cara de «claro, hijo. Si es que hay que ver las preguntas que hace tu madre, a veces parezco tonta» y baja la vista hacia las bolsas que tiene junto a las piernas antes de mirarme con expresión contrariada.

—Pero si te habías quedado con hambre, podrías haber comido algo más en casa. Con todo lo que ha sobrado... —Y, como si hablara consigo misma, añade—: Emma y Silvia se han llevado una bandeja llena de bocadillos cada una.

Respiro, un poco aliviado. La reacción de mamá es la que debe ser y la lógica también: piensa que si hemos pasado la tarde de merienda en su casa, poniéndonos hasta arriba de canapés, bocadillos, tartaletas de crema y piñones, café, macedonia y cava que han traído Silvia y John, sorprende haberme encontrado un rato después aquí, delante de un café con leche y un dónut que ni siquiera he probado todavía. Le parece extraño, pero no sospechoso. Y menos cuando la tranquilizo con un:

—No, mamá. No es hambre, de verdad —le digo con suavidad—. Es que no quería conducir con sueño.

—Ah, no, no, con sueño no —dice, negando rápido con la cabeza y apretando a Shirley contra su regazo—. Con la de locos que hay por esas carreteras —añade, agitando la mano buena sobre la mesa y rozando con los dedos el vaso de café con leche, que se tambalea peligrosamente encima del plato—. Y con la de perros abandonados que vagan solos por ahí ahora que llega el verano. Imagínate que te despistas y atropellas a uno y... ay, Dios..., no, no, no.

Trago saliva y me invento un amago de sonrisa al tiempo que intento encajar como puedo el comentario, y siento que la última frase me corta la respiración a cuchillo, pero ella ya no me mira: ahora desvía la vista hacia el cristal, y yo hago lo mismo. Por delante vemos pasar a una madre con sus dos hijas, de nuevo la madre morena y de nuevo las niñas rubias y vestidas igual, mientras desde la barra oímos acercarse a la camarera.

—Más hielos. Cambias mejor —dice la chica, que a juzgar por el acento es de un país del este.

Mamá sonríe, un poco azorada.

—No, hija, no hace falta —dice, con esa voz de ancianita obediente que no es—. Ya estoy bien así, gracias.

La chica deja la bandeja en la mesa y empieza a quitarle sin miramientos los trapos empapados de las rodillas y del codo.

—Sí que haces falta. Bien así no. Tú déjame a mí, señoras —replica con voz de mando. Mamá me mira con cara de fingido terror, aunque sé, porque la conozco, que está encantada con la atención. Luego, aprovechando que tiene a la chica muy cerca, se inclina un poco hacia ella y hace uno de esos gestos tan suyos que quienes no la conocen no siempre reciben bien: tiende despacio la mano y la apoya en la muñeca de la muchacha, apenas rozándola con las yemas de los dedos. Busca el contacto físico porque apenas ve y porque las distancias se le escapan. Para manejar el espacio, nada más. En el caso de la camarera, ni siquiera se da cuenta de que lo que roza no es piel, sino el tatuaje de un escorpión azul del tamaño de una pistola que le recorre casi todo el antebrazo.

La chica parpadea, mira la mano de mamá sobre su tatuaje como si acabara de descubrirse una cucaracha trepándole por el brazo y tuerce la boca. No entiende, porque no la conoce, que mamá ve muy poco y que encima tiene la mala costumbre de tocarlo todo. Allí donde va, mamá no pregunta. Mamá toca. En las tiendas, en los restaurantes, en los museos: su primera reacción es alargar la mano hacia lo que llama su atención e intentar cogerlo para acercárselo a los ojos y pasar de la adivinanza a la certeza. Como una niña: ve, toca, coge, rompe. Y eso es lo que hace ahora con la camarera, como hace con todo, como cuando le enseñas una foto en el móvil y automáticamente pone la mano en la pantalla y llega el desastre. No mide las distancias, pero tampoco se preocupa por la reacción que eso pueda provocar en los demás, porque para ella tocar es pura supervivencia.

La camarera deja de manipularle el último trapo, la mira con una mueca de «Vaya-con-la-señora-tocona-de-la-perrita-si-lo-sé-no-la-ayudo» y retira un poco la muñeca, pero mamá, atenta al gesto, acerca la cara hasta casi pegar las gafas al brazo de la muchacha para verlo bien, se humedece los dedos con la lengua y le frota con fuerza el tatuaje con el índice y el dedo medio.

—Espera, hija —dice sin dejar de frotar—. Tienes una mancha.

La chica aparta el brazo de un tirón, suelta un bufido y maldice entre dientes en una lengua que suena a ruso. Luego coge la bandeja, se da la vuelta y se marcha a toda prisa, masticando chicle con la boca abierta y negando con la cabeza.

—Si quieres que te cambie más el hielos, me los dices —grita desde la barra mientras se pone a secar platos, tazas y cubiertos y a ordenarlos con un estruendo metálico. En la calle, una señora que espera el autobús en la acera de enfrente se vuelve de espaldas y se queda mirando la pintada que decora la persiana de un local cerrado que tiene detrás.

Mamá suspira. Luego vuelve a retocarse el pañuelo con el hielo del codo y de pasada se acaricia la piel del antebrazo como buscándose un lunar entre los miles que tiene, y dice en un tono que nada tiene que ver con el que ha estado usando hasta ahora:

—Antes tenía la piel tan suave...

El de ahora es un tono que conozco bien, porque es el mismo que desde hace un tiempo aparece sin avisar y modula a una Amalia que no está aquí del todo, como si súbitamente mamá conectara con algo que le recuerda a cosas que ya no tiene y que no comparte con nosotros. Desde hace un tiempo, mamá entra de vez en cuando en una parte de sí misma que llega sin anunciarse y se acuerda en voz alta de la mujer que fue en algún paréntesis de la vida que ya no está. Se encapsula y se ausenta, y, como siempre que eso ocurre, a mí oírla hablar así me provoca un pequeño escalofrío de algo que oscila entre el desamparo, un hilo de alarma y las ganas de acercarme a ella.

Por un momento estoy a punto de alargar la mano para acariciarle el brazo y decirle que sí, que es verdad, que me acuerdo de esa piel y de muchas otras cosas que ya no somos, ni ella ni yo, pero el escalofrío desaparece, el momento pasa y ella vuelve a hablar.

—La tenía suavísima —insiste, volviendo a acariciarse la piel, que de suave tiene nada, porque está cubierta de escamas a pesar de la crema hospitalaria que usa a diario. Ahora, sin dejar de pasarse la mano por el brazo, dice con una sonrisa triste—: pero ya no.

—Qué quieres, mamá. Son casi setenta años —le digo, y enseguida me arrepiento, porque no ha sonado bien. El tono, tenso y duro, no soy yo con mamá, no somos mamá y yo. El tono es Silvia, ese sonsonete de hermana mayor que utiliza a menudo desde que mamá empezó a dar las primeras señales de que algo en ella —en su memoria, en sus rutinas, en su capacidad— no cuadraba como siempre y los tres —Silvia, Emma y yo— tuvimos que hacer frente común contra un deterioro que, aunque hasta el día de hoy no ha encontrado confirmación médica, está ahí porque lo vemos. El de Silvia es un tono lleno de pequeños cristales que parecen afilarse día a día. Silvia vive mal lo de los despistes y la mala memoria de mamá porque vive mal lo vulnerable y mamá, que lo sabe, intenta hacer las cosas bien cuando está ella presente y entonces llega lo peor: sale esa Amalia niña, torpe y ruidosa que lo estropea todo. Emma dice que Silvia no perdona a mamá desde hace un tiempo y que en realidad lo de la rabia no tiene tanto que ver con el estado de mamá, sino con algo que nosotros no sabemos. Tiene razón. Lo de Silvia es algo que ya debía de estar y que ha vuelto desde hace unos meses, como una marea lenta que arrastra tierra y restos de naufragios y que poco a poco acumula fango y algas contra mamá. No sabría describirlo de otra manera.

En cualquier caso, en mamá la edad no es la causa de casi nada, ni de la piel escamada ni de lo demás. Su piel es blanca y frágil por el albinismo, como su irreversible ceguera, el pelo blanco en el que no caben las canas, las cejas ausentes y esa torpeza física que, unida a la falta de visión, la lleva a caerse cada dos por tres y la tiene llena de moratones. «Mamá está mayor», me oigo pensar mientras la veo sentada a mi lado y me fijo en las manchas que le cubren apenas las manos, en la papada, en la piel que le cuelga de los brazos y en la lupa que lleva en el bolso y que raras veces usa porque no se acuerda de que la tiene. Y viéndola así, así de mayor, echo tanto de menos a la otra, a la de antes, que una sombra de pena me recorre la espalda todavía mojada y estoy tentado de decírselo.

Lo que hago, en cambio, es activar la pantalla del móvil por enésima vez. Ni un SMS, ni un *whatsapp*. Nada. Solo la foto de R mirando a cámara desde el agua que le sacó Emma en el lago el verano pasado y los dígitos del reloj que marcan las 21.33 horas. Hace una hora y treinta y tres minutos que salí de casa de mamá y tengo la sensación de llevar días aquí sentado, esperando una llamada que no llega. No, no llega la llamada y sí ha llegado mamá, precisamente ella, la única que no debería estar aquí porque no puedo dejar que esté conmigo en esto. En esto no. «Que no se quede», pienso, y enseguida entiendo que es eso lo que tengo que conseguir: ganar tiempo para no tener que contarle lo que todavía no ha terminado de ocurrir. Evitar el sufrimiento, el suyo, porque si llega será sumar sufrimientos y yo hoy no puedo sumar más. Sé que si le cuento lo que me pasa, lo que callo se convertirá en realidad, existirá y no habrá marcha atrás. En cambio, si no se lo cuento, quizá llegue esa llamada y pueda compartir con ella solo un buen final y ahorrarle lo demás. «No, que no sepa», me oigo pensar.

—Mamá, quizá deberías irte a casa, ¿no? —le digo—. Es tarde y yo me marcharé enseguida.

Sonríe.

—No, hijo. Yo no tengo prisa —dice—. Total, con lo que hemos merendado, ya no ceno. Además, hoy no ponen nada en la tele.

—Ya, pero seguro que aquí van a cerrar.

Se encoge de hombros.

—Bueno, pues cuando cierren nos vamos, ¿no? —dice mientras se acaricia la piel del brazo. Y en ese momento, al verme reflejado en sus gafas sucias, siento un pinchazo en el estómago, porque entiendo que lo que está viendo mamá cuando me mira es un Fer que nada tiene que ver con el que se ha despedido de ella en la puerta de su casa. El de ahora, el del bar, está encorvado hacia delante en la silla, contraído y pálido, con la cara desencajada y la camiseta manchada de algo que no es sudor y que huele mal. Al de ahora le han caído veinte años encima y tiene un rictus de tensión en los labios que a ojos de una madre debe de asustar.

Enseguida intento sonreír yo también y dulcificar mi expresión. Luego estiro la espalda y me apoyo contra el respaldo, cambiando de postura, mientras busco a la desesperada algún tema de conversación con el que seguir despistándola, pero mamá ha dejado de mover la mano sobre su brazo y mira extrañada a mis pies, con el ceño fruncido y cara de no entender nada mientras en la calle las ramas de los plátanos se bambolean, azotadas por una fuerte ráfaga de viento que hasta ahora no existía y que empieza a levantar papeles y hojas, y en la acera de enfrente la señora que espera el autobús se recoge el pelo con la mano y se aparta a un lado de la persiana para protegerse del viento, dejando a la vista la última parte de la pintada que la decora.

Cuando mamá levanta la vista hacia mí, sé que acaba de caer en la cuenta y de que ya no hay marcha atrás. Me mira como mira siempre que se acuerda de algo que lleva un rato intentando recordar, o como cuando ata un cabo que para los demás es obvio, pero que en su gestión de información ha quedado suelto hasta entonces.

Mamá acaba de darse cuenta.

No hay vuelta atrás.

—Hijo... —empieza con esa voz pequeña y tan suya de quien pregunta lo que no está segura de querer saber. Pero al verme la mirada se interrumpe y sonríe. Es una sonrisa hueca, casi una disculpa. Luego deposita su mano en mi brazo, lo aprieta levemente con los dedos y hace la pregunta que acaba de descubrir en su cabeza en cuanto ha caído en la cuenta de que la escena está incompleta.

De que falta lo que más importa.

Un último trueno muy lejano resuena como un ronquido en algún rincón del cielo y yo cierro los ojos a la espera de que mamá haga su pregunta.

La segunda.

—¿Y... R? —empieza por fin con un tono que quiere ser casual pero que suena casi tan transparente como la piel escamada de sus brazos. Luego aprieta a Shirley contra su pecho, gira la cabeza hacia la cristalera e inspira hondo.

Aquí vienen.

Mamá y sus ganas de saber, ocupándolo todo:

—¿Dónde está R?

3

R y yo nos conocimos hace poco más de tres años. Aunque decirlo así —«nos conocimos»— pueda parecer extraño, en realidad fue eso lo que ocurrió, o lo más parecido a lo que fue. Quizá, y para ser más exactos, debería decir «empezamos a conocernos», porque durante las semanas previas, las que transcurrieron desde que mamá me lo instaló en casa hasta que realmente empezamos a convivir, prácticamente no tuvimos relación.

R y yo compartimos durante esos días espacio común, necesidades comunes y silencio común, nada más. Entre nosotros no hubo ningún acercamiento, solo mutismo y distancia. Y dolor, demasiado dolor el suyo y demasiado el mío como para intentar tender un puente que nos encontrara en algún punto del camino. Fueron cuatro semanas feas en las que cada uno vivió esperando doler menos.

Hasta que una noche, cuando todo parecía indicar que ya no habría puente ni encuentro, pasó lo que pasó y todo cambió, como cambia lo que nunca debió ser.

Sí, la historia de R y la mía empezó torcida, tanto

que, seguramente, de no haber sido por una tormenta y por su paciencia de perro herido, jamás habría prosperado. Hasta muy poco antes de que él apareciera, yo había vivido con Max, el gran danés negro que Andrés, mi último novio, me había regalado horas antes de dejarme por otro y salir de mi vida por la puerta de atrás, desapareciendo —como un falso conejo— de nuestra chistera llena de falsas verdades, muebles de diseño y lugares comunes en los que nunca llegamos a encajar del todo. Desde el principio, Max y yo compartimos el duelo por el abandono de Andrés y también por el de papá, que justo en aquel entonces se había divorciado de mamá y había aprovechado para librarse también de Silvia, de Emma y de mí, deshaciéndose de un plumazo de esposa, hijos y de un molesto pasado en común que ya no le servía. Papá se marchó como estuvo: echando balones fuera y acusándonos de habernos puesto del lado de mamá en un vergonzoso divorcio a la italiana que él llevaba planeando desde hacía años y que se había saldado a toda prisa, dejando a mamá en la calle con una mísera pensión de ciento cincuenta euros mensuales que le sigue transfiriendo con el concepto: «donación comida Amalia».

Max fue mi primer perro y con él descubrí a un Fer cuya existencia no había imaginado. Ahora, con la experiencia que solo dan los años, sé que eso, ese descubrimiento, es algo muy común y que con el primer perro, cuando no lo ha habido en la infancia ni tampoco en la adolescencia, ocurre de algún modo como con el primer amigo: se aprende a querer sobre la marcha y la novedad es continua, sobre todo si eres un hombre solo y tu primer perro es un cachorro que alguien eligió por ti y metió en tu vida sin darte tiempo a nada. Así fue: Max aterrizó en mi realidad de hombre herido y me exigió recuperar, a través del juego y de su despertar de cachorro, esa clase de emociones en crudo que pueblan el mundo de los niños y de los animales, como el «quiero esto y lo quiero ahora y si no lo tengo, ladro, y si ladro y no me haces caso, ladraré más hasta que te canses de oírme y, si no, te morderé el sofá o los libros, o me haré pipí en la alfombra, o te miraré con cara de pena, porque soy como el niño que llora cuando quiere comer y no sabe esperar»; con él aprendí a responsabilizarme de un ser que dependía de mí para todo; aprendí a cuidar de, a vigilar a, a calcular tomas de medicamentos por kilos de peso, a limpiar orejas y cepillar el barro seco de tripa, lomo y orejas, a proteger libros, cables, alfombras y patas de las mesas con papel burbuja, a dejarme morder las manos porque los dientes de leche duelen, duelen mucho; aprendí a sumar a mi léxico personal palabras y construcciones como collar, pipeta, arnés, dieta para cachorros, pienso hipoalergénico, razas grandes, antiparasitarios, sarna, garrapatas, adiestrador, el cuidado de las almohadillas, razas difíciles, pulgas, pelo corto, pelo largo, castrar, machos dominantes, hembras en celo, cuidado con, atención a, siempre con correa, paseadora de confianza, mi veterinario dice que, *pipicán*, displasia, pelos en el sofá, en la cama, en el coche... sesenta kilos de gran danés arrinconándome en la cama desde el primer frío del otoño al primer calor del verano, los ojos de Max mirándome fijos desde la terraza mientras me preparaba para salir sin él, clavándome la culpa en la espalda con la esperanza de convertir mi salida de casa en un paseo por la playa, sus patas agitándose en sueños durante la siesta y su sonrisa de dientes inmensos, tumbado boca arriba en el suelo del salón con la lengua fuera y las babas encharcando el parqué... Aprendí, en suma, a jugar en una liga que desconocía y que poco a poco hice mía, y aunque sé que son cientos de miles los que a diario viven lo que yo pasé con él, fui yo, Fer, quien conoció a Max y quien lo crio, y soy yo quien no ha podido olvidarlo desde que pasó lo que pasó y la vida, la mía, volvió a torcerse por una ausencia que no tenía que haber llegado y que me pilló a traición, torciéndome la fe en mi propia suerte.

Max era el silencio y la mirada. Tenía una cabeza enorme en la que solo parecía haber espacio para mí, y eso, en aquellos años en los que mi relación con lo humano se limitaba principalmente al trabajo, al grupo de conocidos con los que jugaba al pádel y a la familia, hizo de él un pequeño faro que a mí me daba la dosis de luz diaria sobre lo cotidiano y lo fiable. En el pequeño estudio de la Barceloneta que compartí con él, lejos de Andrés, de papá y de todo lo que dolía, Max y yo crecimos juntos en un marco que los dos estrenábamos. Con él reaprendí a ser generoso en lo evidente: adaptar horarios a sus paseos, pautar el cuidado de su salud, protegerlo de lo que él no temía y trabajar juntos para ayudarlo a perder el miedo a lo que no era peligroso, medicarlo cuando lo necesitaba y hacer por él cosas que todavía ahora me cuesta imaginar haciendo por un semejante. La vida era fácil con Max y lo era porque él había crecido mirándome a conciencia con esos ojos grises y enormes en los que cabía el estudio entero y una bondad elegante y confiada con la que todo parecía mejor. Eso era: Max hizo fácil esos años del Fer más difícil y cuando ese Fer finalmente decidió que las ausencias y las traiciones ya no tan recientes estaban curadas y cicatrizadas, cuando finalmente me sentí preparado para pasar página, bajar de nuevo a la arena de la vida y recuperar la aventura que durante años había sabido paladear en ella, el destino, nuestro destino, tropezó con su mala sombra y nos partió por la mitad, a Max y a mí.

Y a mamá. También a mamá.

Desde entonces, desde que él se fue, entre mamá y yo el acercamiento es menos fácil, aunque aparentemente nada haya cambiado. Lo cotidiano sigue siendo lo que era y el vínculo, la unidad, se mantienen intactos, pero nos separa un tabique invisible de aire seco que yo no logro atravesar, porque desde esa época hay una muesca de algo mal resuelto que nos afecta en lo que no nos decimos y también en lo físico. El contacto entre los dos es distinto, menos espontáneo. Los abrazos, contados y, sí, también evitados. Somos menos lo que éramos, y sé que tanto ella como yo lo echamos en falta.

Nos echamos de menos.

Desde que Max dejó de estar, ese tabique sigue ahí, y aunque sé que soy yo quien debería derribarlo, no puedo. Por más que lo intento, no sé cómo, porque para hacerlo tendría que hablar con mamá de eso que en su día, cuando debería haberlo hecho, me negué a oír y que los años han enquistado como se enquista lo que no se perdona a tiempo.

No perdoné. No supe. No me atreví.

Todavía ahora, cuando nos miro y me acuerdo de esos días difíciles, sigue sorprendiéndome hasta qué punto nos es difícil perdonar a quienes más queremos, cuando en realidad tendría que ser al revés. Y es que, a pesar de lo que aprendemos, de lo que vemos, oímos, tocamos... de lo que la vida y los años nos enseñan, es imposible evitar que siga siendo el perdón, o su ausencia, la medida del amor. Cuanto más queremos, más cuesta perdonar, porque el miedo al dolor repetido es también mayor y porque cuando alguien muy querido nos falla, la vida se derrumba entera, el niño que hay dentro se queda desnudo y todo duele más.

Desde que Max se fue, mamá tiene conmigo un cuidado que yo siento y que sin querer alimento. Es un cuidado feo porque no nace del cariño, sino del temor a equivocarse de nuevo, y eso la hace torpe. Si ese temor no estuviera, si nuestra relación fuera la de antes, me habría preguntado ya por lo que le preocupa sin pensarlo. «Hijo, ¿y R? ¿Por qué no está contigo?», habría dicho, y yo le habría respondido como respondía entonces. A esa Amalia le habría dicho la verdad, y desde ese momento habríamos sido uno en lo que está por venir. Juntos, mamá y yo. Como antes. Pero, a veces, decir lo fácil es lo más difícil, y mamá y yo estamos ahora en ese punto. A medida que van pasando los minutos y mi respuesta a su pregunta no llega, todo se complica y el silencio va pesando más. Aunque no sabe nada, aunque es imposible que imagine nada, su instinto de madre está y no le falla, y del mismo modo que sé, porque la conozco bien, que no se irá de aquí hasta estar segura de que todo está en orden, sé también que para eso, para que abandone la escena, no bastará solo con jugar a despistarla.

Tendré que mentir.

Y hacerlo bien.

Pero mentir a una madre en alerta, sobre todo si esa madre es mamá, es, casi siempre, misión imposible. Si no lo hago bien, si el tono, la mirada y el gesto no son los que son cuando no miento, mamá enseguida lo sabrá. Aunque no lo diga, aunque disimule, ella lo sabrá. Y yo sabré que ella lo sabe. Y entonces ya no habrá vuelta atrás, porque hoy, después de tres largos años semidesaparecida, siendo mamá, sí, pero sumida en un letargo que quizá se gestó con lo de Max y con lo de Emma y que la ha tenido funcionando a medio gas en su pequeño mundo de cosas quietas, percibo en sus ojos una luz distinta. Es una luz pequeña, un brillo de tensión que casi no se ve, pero que está ahí, esperando, intermitente como la linterna de un faro que todo el mundo daba por extinguida y que sin embargo todavía palpita.

Hiberna. Mamá hiberna, esperando, paciente y tensa, a encenderse del todo y empezar a girar.

En mi orilla de la mesa, hace exactamente una hora, treinta y siete minutos y veintidós segundos ha ocurrido algo que yo no puedo compartir con ella ni con nadie, porque mi historia aún no tiene un final, y las cosas no terminadas son todavía invocación. En la orilla opuesta, mamá espera saber que todo está bien.

Porque eso es lo único que espera una madre de su hijo: saber que está bien.

Al ver que mi respuesta sigue sin llegar y que la tensión del silencio crece por momentos, mamá inspira hondo y traga saliva mientras en la acera de enfrente las tres últimas palabras de la pintada que la mujer ha dejado a la vista en la persiana cerrada se desvelan como una señal luminosa.

«ES DE COBARDES», dice el final de la pintada.

Y, como si me hubiera oído leer, como si el mensaje estuviera dedicado a ella, mamá decide que no aguanta más esta espera, pero como tampoco se atreve a insistir porque empieza a temerse algo, cambia totalmente de tercio y, en vez de repetir la pregunta, se lleva la mano al cuello y dice:

—Qué bien ha salido la merienda, ¿verdad?

La miro, tan pillado por sorpresa que no sé si he oído bien, y ella baja la vista hacia la cabeza de Shirley y le acaricia la tripa. «Ahora no sabe si lo quiere saber», me oigo pensar. Y antes de que yo pueda reaccionar, mientras empiezo a recordar algunos retazos de la merienda que hemos compartido hace un rato en casa de mamá, en la barra suena unos de esos timbres de móvil que son como de sirena de policía y que, a juzgar por la cara de encantada de la camarera, debe de ser un mensaje con buenas noticias. A mi lado, mamá aprovecha la interrupción para coger un trozo de dónut y dárselo a Shirley, que se lanza sobre él como una piraña, y remata su pregunta con un más casual:

—Y qué ideal Hermione, ¿no? Yo creo que se ha ido de casa encantada.

De pronto, el recuerdo de lo que ha sido la merienda con Hermione, con una mamá en caída libre y una Silvia más tensa de lo que lleva estándolo en estos últimos meses, se ha proyectado en la cristalera de la cafetería como una de esas películas que quienes han estado a punto de morir dicen que nos visita para resumir los momentos que han hecho de nosotros lo que hemos sido en vida.

La película lo llena todo.

Mamá y Hermione también.

4

Hermione.

Cuesta hablar de Hermione sin mencionar antes a John, y no solo porque ella sea su madre, sino porque John llegó primero, y sin él, sin su previa incorporación a la familia, Hermione estaría obviamente de más.

John es el novio de Silvia. Se conocieron hace un par de años en Washington y al poco empezaron a salir, a salir en la distancia, es cierto, pero a salir al fin y al cabo. Una amiga común los presentó en una cena cuando Silvia pasaba allí una semana en uno de esos simposios de emprendedores que organiza la oficina de comercio exterior para poner en contacto a nuevos talentos con inversores locales. Además de norteamericano, John es médico. Su especialidad es la genética molecular. Todo un cerebro, como lo es también Silvia en lo suyo, aunque «lo suyo», lo que Silvia domina como nadie, no es la medicina, sino la limpieza. Mamá es quien mejor la define: «Tu hermana Silvia es una fiera del brillo —dice. Luego, si necesita elaborarlo más, añade—: O sea, un poco Lady Bayeta. O un mucho. Pero la de verdad».

Es cierto: Silvia es la auténtica Lady Bayeta, la de la marca registrada. Unos meses después de que la echaran de la farmacéutica en la que llevaba trabajando toda la vida, y mientras intentaba decidir qué hacer con su vida, empezó a publicar un blog en el que daba consejos sobre trucos de limpieza. De eso hace poco más de tres años y desde entonces ha pasado de dedicar su tiempo libre a dar consejos en su pequeño blog a convertirse en una de las *youtubers* con más visitas, seguidoras, fans y chifladas del *bayetismo* en general de toda la *blogosfera*. En este momento, Lady Bayeta, que no solo es su *nick* en las redes, sino también su propia marca de productos de eso que ella llama «limpieza proactiva», da empleo directo a más de treinta personas y vende en casi treinta países, tiene sucursales en Estados Unidos, en Argentina y en Hong Kong y también a cientos de miles de chifladas y frikis que siguen a pies juntillas sus consejos sobre cosas tan peregrinas como: «limpiemos el cepillo de dientes para que las bacterias del cepillado anterior no contaminen las cerdas antes del nuevo cepillado» o «las gomas de las bragas son un arma de contaminación masiva. Hay algo más manoseado y lleno de microorganismos que una goma de braga: el volante de un coche». Silvia ha conseguido hacer de su obsesión su éxito y nadie se lo niega. Ha pasado de ser nuestra pesadilla particular, acosándonos con sus mil manías y agobiándonos con sus sermones de hermana mayor sobre lo poco higiénicos que somos en nuestras respectivas vidas, a fenómeno de masas de primer orden. Prueba de ello fue el día que consiguió que millones de mujeres de todo el planeta llenaran las redes de fotografías en las que aparecían con una camiseta blanca de un blanco nuclear con el lema: «Todas somos Lady Bayeta» estampado en el pecho. En fin, que John y Silvia se conocieron en Washington y durante un tiempo mantuvieron una relación a distancia que terminó cuando John consiguió un puesto de colaborador en el Parque de Investigación Biomédica de Barcelona para sumarse a un proyecto que investiga cosas que ninguno de nosotros ha entendido nunca, por más que él haya intentado explicarse.

John es un perfil de hombre tranquilo, científico y de pocas palabras. Mide casi dos metros, es exjugador de baloncesto universitario, habla un español perfecto, le encanta todo lo que tenga que ver con *Jurassic Park* y parece estar en un mundo que no siempre tiene demasiados nexos con este, y no solo por los porros que se fuma de vez en cuando, sino porque, como dice mamá, «ahí dentro hay algún enchufe que no termina de». Es rubio, de un rubio ceniciento, y tiene una risa fácil con la que mamá conecta sospechosamente bien, pero que a mí me parece demasiado fácil, por no decir hueca. El día que Silvia nos lo presentó, cuando hacía ya un par de semanas que él se había instalado con ella en Barcelona, lo primero que mamá le preguntó fue de qué parte de Estados Unidos era. Habíamos quedado para merendar en una terraza de la rambla de Catalunya y mamá había pedido, cómo no, un chocolate con churros.

—De Pensilvania —respondió John.

Mamá abrió mucho los ojos.

—Oh —soltó, agitando en el aire el resto de churro

que tenía en la mano, como si Silvia no se lo hubiera dicho mil veces antes—. ¡Lo sabía!

John y Silvia la miraron, sin decir nada. Mamá se metió el churro en la boca y sonrió.

—Entonces, eres... ¿*melonita*? —preguntó, cogiendo un nuevo churro del plato y acercándolo peligrosamente a la taza.

Emma se metió la paja de la horchata en la boca y sopló en vez de aspirar, sacando un surtidor de burbujas lechosas con las que regó la mesa entera y que Silvia saludó con un bufido de horror. Yo bajé la cabeza e intenté no mirar a mamá.

—¿Melo... nita? —preguntó John con el ceño fruncido.

Mamá metió el churro en el chocolate y luego se lo acercó a la boca. Antes de comérselo, aclaró:

—Sí, John. *Melonita*, como Harrison Ford. También es de Pensilvania, ¿no?

John miró a Silvia, que a su vez me miró a mí y arqueó la ceja en un gesto que no suele augurar nada bueno. Luego se tomó un par de sorbos de café con leche de soja con dos hielos y stevia, intentando que mamá olvidara su pregunta, aunque en vano. A mi lado, mamá metió el churro en la taza y, como no ve nada, fue dejando un reguero de chocolate por toda la mesa hasta metérselo en la boca. La cara de horror de Silvia se transformó en estupor cuando la oyó decir:

—Sí, hijo. Los *melonitas*. Los de las guitarritas esas pequeñas que se parecen mucho a las bandurrias y que tocan muy rápido, como en *Siete novias para siete hermanos*. ¿Sabes? —preguntó, volviéndose hacia mí buscando una confirmación que no llegó—.

Los que van en carro porque no pueden tener cosas modernas, pero tienen muchas mujeres.

Silvia la miraba con cara de nada y Emma se levantó y, con un «tengo que ir al baño» que prácticamente no oímos, desapareció por la puerta del bar. Al lado de Silvia, John se reía, jarra de cerveza en mano.

—Mamá, hace mucho calor —dijo Silvia con una sonrisa tensa.

Mamá me miró con cara de «¿tú tienes calor? Porque yo...» y, volviéndose hacia John, dijo:

—Es que a mí me dan mucha pena los *melonitas*, Juanito, sobre todo las mujeres, porque tienen que lavar con esa agua tan fría, y los niños siempre tan rubitos y tan llenos de mocos, construyendo graneros que se llevan los tornados y luego los de los cucuruchos de las procesiones pegándoles fuego como aquí en las verbenas pero de verdad y sin una triste radio para escuchar la SER. —Se limpió la boca con la servilleta, manchándose toda la mejilla de restos de chocolate y, con voz de madre preocupada, añadió—: ¿Tú cómo lo hiciste para escaparte?

Ese fue solo el principio. El resto de la merienda no fue mucho mejor, aunque afortunadamente duró poco, porque Silvia y John tenían invitados a cenar y se retiraron pronto.

Cuando se marcharon, mamá se terminó en silencio el chocolate, se limpió los labios con lo que le quedaba de la servilleta y dijo, con cara de compungida:

—A lo mejor lo de los *melonitas* le ha sentado un poco mal. —Emma y yo nos miramos, pero no dijimos nada—. Además, ha sido una tontería, porque a mí lo que de verdad me preocupa es si en Pensilvania todavía quedan vampiros. Pero es que me daba cosa preguntarlo así, la primera vez que le veo...

Desde entonces, John —Juanito, como lo llama mamá— es parte de nosotros. Participa de los cumpleaños, de la Navidad y de las fechas señaladas que celebramos en familia, aunque poco más. «Es tan bueno... —dice mamá siempre que por alguna razón lo mencionamos—. Si es que para aguantar a tu hermana, o eres de muy buena pasta, o eres extranjero y no la entiendes, o mides dos metros como Juanito y así no la ves mucho.»

En cuanto a la merienda de hoy, ha salido como ha salido porque mamá estaba muy nerviosa y ha vuelto a las andadas. En realidad, el plan original era haberla celebrado dentro de tres días, el 24, coincidiendo con el santo de John, pero tuvimos que cambiar la fecha porque Hermione decidió que prefería ahorrarse la verbena y los petardos y viajar unos días a Madrid antes de volar de regreso a casa.

Aunque John y Silvia hace casi dos años que están juntos, la madre de él no había venido a visitarles hasta ahora, y como lo de la relación va en serio, entre todos decidieron que qué mejor oportunidad para que mamá y ella se conocieran. Así que Silvia, que teme a mamá por encima de todas las cosas, decidió no arriesgar y organizar un encuentro informal, que a pesar de que en un principio tenía que haberse celebrado en un café del centro con las dos consuegras, terminó siendo una merienda en casa de mamá.

—Mejor en privado —dijo.

La verdad es que al principio las cosas no han ido mal del todo, en especial porque Silvia, John y su madre se han retrasado y durante un rato hemos estado solos mamá, Emma y yo. Mamá estaba tan nerviosa mientras esperábamos que se le han caído dos platos y una copa. Luego ha empezado a retocar las flores y las ramas del jarrón de la mesa de centro. Ha sido entonces cuando me he fijado en que las flores de cerezo eran de plástico.

—Como Silvia se dé cuenta de que son de plástico, te mata, mamá —le he dicho.

Me ha mirado con cara de espanto. De pronto ha sido consciente de lo que se jugaba. Sabía, como sabemos todos, que Silvia odia algunas cosas por encima de las demás. En lo más alto de su escala particular de cosas que detesta están la carne roja, los perfumes, las flores artificiales y los cruceros, aunque no siempre en ese orden.

—Ay. —Mamá ha puesto cara de perro apaleado—. Es que se me ha olvidado pasar por la floristería, y como el chino era lo único que estaba abierto...

—Bueno, tampoco se nota tanto —ha dicho Emma, sirviéndose un vaso de Coca-Cola—. Verás como no se dan cuenta.

Aparte de eso, y de que mamá ha decidido tomarse medio Trankimazin porque ya la tensión podía con ella, la espera no ha dado mucho más de sí.

—Tú despreocúpate, mamá —le ha dicho Emma en cuanto la ha visto con el Trankimazin en la mano y ha visto también peligrar la tarde—. Nosotros nos encargamos de todo. Verás como Hermione es una mujer encantadora.

Mamá se ha servido un poco de cava y ha puesto esa cara de «seguro, hija. Seguro que hoy todo va a salir bien» que le ha valido una caricia en la pierna por parte de Emma y que a mí me ha dado que pensar. Luego, en cuanto han llegado John y Hermione, la cosa ha empezado a complicarse.

—Oh, Hermione —ha dicho mamá en cuanto la madre de John se ha sentado a su lado—. Ya me ha dicho Silvia que vives en Florida. A mí siempre me ha gustado mucho Florida. Es tan... —ha puesto su mano en la de Hermione en un gesto de complicidad y ha dicho— tan...

Silvia, que servía los canapés a Emma, se ha vuelto a mirarla. Hermione sonreía, confundida.

—Mamá, es Forth Worth, no Florida. Forth Worth, Texas.

Mamá se ha mordido el labio inferior.

—Oh, eso, *Foruor* —ha dicho—. Mucho mejor. Dónde va a parar. Ya me parecía a mí que lo de Florida no... —ha añadido, chasqueando la lengua y negando con la cabeza. Y antes de que Hermione pudiera decir nada—: con esas playas tan llenas de... de... de gente y de... de gais, que están por todas partes porque lo he visto en el programa ese de los inmigrantes españoles que se mudan por amor y que después ya se quedan, porque claro... Y luego esas cajeras de los supermercados... ¿Tú sabías que les dan una pistola para que la guarden debajo de la caja por lo de los caimanes? —me dice—. Esa es otra: cómo se puede vivir con los supermercados llenos de caimanes. No, no... no sabes lo que me alegra que vivas en *Foruor* y no en Florida, querida. Además *Foruor* es muy tradicional —ha concluido con un falso suspiro de alivio. Y, barriendo el salón con la mano, como si enseñara una habitación a una futura inquilina, ha rematado—: como nosotros.

En ese momento, he entendido, oyendo la voz pastosa de mamá, que la mezcla del cava y el Trankimazin estaba empezando a surtir efecto. A mi lado, Emma ha cogido su móvil y ha empezado a manipular la pantalla como si se acabase de acordar de que tenía que enviar un mensaje en el que le iba la vida. Yo he bajado la vista y a mis pies R ha dejado escapar un suspiro de sueño, sin soltar la pelota que tenía apresada entre los dientes desde que hemos llegado a casa de mamá.

—Ajá —ha dicho Hermione, terminando de tragarse un canapé de queso, aguacate y pollo.

—Sí —ha dicho mamá—. Ya te lo habrá comentado Silvia, pero en casa somos muy tradicionales. Para nosotros la tradición es como... cómo te diría... hmmm... —Ha cerrado los ojos durante un momento y cuando los ha abierto, me ha mirado con un semblante turbio y cara de no saber qué decir. Pero enseguida ha visto la luz—: como la miel para el abejorro, o las alas para los aguiluchos, o...

Emma y yo nos hemos mirado y hemos pensado lo mismo. La torpeza natural de mamá estaba subiendo enteros, espoleada por los nervios y por una mala mezcla de alcohol y Trankimazin.

—Mamá, creo que podemos traer la bandeja con los fiambres, ¿te parece? —la ha interrumpido Emma, levantándose de un salto.

Mamá la ha mirado y ha sonreído.

—Sí, hija, ve, anda. Sé orgánica y tradicional y ayuda a tus mayores como te hemos enseñado en casa.

Emma y yo nos hemos vuelto a mirarla. Silvia ha puesto cara de no creer lo que estaba oyendo y John se ha servido una segunda cerveza. «Tradicional.» Esa es la palabra del mes. Mamá la ha aprendido de Silvia, que desde que Hermione confirmó su visita se la ha repetido sin descanso para que mamá no se desubicara y evitar así que metiera la pata durante la merienda. «Hermione es una mujer tradicional, mamá —fue lo primero que nos contó de ella—. Y muy creyente.» Mamá ni se inmutó. «Te agradecería que te comportaras si al final cuadra todo y podéis conoceros.» Mamá hizo un mohín de niña ofendida y dijo: «Hija, ni que fuera tonta. Cuándo no me he comportado yo. Además, a mí la gente creyente me gusta mucho y lo sabes. Mira a Ingrid. Se lo cree todo. Por eso es tan buena, porque confía en todo el mundo». Silvia tensó la mandíbula. «Mamá, creyente, no mema», le ladró. «Tu amiga Ingrid es mema. Hermione tiene valores. ¿Estamos?»

Silvia se equivocó. Decir que Hermione era tradicional e insistir en que teníamos que esforzarnos por dar una imagen cercana a lo que esperaba encontrar en nosotros era sembrar de minas el suelo bajo la alfombra del salón de mamá y tendría que haberlo imaginado. El día que se confirmó la visita de Hermione a Barcelona, mamá puso cara de circunstancias y le dijo a Silvia: «No te preocupes, cielo. Lo tengo todo ensayado. Verás como va a salir estupendamente».

Y así ha sido. En cuanto Hermione ha aparecido por la puerta, mamá le ha dado dos besos y le ha dicho:

—Bienvenida, Hermione. Tienes un nombre precioso y sé que nos vamos a llevar de maravilla porque soy muy creyente y muy tradicional. Estás en tu casa. —Hermione la ha mirado sin saber qué decir y mamá, que se había preparado a conciencia, ha añadido con gesto triunfal, al tiempo que le guiñaba un ojo a Silvia—. Y deja que te diga que he leído todos los libros de Harry Potter, porque a mi amiga Ingrid le chifla. —Luego le ha dedicado un guiño que ha querido ser cómplice y la ha llevado de la mano hacia el sofá.

Entonces ha soltado lo de Florida y Silvia ha saltado enseguida:

—Mamá, ¿desde cuándo conoces tú Florida? —le ha preguntado con cara de «cuidadito que por ahí vas mal». Mamá ha puesto los ojos en blanco y ha seguido a lo suyo.

—Silvia es un poco tiquismiquis para sus cosas, pero es una chica estupenda, Hermione. —Hermione ha cogido un cruasán de jamón y queso y le ha dado un pequeño mordisco, intentando no pringarse los labios y dejando a la vista unas encías enormes y rojas que, a juzgar por su mirada, Emma ha visto tan bien como yo. Sentados al lado de John, ninguno de los dos le quitábamos ojo. Herminone era lo más parecido a una aparición: de unos sesenta y tantos años, llevaba una melena rubia hasta media espalda con las puntas hacia arriba, un vestidito de color rosa palo de verano como de muñeca, ajustado sobre el esternón con un fruncido de algo brillante y falda con vuelo, sandalias blancas de tacón, un bolso también blanco de charol y cadena dorada que le colgaba sobre el pecho a modo de bandolera. Sobre el vestido de tirantes, una especie de mantón, que quería ser entre Manila y étnico pero que era de un puesto de ropa de mercadillo de un pueblo de la costa. En suma, Hermione era exactamente lo que, de no haber sido su suegra, Silvia habría definido como una «pajarraca». Sentada a su lado, mamá la miraba entrecerrando los ojos, intentando descifrar en su pequeña marejada de cava y Trankimazin qué era exactamente lo que tenía delante, y como no era tarea nada fácil, cada vez iba inclinándose más hacia ella, estudiándola sin disimulo.

Mientras Silvia iba pasando la bandeja con los bocadillos y cruasanes, se ha hecho un silencio que durante unos segundos nadie ha roto hasta que mamá, bocadillo en mano, ha dicho:

—Qué vestido tan bonito llevas, Hermi.

Hermione ha vuelto a sonreír, encantada, y ha tomado un sorbito de cava.

—Ajá —ha dicho.

—Sí —ha dicho mamá, lanzándole a Silvia una mirada enfurruñada y un poco beoda de «hija, ¿ves qué bien lo hago? No sé por qué siempre desconfías de tu madre». Luego, con voz de alma satisfecha—: Ah, Hermi. Quién nos iba a decir que, después de tantos años, nuestra Silvia iba a tener una suegra de *Foruor*. A su edad. Si es que la vida te da cuando no pides y te quita cuando... cuando... —mirada a Silvia, que no se ha inmutado. Después se ha vuelto hacia mí, reclamando mi ayuda, pero yo estaba tan concentrado en no mirar la cara de Hermione y soltar la carcajada mientras Emma no dejaba de darme golpecitos con la rodilla, que no he podido hacer nada por ella— cuando abandonas los valores... —ha rematado mamá con ojos de mareada. Hermione se ha bebido el resto del cava que tenía en la copa, totalmente ajena a lo que mamá decía. Mamá se ha servido un poco más y ha tomado un generoso sorbo antes de volver a hablar—. Es que Silvia es muy especial. Pero mucho. Y limpia. También. O sea, para que me entiendas, es como un pisito capricho, de esos que son muy monos y que gustan mucho, pero que nunca consigues endosar a nadie, porque la gente busca lo que busca: que si el baño es muy pequeño, que si la escalera de caracol no sé yo..., que si el barrio ahora está muy de moda pero después ya sabemos...

Silvia se ha levantado como si le hubiera picado algo, le ha puesto la botella de cava vacía a mamá en la mano y le ha dicho, con una voz llena de serrín:

—Mamá, no creo que a Hermione le interese mucho...

—Ay, hija, no seas tan sensible —la ha interrumpido mamá, que estaba crecida y agitaba el canapé en el aire—. Cuando digo especial, quiero decir que de los tres eres la más... tradicional, eso quería decir. —Se vuelve hacia Hermione—. Además de juvenil, claro —añade, mirándola de arriba abajo con los ojos entrecerrados y alargando la mano para tocarle el fruncido del pecho—. ¿Sabes?, es un gesto muy bonito y muy solidario que las mujeres mayores nos atrevamos a llevar vestidos de adolescentes. Como lo de las modelos gorditas de los jabones ingleses y los gais que tienen hijos con madres pero sin el acto, o sea bíblicamente, pero en más tradicional. A mí me gusta. Mucho. Casi tanto como que no vivas en Florida, por lo de los caimanes, aunque debo decir que a mí los caimanes me caen bien. Y a mi amiga Ingrid le encantan. No sé si en *Foruor* tenéis una serie de dibujos animados de un caimán... bueno, es un lagarto, monísimo, y tiene un hijito o un sobrino adoptado que es como un bolso verde, ya sabes, como las bolsas de Carrefour, que son así, duritas y con un cierre y parece que tengan dientes. Bueno, ahora no sé por qué te lo decía, Hermi, pero es que me das mucha confianza y eso pasa muy pocas veces, créeme. De hecho, a mí solo me pasa con Ingrid. Pero es que Ingrid es tan especial... Fíjate que el otro día me decía que a ella los caimanes le recuerdan a los submarinos, pero a los pequeñitos, ¿eh? Con esos ojitos como periscopios asomando fuera del agua y tan mojaditos siempre... Ay, si es que te va a encantar Ingrid, ya verás. Es sueca, pero no lo parece. Yo diría que es más... hmmm... tirando a danesa o a... luterana. Ya me entiendes.

Se ha hecho un silencio tenso que ha planeado sobre nosotros como una sombra cargada de malos augurios. Entonces Silvia ha estirado el brazo hacia el centro de la mesa.

—Qué flores más bonitas, mamá. Son preciosas.

Mamá se ha quedado con el canapé en el aire, ha parpadeado varias veces y cuando Silvia estaba a punto de tocar el ramo, ha gritado:

—¡No!

Silvia ha retirado la mano como si le hubiera ara-
ñado un gato.

—¿No?

Mamá ha negado con la cabeza.

—No, hija. No son preciosas.

Silvia la ha mirado con cara de no entender nada
y mamá, levantándose como un mecano, se ha acercado a las flores, ha cogido el jarrón, se lo ha apretado contra el pecho y ha dicho:

—Son... son... naturales. —Y mientras se volvía y
se alejaba con el jarrón hacia la cocina, ha rematado—: Por eso hay que regarlas. Mucho. Todo el rato.
Porque son chinas. Sí, parecen flores de cerezo pero
son flores del arroz. Pero del integral. Tienen que
estar siempre debajo del agua como los nenúfares.

Emma me ha soltado otro rodillazo y a mí me ha
dado la tos mientras mamá llegaba al fregadero, abría
el grifo y duchaba las flores. Luego, con la voz un poco
jadeante, se ha vuelto hacia su invitada, le ha guiñado el ojo y le ha dicho:

—Qué ilusión conocerte, Hermi.

El móvil de la camarera vuelve a sonar y el timbra-
zo me saca de golpe de la improvisada pantalla en la
que se ha convertido la cristalera de la cafetería, devol-
viéndome a la mesa y al silencio expectante de mamá,
que me mira esperando una respuesta.

—Hermione es una pajarraca, mamá —le suelto sin pensarlo—. Qué más da si se ha ido contenta
o no.

Se ríe. Por primera vez mamá se ríe y al oírla me

río yo también con ella, porque tiene una risa tan contagiosa que lo difícil es no acompañarla. Qué alivio esta risa a dos. Y qué alivio saber que todavía está, que no la hemos perdido a pesar de los años, de los tropiezos... de todo.

—Sí, un poco sí que lo es, la verdad —dice con cara de niña traviesa. Pero mi respuesta no es más que un chispazo de luz que se funde enseguida, porque no es la que ella espera. Lo que mamá quiere saber es dónde está R. Esa es la pregunta que sigue suspendida entre nosotros como uno de esos cables eléctricos que un viento de tormenta sacude entre dos postes mientras yo sigo buscando a la desesperada una respuesta que no dé pie a más preguntas y en mi cabeza resuena la voz de Silvia para recordarme la frase que en estos últimos tiempos se ha convertido en la que más repetimos cuando Emma, ella y yo hacemos un aparte de hijos para hablar de mamá: «No conviene preocuparla. En su estado, mejor ahorrarle disgustos».

En su estado.

Disgustos.

Es cierto: a pesar de la pregunta, de su curiosidad y de este interés natural de madre en alerta, me recuerdo que mamá no debe saber nada, porque seguramente no está preparada para oír la verdad así, en este momento.

Tampoco yo lo estoy.

Preparado, quiero decir.

Para esta verdad no.

No, no lo estamos.

5

—He dejado a R con Chus, mamá —digo, disparando un poco a ciegas mientras me acerco el vaso de café con leche y empiezo a revolverlo con la cucharilla—: no te preocupes.

Mamá se remueve un poco en la silla para acomodarse mejor a Shirley sobre el regazo.

—Ah, no. No estaba preocupada —miente, con esa voz que conozco bien—. Es solo que... como no lo he visto al entrar, me ha extrañado.

No aparto los ojos del vaso y sigo revolviendo.

—Ya —digo. Y al ver que el silencio empieza a alargarse de nuevo y que ella parece esperar que diga algo más, lo aclaro—: me he encontrado con Chus cuando salía de tu casa y nos hemos puesto a charlar. Y bueno... como hace un par de semanas que no ve a R, me ha pedido que se lo dejara un rato, porque iba de camino al parque y le apetecía darle un paseo.

Mamá acaricia a Shirley sin perderme de vista. Por el rabillo del ojo me parece verla sonreír, aunque no termino de estar seguro de si lo que veo es una sonrisa o una mueca que no sé interpretar.

—Es que Chus es un cielo —dice.

—Sí.

—Hay que ver la suerte que hemos tenido con ella, ¿verdad? —Vuelve a la carga—. Y con lo mal que empezó la cosa —añade, negando con la cabeza. Antes de que yo pueda decir nada, deja a Shirley en el suelo, se quita a toda prisa los dos trapos con hielo de las rodillas, coge el teléfono del bolso y empieza a levantarse—. Tengo que ir al baño —dice, con cara de «tengo que ir al baño y tengo que ir ahora, porque, si no, no llegaré y ya sabes lo que viene después».

La urgencia de mamá no me pilla por sorpresa. Es algo que hace muy a menudo. De repente tiene unas ganas terribles de hacer pis y sufre porque a veces no consigue contenerse del todo y eso la tiene amargada y en alerta.

—¿Y para ir al baño necesitas el móvil? —le pregunto mientras ella se aleja ya a toda prisa hacia el fondo del local y me suelta, sin volverse:

—Ay, Fer, es el cava de la merienda —farfulla de espaldas—. Déjame, que no llego.

En cuanto cierra tras de sí la puerta de los lavabos, vuelvo a nuestra conversación y no puedo evitar una sonrisa que es solo mental. Sé muy bien a qué se refiere mamá cuando menciona lo del mal principio que tuvimos con Chus, lo sé porque lo viví casi en tiempo real y porque en el fondo no fue tanto un mal principio sino una torpeza más de las de mamá. «Un malentendido de nada, hijo», lo resumió ella cuando todo terminó por aclararse y Chus se había convertido casi en una más de la familia.

Aunque eso poco importe ahora, Chus no siempre ha sido Chus. Su nombre real suena a algo parecido a Hong Chung Hua, pero en cuanto mamá la conoció, la bautizó con el nombre de Chus y ahora prácticamente todo el mundo la llama así. Chus es cantonesa, vive muy cerca de mamá y tiene un marido dominicano que aunque parece un pirata y cuando sonríe es un despropósito de fundas de oro, brillantes y dientes como de tiburón, en realidad es óptico y entrena al equipo juvenil de béisbol del colegio de los jesuitas que está delante del metro. Maimónides, se llama. Si Chus adora a R casi tanto como R a ella, Maimónides, al que por supuesto mamá no tardó en rebautizar con el difícil apodo de Maimón, besa el suelo por donde pisa mamá, a la que llama marita Amalia y a la que trata como si fuera la suya propia.

La llegada a nuestras vidas de Chus, o al menos la que yo recuerdo, fue como sigue: una tarde, hará cosa de un par de años, mientras mamá paseaba con Shirley por el parque, se cruzó con lo que después describiría al teléfono como «una chinita de cara plana con las patitas así, como de futbolista de los de mi época, que paseaba con dos galgos». La chica y ella apenas hablaron unos minutos. De vuelta a casa, mamá la vio entrar a un restaurante chino con los dos perros y enseguida vio que volvía a salir sin ellos. Aunque no le dio ninguna importancia, se quedó un poco con la mosca detrás de la oreja.

Dos días más tarde, mamá coincidió otra vez con la china en el parque. Esta vez, la muchacha iba acompañada de otros tres galgos. «Y no eran los del otro día, te lo juro, Fer. Estos tenían pelo, pero pelo de verdad», me dijo con la voz angustiada al teléfono. El protocolo fue el mismo: la chica se despidió a los pocos minutos y se marchó a toda prisa, y esta vez mamá fue tras ella. Al llegar al restaurante, la vio entrar con los perros y volver a salir sola. Después de aquello a mamá le quedaron pocas dudas. Aun así, repitió la rutina durante el resto de la semana, y siempre vio lo mismo: china, parque, galgos con cara triste, galgos que entraban al restaurante y galgos que desaparecían sin dejar rastro, china corre que te corre como alma que lleva el diablo y fin del cuento.

El viernes, al llegar a casa, me llamó aterrada:

—Hijo, es terrible, pero terrible de salir en las noticias esas que se repiten todo el rato con la misma chica que suda en la 1 —dijo con una voz de espanto que por un momento me asustó. Luego tomó aire y declaró—: en el barrio hay una red china de comedores de galgos —anunció—. Y se los comen enteros, con correa y todo. Es verídico, porque lo he visto.

Intenté tranquilizarla y le pedí que se explicara un poco mejor.

—Hay una chica que los roba —dijo—. Es el cebo del grupo. ¿Cómo se dice? La... *bolinga*. No. La... *burrata*. Ay, hijo... tú me entiendes, ¿verdad? —La oí tan alterada, que mientras ella hablaba empecé a pensar en llamar a Silvia, porque yo estaba grabando en el estudio y todavía me quedaban unas cuantas horas de doblaje, pero mamá no dio tiempo a tanto—. ¡Mulera! ¡Eso! Es la mulera, la que los pasea para disimular y luego los lleva al restaurante ese chino que está al lado del parque y donde nunca sacan la basura porque no tienen y allí los trocean para el *chopsuey*. ¿Y sabes una cosa? Que, ahora que lo dices, puede que también hagan lo mismo con las abuelas, porque cada vez éramos menos en el gimnasio, y una vecina de Ingrid que vivió en Australia le ha dicho que los chinos se comen a las abuelas porque somos afrodisíacas por lo de la osteoporosis y yo voy a llamar a la policía porque Shirley tiene chip, pero yo no.

Intenté calmarla, estuve un buen rato hablando con ella y le dije que esperara, que a veces las cosas no son lo que parecen. Y después de un agotador tira y afloja, de mucho sí pero no, de «tú no me crees, pero yo sé que lo que he visto es real» y de mil reproches más que yo atajé amenazando con llamar a Silvia para que fuera a verla, mamá pareció empezar a escucharme, prometió calmarse y me dijo que quizá tuviera razón.

—Puede que me esté precipitando, hijo —suspiró, más tranquila—. Perdóname. Te haré caso.

La creí.

Me equivoqué.

Al día siguiente, mamá esperó a la chica en el parque. En cuanto la vio, la agarró del brazo y le dijo, mirando a los dos galgos que llevaba con ella:

—Hija, ¿no te dan pena? —Al parecer, y según la versión de mamá, Chus se detuvo, sin entenderla. Mamá tiró de ella hasta un banco y la sentó a su lado—. ¿Tú sabes la poquísima carne que tienen estos angelitos? —le soltó, cuando la tuvo bien sentada a su lado—. Si no os van a dar ni para dos filetes. Además, comen pienso, que está hecho del pescado ese que ya no quiere nadie porque lo alimentan con unas pastillas que sacan de la caquita de los cerdos, así que sabor, lo que se dice dar sabor, no dan. —Según la versión de mamá, la muchacha quiso decir algo, pero ella no la dejó hablar—. Sí, ya sé que en China hacéis vuestras cositas con vuestros menús y vuestras degustaciones, pero aquí no somos así, y lo de los perros no está bien. Tenéis que comer más puerros, no perros, y perejil, y fruta variada y cosas de la dieta mediterránea, te lo digo por tu bien, hija, que mírate, con estas patitas de gato de contenedor. ¿Me entiendes, verdad, cielo? Y la verdad es que cuando venía para acá no sabía si decirte esto o no, porque claro, si soy egoísta, a fin de cuentas tú eres solo mulera de galgos y Shirley de galga no tiene nada, así que... pero yo no soy así. Por eso no puedo consentir lo de los perros, cielo, aunque seas china y tengas que devolverle a la mafia el dinero del billete de avión. Y es que lo que haces no está bien. Tú entiendes lo que te digo, ¿verdad?

Nunca hemos sabido cómo terminó la conversación, porque ni mamá ni Chus han querido hablar de eso. Lo único que sabemos es que Chus colaboraba y colabora aún con una ONG de rescate de galgos, acogiendo a perros en su casa mientras les busca adoptantes definitivos, y que en aquel entonces dejaba a mediodía a los perros en el patio trasero del restaurante de sus padres mientras iba a buscar a la niña al colegio. Así de sencillo. Tampoco sabemos qué es lo que pudo ocurrir para que Chus estuviera pocos días más tarde merendando en casa de mamá con Maimónides, Lionela María, la hija de los dos, que no solo es negra, tiene los ojos azules y rasgados y el pelo de pincho, sino que habla castellano como si masticara chinchetas y se come los Smarties con palillos chinos. La cuestión es que, desde entonces, los tres son parte del círculo íntimo de mamá y que Chus pasó a ser poco después de esa tarde la paseadora y la canguro oficial de R.

Ahora mamá vuelve del baño y se sienta en su silla con un pequeño gemido de dolor al doblar las rodillas, que tiene hinchadas y negras. Deja el móvil encima de la mesa, vuelve a ponerse los trapos con hielo y se queda callada con Shirley en el regazo. Pasados unos segundos, como yo no digo nada más, carraspea un par de veces y dice con una voz extrañamente alegre:

—¿Pues qué bien, no?

Sin dejar de revolver el café con leche, le dijo:

—¿Qué bien?

—Quiero decir, que... que mientras estaba en el baño he pensado que qué curioso que te hayas encontrado con Chus a estas horas, y en domingo. Con lo temprano que acuesta siempre a Lionela... y fíjate, que luego salga yo a pasear con Shirley y te encuentre aquí... Si es hay que ver lo que son las coincidencias, ¿no?

—Las sincronías, mamá —la corrijo—. Querrás decir las sincronías.

Carraspea y asiente.

—Sí. Eso —dice—. Es que las coincidencias son muy... no sé... —arranca de nuevo, agitando la mano en el aire— mágicas, ¿no? A veces son buenas y otras, pues no tanto, claro. Pero las que son buenas, son muy buenas. Y las malas, pues... —niega con la cabeza y pone cara de afligida—. Por ejemplo, una coincidencia buena es que un día de esos que llueve mucho, justo cuando voy a sacar a Shirley de paseo, de repente deja de llover porque la nube se ha ido un poco para allá y ya no llueve —dice con cara de haber descubierto el Santo Grial. Sigo mirándola, sin entender demasiado bien el repentino cambio de registro, aunque expectante. La conozco y sé que en algún momento llegará una respuesta. Mamá ha encontrado una grieta por la que colar su ansiedad y se ha metido de lleno por ella—. Una coincidencia mala, en cambio —sigue—, es cuando... no sé... ah, sí, por ejemplo: cuando abres un cajón buscando algo y resulta que buscando, buscando, encuentras una cosa que no buscabas. Y es que, claro, tú no sospechabas que la cosa existía porque el cajón no es tuyo y sabes lo que tienes en tus cajones, pero en los de los demás... y mira tú por dónde lo que son las coincidencias que te enteras de algo que supuestamente no debes saber, porque claro, como el cajón no es tuyo, pues la carta tampoco...

Oyendo hablar así a mamá, mezclando sin orden ni concierto mi encuentro con Chus y el de ella conmigo en la cafetería en particular y las sincronías en general, con Shirley en el regazo y los trapos con el hielo y las dos bolsas a los pies, parece una de esas señoras solas, mayores y anónimas que pueblan las cafeterías de las ciudades durante el día, con su café, su perrita y una vida llena de cosas pasadas que nunca nadie se detiene a imaginar. Es una más del batallón de mujeres que ya no cuentan y que viven sin hacer ruido entre nosotros, habitadas por voces que no comparten porque nadie cree que tengan nada que compartir. Ahora la veo como es y la comparo con la doble Amalia que ha sido hasta hace unos años: primero, la que fue hasta que se casó, viviendo a la sombra de la abuela Ester, y después, la que compartía esa sombra con la de papá, siempre encajada entre los dos, asfixiada por la sobreprotección de una y desmadejada por el mal hacer del otro, dividida entre la fidelidad, la pena, el miedo y las ganas de respirar un aire distinto, de vivir en otra Amalia que probablemente ella sabía que conservaba en algún rincón de lo que siempre ha sido, pero por la que nadie, ni papá ni tampoco la abuela, preguntó nunca.

«Las coincidencias malas y las buenas», dice, acariciando a Shirley, con esa voz encogida de madre que quiere decir más cosas pero que no se atreve. Por un momento tengo la sensación de que está hablando de algo que no es esto ni somos nosotros dos. Es algo que está fuera de aquí, de la cafetería, y con lo que ella ya cargaba al entrar como carga con sus bolsas y con Shirley. «Hay algo más que no dice», pienso con un pequeño sobresalto. Y de pronto, en cuanto lo pienso, no tengo más que observarla bien para que la certeza sea absoluta. Es como si una pieza de un rompecabezas que ni siquiera sabemos que está ahí se cayera al suelo y aterrizara rebotada a nuestros pies, y al recogerla descubriéramos que si hay pieza es que hay rompecabezas y entonces todo adquiriese una dimensión nueva. Sí, hay algo que mamá no dice. Conozco los gestos, las posturas, los suspiros, los tiempos... Mamá habla atropelladamente de coincidencias y es otra la coincidencia que tiene en la cabeza —no es Chus, ni yo, no es R ni nuestro encuentro en la cafetería— y que le gustaría compartir pero no se atreve, porque algo no va bien. En su cabeza, algo ha vuelto a despertar a la Amalia vigía. Ha vuelto la luz, tenue, móvil, pero luz al fin y al cabo.

Mamá está angustiada.

—Ingrid dice que las coincidencias las carga el karma —suelta, evitando el silencio que yo alimento mientras atesoro la pieza de su rompecabezas porque algo me dice que hay en ella una clave de algo que no puedo perder de vista—. Y mira, en eso tengo que darle la razón —continúa, totalmente lanzada cuesta abajo en su guerra contra el silencio—, porque cuando buscamos una cosa en un cajón y encontramos otra que es peor que la que buscamos... eso es que no deberíamos meter la mano donde no hay que meterla. Y tú sabes que yo no soy mucho de hurgar en las cosas de los demás... —dice, interrumpiéndose y levantando un dedo acusador en el aire. Parece haber olvidado lo que iba a decir y parpadea con cara de confusión durante unos segundos, hasta que dejo de revolver el café con leche y le digo:

—Mamá, ¿estás intentando decirme algo?

Me mira, todavía con el dedo en alto, y vuelve a parpadear. Luego se lleva la mano al pecho, como si mi pregunta le hubiera impactado físicamente contra el esternón, gira la muñeca y mira su reloj, acercándoselo a los ojos antes de decir:

—¿Algo?

—Sí, mamá. Algo.

—¿Yo? —pregunta con cara de «me estás acusando de algo que ya te digo yo que no he hecho».

—Sí, mamá —le digo—. Tú. Quieres decirme algo, ¿verdad?

Se pasa entonces la mano por el pelo y deja escapar un suspiro. Angustiada. Está muy angustiada. Mira su reloj una vez más y apoya la mano en la cabeza de Shirley, que suelta un pequeño gruñido porque se había quedado dormida sobre su regazo.

—Un poco, hijo —responde.

Esa es mamá. «Un poco, hijo», dice. Como una niña. No «sí» ni «no». Solo «un poco», que quiere decir: «No sé si es mejor que sea que sí o que no, así que dame algo más de tiempo para pensarlo y no equivocarme». La respuesta correcta. Esa es una de las cicatrices que han dejado en mamá los años a la sombra de papá. Ese no saber si lo que va a responder iluminará el cartel verde de «recompensa» o, por el contrario, se encenderá la luz roja y una ráfaga de rabia amarga y decepción impregnará el aire, barriéndola con ella. El «sí» o el «no», el «verde» o el «rojo», la caricia o el castigo. Mamá sigue todavía atrapada en las redes de esa sombra de polaridad aleatoria y caprichosa, porque es lo que ha vivido y lo que se dispara en su cabeza en cuanto llega la disyuntiva y tiene que elegir. Vive manteniendo el equilibro sobre su cable de funámbula casi ciega, entre el premio y el castigo, como un perro perfectamente adiestrado para obedecer sin pensar más allá de lo inmediato. Y elige con miedo, decide con miedo, porque en toda elección sigue viendo los ojos de papá. «Por eso Shirley es como es», dice Silvia a menudo con cara de «hay que perdonarla. A fin de cuentas, la pobre Shirley no tiene la culpa» cuando vemos cómo la malcría mamá, dándole órdenes con una voz de mando que ni ella misma se cree y pidiéndole enseguida perdón y atiborrándola de *chuches* cada vez que la riñe, porque ve en su perrita todo lo que le habría gustado no tener que ver ni oír a ella. Lo que le habría gustado recibir.

En la calle, al otro lado de la cristalera, pasa ahora un autobús, que se detiene con un chasquido delante de la parada. El ruido del motor, líquido y burbujeante, nos silencia, incluyéndonos en un pequeño paréntesis de espera, y mamá se vuelve a mirar, como si esperase ver bajar a alguien del bus. Desde mi orilla de la mesa, respiro aliviado porque entiendo que mamá está tan metida en lo suyo, tan impregnada de su propia angustia, que en ningún momento ha podido sospechar nada y que no ha mentido cuando ha dicho que la ausencia de R no ha llegado a alarmarla, porque en su cabeza no hay sitio para tanto.

La coincidencia mala es que hayamos terminado los dos varados en la cafetería después de la merienda con Emma, Silvia, John y Hermione. La buena es que ella haya aterrizado aquí, en esta mesa, con su propia angustia y que esa angustia ocupe tanto que no le quede espacio para mí.

Mientras en la calle el autobús arranca, doy gracias por esto, por este alivio. «Mamá no sospecha nada», pienso relajando los hombros durante un momento, justo cuando el autobús acelera levantando una pequeña humareda casi negra y aquí, en la cafetería, la camarera se levanta detrás de la barra y empieza a limpiar la máquina de hacer zumos de naranja, desmembrándola sin ninguna delicadeza y canturreando algo que no suena bien.

—¿En qué cajón has estado hurgando, mamá? —le pregunto, volviendo a revolver el café con leche sin darme demasiada cuenta de lo que hago.

Se lleva la mano al pecho. Es el gesto que la define siempre que, durante un instante, un destello apenas, ve la luz roja y huele el castigo. Es la Amalia de antes. La que recuerda lo que fue.

—En ninguno —dice.

Miro la pantalla del móvil. Son casi las diez.

—Mamá, no empieces...

Baja la vista. De nuevo la poca paciencia y este tono cansado que ya no sé disimular. Por un momento estoy a punto de disculparme, de decirle que no estoy bien y que ella no tiene la culpa, pero el momento pasa y, cuando parece que ya no va a hablar más, nos volvemos los dos hacia el cristal y entonces el momento es otro y la luz, la que entra desde la calle, también.

Sí, la luz ha cambiado, y, en la oscuridad del crepúsculo, mamá y yo nos vemos reflejados en la cristalera durante un instante. Y al vernos así, separados por la mesa, sin Emma ni Silvia, me asalta el recuerdo de los que ya no están: la abuela Ester y papá, ella muerta, él desaparecido tras su divorcio, ella tan añorada y él apenas presente. Y en el hueco que nos separa en el cristal, se superpone una ausencia todavía más reciente y, aunque por motivos muy distintos, igual de dolorosa:

Max.

Desde el cristal, los ojos grises de Max nos miran ahora como miraban todo lo que éramos nosotros, todo lo que Silvia, Emma, mamá y yo empezamos a ser después de papá. Desde el cristal, me asaltan estos tres últimos años sin él y hay dolor.

Trago saliva y trago sal.

—Es Emma —dice mamá, mirando mi reflejo en el cristal. Lo dice con una voz tan recogida y tan llena de aire que hasta ella misma se encorva un poco en la silla.

En la barra, la chica ha dejado de hacer ruido. Calla la calle y por un instante la única voz es la de mamá y la de las coincidencias que esta noche no han terminado aún.

—Está enferma —dice, apoyando la mano sobre la mesa, como intentando buscar un sitio seguro desde donde hablar mejor. Luego se aclara la garganta y añade, bajando un poco el tono—: tu hermana está enferma, Fer.

6

Coincidencias.

Curiosamente, en lo único en lo que papá y la abuela coincidían era en su aversión a los perros. Ninguno de los dos los quería cerca. Papá, porque al parecer cuando era niño le había mordido un pastor alemán que vigilaba una finca por la que él pasaba de camino al colegio y les tenía auténtico pánico, un pavor que disfrazaba de cautela de hombre sensato.

—Con los animales nunca se sabe —decía con cara de saber muy bien de lo que hablaba, cada vez que intentábamos convencerle de que nos dejara tener un perro en casa. A veces, si estaba de buenas, añadía algún que otro comentario que podía sonar así—: los animales donde tienen que estar es en el campo. Y sueltos. Meter a un bicho en un piso es matarlo. —Y ahí terminaba todo. No había más que hablar. Como con casi todo, papá sentenciaba y sus sentencias se convertían en verdades universales con las que anulaba cualquier posibilidad de discusión. Su experiencia debía ser la nuestra, por algo era el cabeza de familia. Él pensaba y nosotros, incluida mamá, debíamos confiar. Por eso crecimos sin animales, por eso, y porque la abuela Ester tampoco ayudó. Seguramente, si hubiera porfiado como lo hizo con muchas otras cosas y hubiera echado mano de alguna de esas estrategias de abuela que normalmente terminaban por funcionar con papá, aunque solo fuera para dejar de aguantarla cuando a ella se le metía algo entre ceja y ceja, habría habido perro, pero no fue así. La abuela evitaba a los perros casi con la misma ferocidad que papá, aunque a diferencia de él, ella parecía tener un imán con cuanto perro se cruzaba en su camino.

Recuerdo un día de finales de marzo, el primero después de las vacaciones de Semana Santa. Yo era muy pequeño, debía de tener seis o siete años. La abuela nos había ido a buscar al colegio a la hora de comer y nos habíamos quedado a jugar un rato en el parque que teníamos a un par de calles de casa. Emma y Silvia jugaban a las gomas con otras niñas y yo estaba en el parterre de arena, haciendo agujeros, caminos y ríos en el barro a pocos metros de la abuela. De repente, de detrás de los arbustos apareció una perrita. Era peluda, blanca y cojeaba. Correteaba distraídamente con la lengua fuera, sin dueño o dueña a la vista y ajena a todo mientras olisqueaba el césped y disfrutaba del primer calor de marzo. Al pasar por detrás del banco, cuando parecía que iba a seguir su camino hacia el siguiente parterre, se detuvo, irguió las orejas, levantó la cabeza y después rodeó el banco y se plantó delante de la abuela, con la lengua fuera y una mirada fija que yo no pude ver desde donde estaba.

Durante unos segundos no pasó nada. Silvia y Emma gritaban a lo lejos, para variar peleándose por algo. Fuera de eso, en el parque reinaba uno de esos silencios de mediodía de finales de invierno en los que la ciudad queda fuera y la intimidad dentro. La perrita siguió inmóvil, sentada donde estaba, hasta que la abuela apartó los ojos de la revista que tenía en las manos y la miró. Al momento, la perrita se levantó, se acercó a ella, bajó la cabeza y la pegó contra su pierna, empujándola con suavidad.

Todo pasó muy despacio, o quizá ahora lo recuerdo así. La memoria me dice que la abuela se inclinó levemente hacia delante, sin dejar de mirar a la perrita, que había vuelto a levantar la cabeza, se había sentado y la miraba desde el suelo como si esperara. Después, casi en cámara lenta, la abuela Ester levantó la mano y la tendió hacia la perra, inclinándose aún más sobre ella.

Cuando su mano estaba a punto de tocar la cabeza de la perrita, alguien, una voz de mujer, gritó a mi espalda:

—¡Nina!

El grito nos alcanzó como una descarga, rompiendo la escena, y la abuela retiró la mano como si se hubiera quemado, echándose hacia atrás en el banco y tensando la espalda contra el respaldo. La perrita no se movió y la mujer siguió acercándose hasta que llegó al banco y, cogiéndola del collar, dijo:

—Disculpe si la ha molestado.

La abuela no la miró.

—Nina es sorda y ya está muy mayor, pero no hace nada. Es muy buena —se explicó la mujer.

La abuela no habló. Simplemente se llevó la mano al cuello, se lo masajeó distraídamente y le dedicó una sonrisa extraña a la mujer, que terminó de enganchar la correa al collar de la perrita y se alejó hacia la puerta del parque. La abuela no habló. Tenía los ojos brillantes y miraba al frente, sin verme. Por un momento me pareció que le temblaba la barbilla, pero el momento pasó enseguida y ella cogió su revista, la metió en el bolso y se levantó.

—Hora de irnos, Fer —dijo con una voz que quiso ser alegre pero que le salió ronca—. Tu madre debe de estar esperándonos.

Esa fue la única vez que vi interactuar a la abuela Ester con un animal. Años más tarde, al poco de la muerte del abuelo, un día se me ocurrió preguntarle si no le haría ilusión tener un perro.

—No solo te haría compañía, sino que además te obligaría a salir y a caminar más —le dije. Ella me fulminó con la mirada. Estábamos viendo un programa en el que un adiestrador canino daba lecciones prácticas de cómo solucionar problemas de comportamiento en distintos perros mientras merendábamos en su casa. En ese momento, una mujer ya mayor contaba entre lágrimas que acababa de perder a su perro después de quince años de convivencia y que sus hijos le habían regalado un cachorro que al parecer le había devuelto la alegría y la ilusión por vivir. En la pantalla, la mujer tenía al cachorro en brazos y hablaba entre hipidos a la cámara, feliz y deshecha a la vez.

Entonces, con una voz de rabia que yo jamás le había oído y que no volvería a oírle, la abuela siseó a mi lado:

—Hay que ser idiota para decidir querer a alguien que sabes que no te va a sobrevivir. —Y, sin apartar la vista del televisor, añadió, apretando los dientes—. Aunque sea un perro.

No sé por qué, pero al oírla hablar así, tan enfadada y sobre todo tan rabiosa, di por hecho que se refería al abuelo y que lo que en realidad quería decir era que estaba dolida con él por haberse ido antes y haberla dejado sola, cargando con el dolor de su ausencia. Eso fue lo que entendí, o lo que supe entender, y como su reacción me pareció lógica, no le di demasiadas vueltas. Todavía sorprendido por el tono, cambié de tercio y no insistí. Poco podía imaginar que, sin saberlo, acababa de pulsar una de las pocas teclas desafinadas del piano de duelos y recuerdos de la abuela y que aquel enunciado que yo había tomado por un simple arranque de rabia era en realidad algo más puro y más hondo. La verdad, lo que la abuela calló esa tarde, no saldría a la luz hasta mucho después, y lo haría cuando yo ya ni siquiera recordaba el episodio, aclarando de paso el porqué de esa eterna cruzada de la abuela contra los perros que nunca logré entender. Y es que en ese momento de mi vida yo todavía ignoraba que las respuestas a las heridas más profundas suelen llegar cuando lo que somos queda definitivamente atrás y las explicaciones ya no sirven para calmar el dolor, sino para integrarlo en lo que somos o fuimos. No sabía que esas respuestas son las piezas de los rompecabezas que se quedan para el final porque parecen no encajar en ningún hueco. Por eso, explicar mientras dolemos es una trampa: el dolor hay que dolerlo entero, dejar que la médula se impregne de él y que el plexo se oscurezca hasta obturarse.

«Contar antes de hora es asfixiar el corazón.» Esa es una de las frases que recuerdo de la abuela y que tengo apuntada en la pizarra del salón. Esa y «Los demás no son tú, porque casi nunca son ellos mismos». Hay más, claro. Y todas van llenando desde que se fue la pizarra de casa entre fotos, postales, algún dibujo... «Cuánta razón siempre, abuela», pienso ahora, mirando el reloj del móvil y volviendo a dejarlo sobre la mesa. A mi lado, mamá coge otro trozo de dónut y se lo ofrece a Shirley, que lo devora apoyando las patas sobre el cristal. Luego mamá se frota los ojos con los dedos y se limpia en la servilleta.

—Entonces, ¿dices que R está con Chus, no? —pregunta sin mirarme con un tono despreocupado que ahora sí me creo.

—Sí, mamá, ya te lo he dicho.

—¿Y ha quedado en que pasaría por aquí para devolvértelo?

Durante una fracción de segundo no sé qué contestar. Enseguida mi mirada tropieza con el móvil que tengo en la mesa.

—No lo sé —digo—. Ha dicho que llamaría antes.

—Ah.

Mamá suelta un suspiro. Luego, al ver que no digo nada más, vuelve a suspirar como una niña que quiere llamar la atención pero no sabe cómo.

—Pues... —empieza, mirando su reloj, dejando a Shirley en el suelo, quitándose los trapos con hielo y levantándose de la silla—, si no te importa, voy a pedirme un chocolatito o algo mientras esperamos, ¿vale? Es que tengo una sed...

—Mamá, el chocolate deshecho no sirve para calmar la sed —le digo con una de esas voces de padre paciente que no me gusta oír en mí porque no me toca. No, no me gusta, sobre todo porque sé que no sirve de nada. Esta es otra escena tantas veces repetida entre nosotros (y cuando digo nosotros, no solo me refiero a mamá y a mí, sino también a Emma y a Silvia) que estoy a punto de no insistir, porque conozco muy bien el desenlace y sé que si mamá decide chocolate, será chocolate.

Pero sé también que si hay chocolate, no se irá hasta dentro de un rato, y eso es justamente lo que no debe ser.

Curiosamente, ella no insiste.

—Es verdad —murmura con cara de «tienes razón, hijo, no sé en qué estaría pensando» y, cogiendo el móvil de encima de la mesa, dice—: pediré otra cosa más... ligera.

—Mamá, no hace falta que te quedes. Chus seguro que está al llegar —le digo con un tono tenso que intento que suene casual pero en el que ella ni siquiera parece reparar. Aun así, se detiene y se vuelve hacia mí.

—Ah, no, hijo. Por mí no te preocupes. Shirley y yo tampoco tenemos nada mejor que hacer. Además, así aprovecho y hago pis otra vez —dice, bajando mucho la voz para que la camarera no la oiga y juntando con fuerza las piernas—. Es que no me aguanto. —Y se aleja hacia el fondo del local, caminando muy tiesa y con las piernas muy juntas, seguida de cerca por Shirley, que arrastra su correa rosa llena de Hello Kittys y se cuela entre sus pies cuando mamá abre la puerta del baño y se pierde dentro.

Por fin está más aliviada y yo, viéndola así, también. Después de su ataque de angustia, me ha costado un largo cuarto de hora convencerla de que no, que a lo mejor entendió mal lo que vio en el cajón de la cocina de Emma, porque como no ve bien y encima se pasa la mitad del tiempo sin las gafas, porque las pierde constantemente, lo más seguro es que los papeles que el pasado fin de semana encontró por casualidad en el cajón no sean lo que cree. Pero no ha sido tarea fácil, sobre todo porque cuando mamá se atribula, escucha poco y asimila mal, y lleva demasiados días dándole vueltas a lo de Emma para poder escuchar con tranquilidad.

Lo que ocurrió, según ha explicado, es muy sencillo, como suelen serlo eso que ella llama «las malas coincidencias»: el fin de semana pasado, Emma se llevó a mamá a su casa para que la ayudara con el huerto. Como yo, Emma también vive en el campo, aunque su campo y el mío son distintos, y no solo por el paisaje, sino por todo lo que nos habita. Yo alquilo desde hace un par de años un pajar rehabilitado en la zona de Banyoles, junto al lago, que encontré casi por casualidad cuando decidí dejar el estudio de la Barceloneta al que me había mudado al separarme de Andrés. La de Emma, en cambio, es una casona que compró en el Prepirineo hace unos años con Olga, su pareja en aquel entonces, y que, tras la separación, decidió conservar. En realidad, lo del huerto era una excusa, como lo son muchas otras que Silvia, Emma y yo nos inventamos para tener a mamá ocupada e intentar sacarla de esa rutina de mujer mayor con perrita faldera que cada vez sale menos y para la que el mundo exterior ha dejado de tener demasiado interés, por no decir ninguno. Sea como fuere, Emma se llevó a mamá al campo y en una de estas, mamá echó en falta sus gafas y, cómo no, se puso a buscarlas por todas partes, registrando armarios, bolsillos, rincones y cajones. Quiso la casualidad que en ese momento Emma hubiera salido a comprar una bombona de butano para la cocina y que, mientras buscaba en un cajón —el del pan, para ser más precisos—, mamá se topara con un sobre que Emma había metido allí por despiste y en el que había escrito en mayúsculas y en rojo: «Pruebas clínicas. No olvidar el día del ingreso». A mamá se le salió el corazón por la boca en cuanto abrió el sobre y empezó a sacar ecografías, análisis de sangre, un montón de pruebas «de algo de las hormonas que no entendí, pero que no salían bien, porque estaba subrayado», un electro y, sobre todo, la programación de un ingreso para el miércoles que viene. Según me ha contado, no le dio tiempo a más, porque Emma apareció al poco con la bombona y con las gafas que había encontrado en el coche y mamá tuvo que volver a meterlo todo en el sobre y dejarlo donde estaba a toda prisa. Por supuesto, se cuidó muy mucho de comentarle nada a Emma de lo que acababa de ver. Pasó con ella el resto del fin de semana como si nada, tragándose la angustia y las mil preguntas que el sobre le había disparado en la cabeza y fingiendo ser la madre más feliz y despreocupada del mundo.

Hasta hoy.

Hasta ahora.

7

—Tu hermana tiene algo grave, Fer —ha dicho mamá, tan angustiada que se ha metido en la boca el último trozo de dónut que supuestamente iba a darle a Shirley—. O algo peor. En el útero, en la matriz, en los ovarios, no sé lo que es, pero lo tiene. La ingresan el miércoles y no nos ha dicho nada. Y yo llevo sin dormir desde el domingo pasado.

Si yo no supiera lo que son esos papeles y lo que en realidad contienen, la noticia de mamá me habría dejado sin el poco aire que todavía me queda, dándole una estocada final a esta tarde imposible de hoy, pero en cuanto la he oído mencionar el sobre he sabido lo que era y lo que hay en él, de modo que lo que me ha puesto en alerta no ha sido la noticia en sí, sino el hecho de que Emma haya sido tan torpe como para dejar que mamá se haya tropezado con el sobre de esa manera y, sobre todo, haberme enterado por mamá de que Emma me ha dado esquinazo y ha seguido adelante con unos planes que supuestamente habíamos dado por desestimados.

«La mala coincidencia» que mamá vivió en casa de Emma el fin de semana pasado es algo que yo he vivido ya con Emma, he discutido con ella y he peleado con ella, aunque al parecer en vano, porque en eso mamá y Emma son iguales: tozudas hasta límites insospechados y también mentirosas. Las dos mienten como mienten los niños, con esa cosa infantil y aparentemente inocente que a Silvia y a mí nos desquicia y que se traduce en «yo te digo lo que tú quieres oír para que te quedes tranquilo, y en cuanto te des la vuelta haré exactamente lo que me dé la gana, pero sin que tú te enteres, así no te preocupo». Esa es la filosofía que las une, y esa es la que genera eso que mamá llama «malas coincidencias». En suma, que mamá se equivoca y que Emma no está enferma, o al menos no tiene lo que ella cree. Lo que Emma tiene es un plan que ha ido cociendo a fuego lento durante estas últimas semanas, un plan que, salvo conmigo, no ha compartido con nadie y que yo he intentado frenar a tiempo porque no puede salir bien.

No, no puede salir bien porque ni el fin ni el motivo son los que deben ser y ella lo sabe tan bien como yo.

En cualquier caso, si yo no intuyera la magnitud de los monstruos que la mente de mamá ha sido capaz de fabricar durante estos días de sufrimiento en silencio —sobre todo porque la he visto actuar antes así en circunstancias parecidas con cada uno de nosotros, desbocando malentendidos causados por el pánico que le da no vernos bien y que la paralizan por completo en cuanto siente o imagina que algo pueda torcerse y causarnos dolor—, me habría reído y le habría dicho que está chiflada; pero, conociéndola, sé que su angustia es real, demasiado real, porque lleva demasiados días imaginando la enfermedad, viviéndola por anticipado y preparándose para lo peor. Y es que desde que perdimos a Max y mamá vivió lo que vivió con él, mantiene una feroz cruzada mental contra la enfermedad, la real y también la imaginada, para que jamás vuelva a ocurrirle lo que le tocó entonces en suerte. Vive asustada, en alerta, y le da casi tanto miedo saber como no saber, aunque lo que más la asusta es que una «mala coincidencia» la lleve a saber cuando ya es demasiado tarde.

Cuando ha terminado de contar, me ha tocado razonar con ella. Entonces ha llegado lo peor, porque enseguida he entendido que no podía recurrir al típico «Tranquila, mamá. Si fuera algo grave, Emma ya nos lo habría dicho» que tan bien funciona con muchas otras hermanas de muchas otras familias. Y es que Emma es precisamente una de esas personas que nunca comparten nada hasta que está todo hecho y tienen en su mano la solución a lo que ya es pasado. «Hubo un problema, pero pasó. Ahora ya no importa.» Eso es Emma, esa es su frase. En el campo de las emociones, Emma no es de procesos, sino de constataciones. De los tres hermanos, Emma es el silencio, la que no sabe compartir, porque para ella compartir es molestar, y eso no. No cuenta, resume, y los que la rodeamos hemos tenido que acostumbrarnos a que con ella hay que adivinar. Pero tener que adivinar siempre cansa, sobre todo cuando los errores son los mismos, las dinámicas se repiten y nada cambia, y uno termina por sentir que no cuenta en la vida de alguien así, que solo importa cuando la tragedia ya ha ocurrido y hay que salvar lo poco salvable del naufragio para ponerlo a secar y vuelta a empezar. Cansa mucho, sí, y enfada.

Rabia. He sentido una rabia fea y caliente contra Emma por haberme engañado así: rabia por el esfuerzo y el tiempo perdido, por las visitas a la clínica, las pruebas, los cafés en vaso de plástico, las explicaciones, las contraexplicaciones... y por esa complicidad que he visto desaparecer de un plumazo. Rabia porque una vez más he entendido que para mamá, Emma y Silvia sigo siendo el pequeño cuando conviene y que los compromisos conmigo valen lo que valen. Había rabia, sí, y cuando mamá ha terminado de contar, la rabia seguía ahí, enquistada y silenciada como una mala noticia que todavía no se ha compartido. Y mientras barajaba soluciones para calmar la angustia de mamá sin desvelar la verdad de Emma, la rabia se ha hecho extensiva a mamá. Mamá y Emma, cada una con su pequeño secreto, sin saber que el secreto de una es el principio activo que justifica el de la otra. Y yo en el medio, depositario de ambos, sabiendo que no puedo traicionar a la una y tampoco a la otra y haciendo malabares para que las dos renuncien a lo que no tiene sentido porque les prometí no hablar. Se lo prometí a Emma cuando me pidió que la ayudara y se lo prometí también a mamá. Y, como dos piezas del rompecabezas que, después de mucho manipular, probar e intentar unir, encajan por accidente, la confesión de mamá ha traído con ella la solución perfecta. Ha sido fácil, tan fácil que ni siquiera he tenido que pensarla. Ha venido rodada porque me he encontrado sin calcularlo con todos los ases en la manga, y en el fondo sabía que, si los usaba bien y las cosas terminan ocurriendo como deberían, si lograba convencer a mamá de que me hiciera caso, las dos —mamá y Emma— saldrían ganando. Así que he tenido que confundirla: cambiar el foco de su preocupación, jugar al despiste con la doble baraja de las coincidencias y de su angustia y tirar a dar.

—¿Y por qué no se lo has preguntado a ella? —le he dicho, apoyando los codos sobre la mesa e inclinándome hacia delante.

Me ha mirado con cara de no entender nada.

—¿A... ella?

—Claro, mamá. A Emma.

Ha entrecerrado los ojos, confusa. La he visto tan pequeña y tan perdida, que he estado a punto de recular y de decirle que no se preocupe, que lo de Emma no es nada de lo que ella cree, pero el momento ha pasado y la ocasión también.

—Pues no —ha dicho.

—Pues quizá deberías, ¿no?

Me mira con esa cara de «puede ser, pero también puede ser que no, porque si pregunto a lo mejor se enfada, o, peor aún, si pregunto quizá me dice la verdad» que conozco bien. No dice nada.

—A ver, mamá. Yo creo que lo más normal es que si te encuentras en un cajón de tu hija un sobre con pruebas médicas que, por lo que cuentas, viste a medias y que supuestamente dicen que Emma tiene algo y van a ingresarla, creo que lo más lógico, si tanto te angustia, es que la sientes y le digas: «Mira, Emma, por casualidad he encontrado este sobre mientras buscaba las gafas y estoy muy preocupada porque esto pinta mal. Cuéntame qué pasa», y no que no digas nada, sufras como estás sufriendo, y te pongas a plantar pepinos con ella.

Mamá ha bajado la mirada.

—No plantamos pepinos, Fer —se ha defendido con un mohín de niña dolida, volviéndose hacia la cristalera para mirar a la calle cuando un coche se ha parado encima de la acera para dejar a alguien—. Tu hermana me preparó un... chocolate con madalenas y después jugamos a una cosa que tiene un tablero con letras que se llama...

—Ya me entiendes, mamá —la he cortado con suavidad—. Sabes muy bien lo que digo.

—Sí.

—¿Entonces?

—Ay, Fer —ha dicho, retorciéndose las manos sobre la cabeza de Shirley, que dormía con la lengua colgando a un lado de la boca—. Cómo le voy a decir eso a Emma. ¿Qué le digo? Hija, me parece que tienes cáncer y te operan el miércoles, ¿verdad? ¿Quieres que hablemos?

—Pues sí. Quizá un poco más suave, pero algo así, sí.

—Pero es que igual cree que me meto donde no me llaman.

—¿Y?

—Que se enfada conmigo...

«Dios mío», he pensado, pasando distraídamente la yema del dedo por la pantalla del móvil, un poco para que mamá no viera la nueva descarga de rabia que me ha tensado la mandíbula al oír su último comentario. «Es eso. Siempre es eso —pienso, apretando el dedo contra la pantalla—. Que no nos enfademos con ella, no generar dolor ni tensión, decir siempre que sí a lo posible y también a lo imposible, tenernos contentos, aunque sea solo en lo superficial, y jugar siempre al escapismo porque "las cosas, a veces mejor no decirlas, para qué hacer daño".» Esa es la parte de mamá que peor llevo, porque la veo enmarañada en el mismo bucle de evitaciones en el que lleva años varada y porque a su edad ya no va a salir. No quiere. «Es tarde», piensa.

—Pero, mamá, tienes que saber la verdad —le he dicho—. No puedes quedarte con esa angustia dentro. Sea lo que sea, tienes que saberlo, y tienes que saberlo por ella.

No dice nada.

—Seguro que no es nada —he insistido—. Ya lo verás. Pero si lo fuera, si le pasara algo, puede que Emma no te lo haya dicho porque no quiere verte sufrir. ¿No se te ha ocurrido pensarlo?

Se lleva una mano al cuello y se seca un sudor que no está allí. Ahora pondera. De pronto la posibilidad de estar fallándole a Emma empieza a pesar más que el miedo a hacerla enfadar.

—¿Tú crees? —ha preguntado, sinceramente interesada en la respuesta.

—Claro —le he dicho—. Quizá prefiera pasar por esto sola para no preocuparnos, como hace siempre. ¿O es que no la conoces?

Ha bajado la vista. Sufría por el sufrimiento de Emma, no por la enfermedad. Sufría imaginándose a Emma callando para no hacer daño, para no molestar, y se ha visto a sí misma —porque en eso son iguales— y la empatía se ha activado de forma automática. Pero también dudaba. Poco, pero dudaba.

He tensado más la cuerda.

—Vete tú a saber por lo que debe de estar pasando, mamá —he dicho sin apartar los ojos de la pantalla del móvil—. Esperando al miércoles, sola en ese caserón... sin compartirlo con nadie... —Se ha removido, incómoda, en la silla, ha cogido a Shirley y la ha abrazado con fuerza, acunándola un poco—. Ni siquiera con su madre...

Ha dejado de golpe de acunar a Shirley y me ha mirado como si yo no estuviera allí, delante de ella, y lo que en realidad ha visto ha sido la imagen de una Emma recién levantada, entrando sola al hospital, con su bolsa de deporte y su sobre con la palabra «INGRESO» estampada en rojo sobre blanco.

—Sí, tengo que hablar con ella —ha dicho, asintiendo con firmeza—. No podemos... no puedo dejar que se meta en un hospital sola, como si no tuviera familia. Da igual que sean unas pruebas o que sea un... un lo que sea. Pero no puedo dejar que vaya sola. No, no tendría perdón.

—No, mamá, claro que no.

Y, aunque la he visto convencida, la conozco bien y sé que su memoria, la que reserva para sus compromisos incómodos, es la que es, así que, por si le quedaba alguna duda, he rematado con esa voz de anuncio que conozco bien porque en alguna de sus versiones me ha tocado *locutarlo* a mí:

—Ella nunca lo haría.

Mamá poco a poco ha bajado la vista hacia Shirley, que la ha mirado con sus ojos saltones y ha soltado un par de ladridos. Luego ha sonreído, aliviada y convencida.

—Gracias, cielo —me ha dicho con una sonrisa antes de depositar a Shirley en el suelo y levantarse, al tiempo que murmuraba—: no, no tendría perdón.

«No tendría perdón», ha dicho mamá entre dientes antes de salir disparada al baño, y al oírla he notado un pequeño sobresalto, apenas un pinchazo, porque esa es también una frase de la abuela Ester, sobre todo la de los últimos años. De repente se ha ido mamá y ha vuelto la abuela, con sus ojos brillantes y esa forma tan suya y tan libre de decir las cosas, sin el abuelo al lado, sin demasiada paciencia con lo que a sus ojos no la merecía y con sus propias teorías sobre la vida, teorías que en la mayoría de los casos siempre daban en el blanco, aunque el blanco no siempre estuviera a la vista. Con los años, la abuela había ido acumulando su pequeño banco de teorías sobre muchas cosas: el tiempo, la edad, la muerte, mamá, Silvia, el perdón...

«No es extraño que nos cueste tanto perdonar, perdonar de verdad, cuando nos es tan difícil nombrar lo que realmente duele», decía. Decía eso y otras cosas que desde que se marchó sigo recordando y apuntando en la pizarra del salón a medida que la memoria me las devuelve. Ella nunca entendió a la gente que se enorgullece de perdonar sin olvidar: «Quienes dicen "yo perdono, pero no olvido" tendrían que entender que recordar los agravios es peor que no perdonarlos, porque perdonar sin olvidar es mentira».

La abuela hablaba a veces, sobre todo al final, de lo mucho que le había perdonado al abuelo, «aunque no lo mereciera», añadía. Nunca especificó a qué se refería exactamente, pero ya no importaba. «De todas formas, lo de los merecimientos da un poco igual —añadía con una sonrisa de mujer cansada—, porque al final entiendes que la que no se merece tener que cargar con tanto no perdón eres tú.»

Ahora, mientras la luz de esta tarde noche de junio va menguando en la calle y el viento mece el crepúsculo al otro lado de la cristalera, me acuerdo de esas frases que la abuela soltaba cuando estábamos solos ella y yo, y también de su risa mientras merendábamos en su casa y me pedía que le pusiera alguna película en el reproductor de DVD que le habíamos regalado Silvia, Emma y yo por su ochenta cumpleaños y que ella no sabía manejar. Desde siempre le encantaba el cine y, como salía poco y su movilidad era la que era, a mí poder llevarle películas y verlas juntos me daba una vida que solo tenía con ella y que la abuela se negaba a compartir con nadie más. «Tú y yo solos», decía siempre antes de colgar cuando la llamaba y ella me invitaba a merendar a su casa. Y luego: «Tráete alguna peliculita, anda». Sobre todo le gustaba el cine en blanco y negro, «el de verdad», decía, «el de las frases buenas». Pero su favorita era *Eva al desnudo*. Se sabía algunos diálogos de memoria, sobre todo los de Anne Baxter, a la que ella llamaba «la perrita mala», y también algunas de las réplicas de Bette Davis, que repetía en voz baja sin apartar la mirada de la pantalla. A veces me pedía que silenciara el volumen y que jugáramos a ser ellas.

«Yo me pido la perrita mala», decía con una risilla de niña que a mí me podía. Y así pasábamos la tarde, comiendo bocadillos de aguacate con pollo y cruasanes de crema mientras jugábamos a ser quienes no éramos, poniendo voces a los diálogos hasta que nos cansábamos y empezábamos a inventar.

Entonces llegaba lo mejor.

«Ahora seremos tus hermanas —decía—. Yo, Silvia. Tú, Emma.» Y, mientras en la pantalla Anne Baxter y Bette Davis se las tenían y se vigilaban como dos gatas a punto de pelea, la abuela y yo las investíamos de Emma y de Silvia, cada uno en su papel, inventando para ellas conversaciones que nos habría gustado que tuvieran, imitándolas sin maldad hasta que nos podía la risa y volvíamos de nuevo a la versión original. A veces, cuando nos juntábamos toda la familia a comer o a cenar con motivo de un cumpleaños o de alguna celebración, la abuela soltaba una de esas réplicas de *Eva al desnudo* cuando le parecía que encajaba en la conversación. Esperaba entonces a ver la reacción de los demás y, si nadie parecía extrañarse y su intervención pasaba desapercibida, me guiñaba el ojo, esperando a que me riera para reírse ella también. Y yo me reía, claro que me reía, porque mi risa era para la abuela Ester la señal de que nuestro puente seguía en pie, de que todo estaba bien, y porque le gustaba tanto verme reír con sus salidas de tono como a mí verla disfrutar con mi risa. Le gustaban tantas cosas a la abuela Ester... y le gustaba tanto mirar, mirarnos... vernos crecer... Más adelante, cuando estuvo ya muy mayor, en las comidas de los domingos se quedaba sentada muy quieta en la silla y simplemente nos miraba y sonreía en silencio, recorriéndonos con los ojos mientras desmigajaba distraídamente el pan con esos dedos delgados y llenos de manchas, como si tocara al piano una música que solo ella oía. A veces se quedaba adormilada en la mesa, pero ni aun entonces paraba de teclear sobre el pan y nosotros la dejábamos descansar despierta, sin molestarla. Ni siquiera papá, que la detestaba por encima de todas las cosas porque la abuela nunca se había fiado de él y tampoco había hecho muchos esfuerzos por disimularlo, rompía la fragilidad de esos momentos. Comíamos con ella suspendida entre el momento real y esos retales de vida no tangible que empezaba a atisbar en su mente y que la llevaban lejos, muy lejos de la vida que le quedaba con nosotros. Luego, cuando volvía a la mesa, lo hacía con una lucidez con la que barría lo que tocaba y que se traducía en frases o preguntas lapidarias que con el tiempo casi llegamos a temer. A veces eran retazos de alguna conversación que la memoria le devolvía y que le dibujaba a carbón en la nebulosa momentánea de su mente. Otras, preguntas cual dardos que se clavaban en la mesa, bombas de relojería, silenciando todo lo demás.

«¿Cómo no nos va a costar tanto perdonar, si ni siquiera somos capaces de nombrar lo que nos duele?», soltó la última noche de San Juan que pasamos todos juntos, al volver en sí de una de sus pequeñas ausencias, fijando la mirada en la copa de cava que no había tocado. No supimos qué decir porque no sabíamos quién hablaba. Su pregunta, como muchas otras antes, quedó suspendida entre el calor de la noche y el estallido de los petardos que resonaban en la calle, como hace un momento ha quedado suspendida la frase de mamá sobre la mesa de la cafetería, convertida en uno de esos globos que se le escapa a un niño en una fiesta y se eleva sobre las cabezas de todos en dirección a un cielo negro que esconde cosas que no controlamos —y que están cargadas de peligros, de encuentros hermosos y de extraordinarias sincronías— mientras en tierra los ojos siguen la lenta trayectoria del globo hasta que lo único que queda es la anticipación.

Anticipación. Eso fue lo que nos regaló la abuela al apagarse como lo hizo, poco a poco y sin costuras, y también lo que no pude tener con Max años más tarde. Ni eso ni margen para el duelo, porque no hubo tiempo ni tampoco despedida. Como había ocurrido ya con Andrés y con papá años antes, la ausencia de Max cayó sobre nosotros a traición, cubriéndonos de un aluvión de lodo caliente y húmedo que todavía no hemos conseguido limpiar del todo.

Max se fue y yo me quedé.

Y mamá hizo lo que nunca debería haber hecho.

Se inventó a R.

8

Un fin de semana, no mucho después de la cena de fin de año que habíamos conseguido celebrar en familia por primera vez desde que mamá se había divorciado de papá, tuve que viajar a Londres por trabajo. La distribuidora de una superproducción de animación norteamericana había decidido organizar en su sede de Londres un visionado para los dobladores europeos y evitar que las copias fueran pasto de la piratería antes del estreno, de modo que tocó viajar. Dio la casualidad de que la canguro de Max no estaba disponible. Tampoco Emma —que pasaba el fin de semana en Roma con Olga, su pareja de entonces, celebrando que cumplían el quinto mes de embarazo de la pequeña Sara— ni Silvia —que vivía en esa época en Lisboa— podían ayudarme, así que mi única alternativa era mamá. Ella se ofreció encantada. Aunque al principio dudé, porque mamá era y sigue siendo como es y yo no las tenía todas conmigo, al final no me quedó más remedio que confiar en ella y dejé a Max a su cuidado.

Viajé. Fue un fin de semana intenso: dos visionados el sábado, cena con los dobladores, no solo los de la versión en castellano, sino con los del resto de países europeos, un nuevo visionado el domingo y tarde de charla en la sede de la productora sobre nuevas técnicas de doblaje en la animación. No tuve tiempo de llamar a mamá. Quise confiar en eso de que «cuando no hay noticias es que son buenas noticias» y decidí relajarme y disfrutar del viaje en la medida de lo posible. El lunes, de vuelta a Barcelona, pasé primero por casa a dejar la maleta antes de ir a por Max. Tenía muy poco tiempo, porque me esperaban en el estudio a mediodía para empezar a grabar. Cuando estaba a punto de salir, llamé a mamá para avisarle de que iba y asegurarme de que estaba en casa.

Lo supe en cuanto la oí.

Su «hola» fue el de las malas coincidencias.

Los segundos siguientes fueron aún peor.

Ni siquiera ahora sé hablar de lo que ocurrió esa mañana entre mamá y yo; de la conversación, quiero decir, porque apenas la hubo. Lo que sí recuerdo, lo que todavía engulle todo lo demás a pesar de los años, es el impacto. Hubo golpe, un golpe sordo como el estallido de una botella de cristal en un congelador, y también hubo calor en la cara y falta de aire mientras al otro lado de la línea la voz de mamá, pequeña y encogida sobre sí misma, intentaba decir cosas que empezaba pero que dejaba suspendidas en el aire y que yo no entendía. El tiempo fue alargándose en una espera negra, hasta que me atreví a preguntar:

—Es Max, ¿verdad?

Mamá lloraba, no con grandes sollozos, sino en pequeño, como quien llora de nuevo después de haberlo llorado todo. Cuando por fin habló y empezó a contar —antes de que yo colgara y la dejara sola con lo que no quise compartir—, alcancé a oír dos cosas.

—Ay, hijo... —fue la primera.

En el intervalo que transcurrió desde ese «Ay, hijo» hasta que pude volver a escuchar, sentí que mi vida se rompía en dos como una cáscara, oí el crujido, palpé la textura de la fractura y supe que lo que iba a oír si seguía escuchando no tendría perdón. Y tuve miedo: miedo a la pena, a no saber encajarla, a derrumbarme solo por fuera y que lo de dentro se quedara seco. Desde ese «Ay, hijo» hasta que me senté en el brazo del sofá, intenté respirar y me llevé la mano a los ojos, mamá siguió hablando sin parar, dando información con una voz entrecortada y llena de aire en la que las palabras se repetían como malas copias de sí mismas: «veterinario», «lo siento», «yo», «estaba bien y de pronto», «urgencias», «tus hermanas», «aquí sola»... hasta que el chasquido de la cáscara volvió a sonar en algún rincón del salón y supe que no, que así no, que a mí no.

Antes de colgar, lo único que entendí fue:

—Muerte súbita. El sábado. No sufrió, Fer.

«No sufrió, Fer.»

Apagué el móvil, deshice la maleta, me di una ducha y me fui a trabajar. Eso fue lo que hice esa mañana y todas las mañanas del resto de la semana. Durante los ocho días siguientes, fin de semana incluido, me levanté, me duché, desayuné, fui al estudio y grabé sin descanso durante horas. Cuando terminábamos de grabar, volvía a casa, cenaba algo, me tomaba una pastilla para dormir y me acostaba. No encendí el móvil en ningún momento y utilicé la dirección de correo que uso exclusivamente en la tableta para cosas de trabajo. Dormí, comí y trabajé, nada más. En el trayecto de casa al trabajo escuchaba la radio, cualquier emisora valía, y en cuanto llegaba a casa encendía la tele y no la apagaba hasta que volvía a salir a la mañana siguiente. El silencio, durante esos días, fue de puertas afuera. No hablé con nadie, salvo con los técnicos del estudio, concentrado como estaba en el doblaje del personaje de la película de animación en la que trabajábamos con el tiempo en contra y con unas exigencias de calidad y de metodología especialmente estrictas. La mala coincidencia —o quizá, vista desde ahora, la buena— fue que el personaje al que me había tocado dar voz era R, una especie de mastín blanco y peludo que había perdido a sus dueños en un incendio y al que, por una serie de avatares, había acogido en adopción una pareja de elefantes del zoo. La llegada de R al zoo no solo trastocaba la vida y la relación de los dos elefantes, sino que poco a poco iba cambiando la vida de los demás animales que vivían allí encerrados desde su nacimiento, dándoles una perspectiva distinta de lo que eran y de lo que suponían la libertad y el cautiverio.

Durante ocho días mi voz fue la de R, sus gestos, los míos, la risa también, y cada sílaba, cada tono, cada quejido que salía de mis labios mientras lo veía moverse en la pantalla era un crujido más de la cáscara que me mantenía en pie como una de esas fajas rígidas que se cierran sobre la cintura de los accidentados y que dan un equilibrio y una firmeza que en realidad no existe.

Fui R esa semana. Lo fui en el trabajo y también fuera de él. Respiré como él, comí como él, dormí como él... Nadie sabe ni sabrá jamás lo que viví en la oscuridad del estudio, solos R y yo, él en su pantalla y yo en tierra, poniéndole voz, insuflándole una vida desde lo que no era él y que yo había perdido. Lo hice mío, me dediqué a él, aparcando todo lo demás: R y yo dentro, la pena fuera.

R y Fer. Él ponía la vida. Yo, la voz.

Durante esos días de exilio en la oscuridad del estudio, quise prepararme para entender la ausencia de Max y darme tiempo. Necesitaba tiempo para organizar el escenario del duelo, para entender que Max ya no, que la vida sería otra cosa, más sola, más fría. Creí que aislando el dolor con la mente, le ganaría la batalla. Entre la mente y el cuerpo, aposté por la mente.

Me equivoqué.

Y no tuve tiempo de rectificar.

Cuando quise darme cuenta del error, mamá había vuelto a actuar y ya era demasiado tarde.

Recuerdo ese día como lo he recordado a diario durante estos tres años. Recuerdo la luz, el cansancio, las ganas de llegar a casa y tumbarme en el sofá, encender la tele y abandonarme a cualquier cosa que no fuera yo. Supe que mamá había estado en casa en cuanto metí la llave en la cerradura y me di cuenta de que la puerta estaba cerrada sin llave. Por un momento, temí que siguiera todavía dentro y estuve a punto de dar media vuelta y bajar corriendo la escalera, pero después de escuchar unos minutos junto a la puerta, entendí que no.

Entré, dejé la bolsa y la tableta encima de la mesa del comedor y fui directo al sofá. Cuando me senté y levanté la vista, me topé con un papel enganchado con celo en el cristal del ventanal que daba a la terraza. No me hizo falta levantarme para saber que era de mamá: su letra grande y redonda y ese trazo grueso de rotulador de quien escribe viendo poco son suyos y solo suyos.

Estuve tentado de tumbarme y no hacer caso del papel, pero se me ocurrió que si mamá había sido capaz de arriesgarse a entrar en mi casa, sabiendo como sabía que no era bien recibida, el papel o lo que contenía tenía que ser a la fuerza importante, así que lo pensé mejor, me acerqué al cristal, desenganché el papel y lo leí allí mismo, de pie junto a la ventana.

Decía así:

Cariño:

Ya sé que no quieres verme y me da mucha pena, pero lo entiendo. Tú tómate tu tiempo. No quiero ni imaginar cómo te sientes, hijo, pero es que yo no sé qué hacer, porque creo que haga lo que haga lo haré mal y me da miedo que duela más, y que dure más...

Pues lo que ha pasado es que hemos estado en el veterinario esta mañana con Ingrid, porque a Shirley le tocaba la vacuna. Y resulta que Miguel, que sabe lo de Max porque se lo conté cuando le llamé el martes para pedirle hora... bueno, lo que quiero decir es que cuando hemos llegado a la consulta nos hemos encontrado con que acababan de traerle un perrito que una señora había encontrado atado a un contenedor. Al principio no he querido ni verlo, porque me conozco y ya sé que no, pero Ingrid, que es como es, se ha ofrecido enseguida a buscarle casa, y claro, Miguel nos lo ha enseñado.

Ay, Fer, es tan... para comérselo. Y de raza, fíjate. Ahora es que lo abandonan todo. Y cuando lo he visto he pensado: «a lo mejor Fer...», pero también he pensado que a lo mejor no. Y luego lo he tenido un rato conmigo mientras Ingrid y Miguel rellenaban unos papeles y llamaban a la perrera, y estaba tan asustado el pobre, y todavía es casi un cachorro, y mira... lo hemos hablado con Ingrid, y hemos quedado en que si no lo quieres, nosotras le buscaremos una familia, de verdad, te lo prometo. Así puedes pensarlo mientras le encontramos una casa y si no quieres no tienes que adoptarlo, ¿te parece? Aunque seguro que en cuanto lo veas te enamorarás. Y así te sentirás mejor que antes, hijo. Quiero decir que antes de... bueno, ya me entiendes...

Es que yo no sé qué hacer, y me tienes tan preocupada...

Tu madre

P. D.: Solo dos cosas más y ya no te molesto:

1. No tiene nombre todavía. Bueno, debía de tener alguno, pero no lo sabemos. Ingrid dice que tiene cara de llamarse Nemo, porque ha estado solo un rato esperando a su padre en el contenedor, aunque Ingrid a veces dice tonterías, pero es por lo del idioma... ya la conoces, cielo.

2. Llama a Emma, por favor te lo pido. Te hemos dejado no sé cuántos mensajes en el móvil y, con todo lo que le ha pasado, sé que ella te necesita mucho, aunque no lo diga. Y Silvia se ha puesto histérica cuando le he dicho que pasaría a verte para dejarte a... a... al cachorro. Me ha dicho que soy una irrespon-

sable y que cómo se me ocurría hacer algo así sin consultarte. En fin, esa cosa de hermana mayor que tiene. Pero Emma... Llámala, por favor.

Es que... entre lo tuyo y lo suyo, yo no puedo con tanto.

Si alguien me hubiera dicho en ese momento que lo que acababa de leer era verdad y no una de las ocurrencias cada vez más frecuentes de mamá, no le habría creído. Durante un rato no me moví de donde estaba con el papel en la mano, incapaz de reaccionar. No quería enfrentarme a la posibilidad de que las palabras de mamá pudieran tener una traducción en la vida real, y eran tantas las cosas que me circulaban a la vez entre la mente y el plexo que tuve que respirar hondo para controlar esa mezcla de rabia contra mamá, pena, admiración por su valor y arrepentimiento por haber dejado fuera durante todos esos días a Silvia, a Emma y a ella, sin haberles dado una mínima ventana por la que mirarme y verme vivo y entero. De pronto me sentí egoísta, dolido, pequeño e invadido. Y sobre todo lejos, lejos de lo poco que hasta entonces había sido mío.

«Y Emma —pensé, con un pinchazo en el cuello, volviendo a leer la última frase del papel—: entre lo tuyo y lo suyo, yo no puedo con tanto.»

Volví a la mesa. Abrí la cartera y saqué el móvil. Mientras esperaba a que se encendiera, fui acercándome al ventanal, sin soltar el papel de mamá.

En cuanto el móvil se encendió y lo desbloqueé, empezaron a sonar los distintos timbres de Whatsapp, mensajes de voz, Facebook, Twitter, Instagram, el correo personal... como si, después de una semana de sordera, hubiera recuperado el oído y todos los sonidos se solaparan en un metálico sinsentido de tonos, timbres y alarmas. A medida que iban sonando los distintos tonos, fui levantando la cabeza al tiempo que paseaba distraídamente la mirada por el cristal.

Y entonces lo vi: blanco como un enorme ovillo de pelo al sol de febrero, tumbado con la cabeza entre unas patas gruesas todavía de cachorro, unos ojos oscuros enmarcados por unas largas pestañas también blancas y una mirada ajena y triste que no dejaba de estudiar la pared desde el fondo de la terraza.

Allí estaba, laxo y arrinconado como un cuerpo triste que alguien hubiera abandonado al fondo de mi terraza.

Y entendí que mamá hablaba en serio.

Y apreté los dientes y la odié. La odié por no darme tiempo a vivir mi duelo y por preocuparse mal, por torpe, por haberme dejado confiar en ella cuando ella jamás lo habría hecho, por no verme como yo quería que me viera y por tener siempre tanto miedo a equivocarse. La odié por débil, por mayor, por no haber sabido salvar a Max y querer saldar el error así, reemplazando un cariño por otro como se reemplaza la pieza desgastada de un electrodoméstico. La pieza no importa. Lo que importa es que el hueco no pase demasiado tiempo a la vista.

La odié por haberme dejado huérfano de amigo y haber dado la cara a medias. Por el error, sí, y por la torpeza, pero sobre todo porque era mi madre y yo la necesitaba a mi lado.

La odié tanto que tuve miedo de no saber parar.

—No puedes hacernos esto, mamá —dije en voz alta, empañando el cristal de la ventana con el vaho de mi aliento y haciendo desaparecer durante un instante la imagen del nuevo habitante de mi terraza—. No voy a poder perdonártelo —añadí, bajando la voz y recuperando la imagen de la cara de Max en la ventana—. Ahora ya no.

Entonces me volví de espaldas al cristal, fui hasta el sofá, me senté, rompí el papel en pedazos y marqué el número de Emma.

9

Ha caído la noche al otro lado de la cristalera. En la barra, la camarera se ha levantado del taburete y ha empezado a preparar algo en la bandeja después de que mamá se hubiera parado a hablar con ella de camino hacia aquí. Las he oído charlar durante unos minutos, he oído también la risa contagiosa de mamá y un par de ladridos de Shirley, poco más. Ahora mamá se sienta, deja el teléfono en la mesa, coge a Shirley del suelo y se la acomoda sobre las piernas, junto a las bolsas.

—Mamá, lo de llevarte el móvil al baño... ya lo hemos hablado muchas veces, ¿no? —le pregunto.

Pone cara de sorprendida.

—Ay, es verdad.

—Entonces, ¿por qué te lo llevas?

Pone los ojos en blanco y tuerce el morro.

—Es por si me llaman.

—Ya lo supongo, mamá. Pero habíamos quedado en que el móvil en el baño, no. ¿Te acuerdas?

Suelta un suspiro y mira su reloj, como si estuviera haciendo tiempo para algo que yo desconozco.

—Ay, Fer, ¿no ves que tu madre está mayor?

—No, mamá. «Ay, Fer», no —le suelto, tensando la mandíbula—. ¿Te recuerdo dónde han terminado tus dos últimos móviles?

En el retrete. Sus dos últimos móviles han terminado pasados por agua, porque entre el papel higiénico, la compresa antipérdidas, Shirley, que si no entra al baño con mamá se pone a morder la puerta como si le fuera la vida en ello, y el móvil, mamá no da para tanto y el desastre es casi un fenómeno natural. La última vez tuvimos que llamar a un fontanero de guardia, porque mamá se puso tan nerviosa al ver el móvil bajo el agua que no se le ocurrió nada mejor que empezar a tirar de la cadena como una posesa y lo único que consiguió fue que aquello empezara a rebosar la taza y a inundar el baño.

—Es que me acabo de acordar de que tenía que hablar con Ingrid y como ella se acuesta tan temprano y yo tardo tanto en hacer pis, pues he pensado que así aprovechaba —dice al tiempo que la camarera sale de detrás de la barra y viene hacia nosotros. Mamá sonríe, aliviada.

—Aquí tienes —dice la chica, sirviéndole una taza de chocolate. Mamá, que sabe que no le quito ojo, pone cara de inocente, coge la taza y me la acerca para que la vea.

—Es chocolate cero —dice, encantada—. Sin gluten, ni colesterol, ni nada de eso.

—Mamá, tú no eres celíaca.

Pone los ojos en blanco y con un mohín de fastidio se lleva la taza a los labios. Luego se vuelve a mirar a la chica, que ahora le sirve un par de cruasanes, y se fija en el nombre que lleva en la placa que le cuelga del pecho.

—Oh —dice mamá, cambiando de tercio, pegando la cara a la placa y tocándola con la mano—: Rúcula. Qué nombre más bonito.

La chica se incorpora como impulsada por un resorte.

—Raluca, por favores —la corrige.

—Sí, hija, claro —dice mamá, entrecerrando los ojos—. También es muy bonito.

—Gracias. —La chica sonríe—. ¿Quito trapos? —pregunta.

Mamá asiente.

—Te lo agradecería, sí.

La chica le quita los trapos, dejando a la vista los moratones, las rodillas inflamadas y el codo negro.

—Qué acento más bonito tienes —le dice mamá—. ¿De dónde es?

—De Rumanía —contesta la camarera con una sonrisa de orgullo. Y luego aclara—: bueno, Raluca es mi segundo nombres. Mi primeros es Romana.

Mamá deja la taza en el plato y la mira, encantada.

—Romana. —Mamá saborea la musicalidad del nombre en silencio con una cucharada de chocolate y dice—: ¿Y hace mucho que vives en España, Ráncula? —le pregunta, partiendo un cruasán y dándole un trozo a Shirley, que suelta una especie de ronquido de felicidad y se lo arrebata de un tirón.

—Dos años y un poco más de tiempos —dice Raluca, tocándose distraídamente el *piercing* de plástico del labio. Y enseguida añade—: pero mi novio es de aquí. Bueno, de Bilbao. Se llama Andoni.

—Ah, qué bien, un vasco —dice mamá—. Nos gustan mucho los vascos, ¿verdad, Fer? —pregunta con una mirada cómplice que yo prefiero obviar.

Raluca asiente, saca del bolsillo trasero de los *shorts* uno de esos móviles de tamaño familiar y lo manipula a toda velocidad con mano experta hasta que finalmente encuentra lo que busca. Luego, le ofrece el móvil a mamá, que, acostumbrada como está a nuestras broncas, lo coge con un cuidado exquisito, al tiempo que Raluca dice, encantada:

—Es muy guapo mi Andoni.

Pero Raluca desconoce que mamá es como es, y no sabe que un móvil en sus manos es una bomba de relojería.

—¿Y a qué se dedica Andoni? —pregunta mamá, acercándose la pantalla del teléfono a escasos centímetros de la cara y empezando a manipular la imagen con los dedos, primero despacio, pero enseguida, como no consigue lo que quiere, coge carrerilla y por el movimiento de la mano entiendo que ha empezado a pasar fotos frenéticamente como si pasara las páginas de una revista, intentando volver a la original.

Raluca sonríe, encantada con la atención, pero no contesta, porque mamá ha dejado de manipular la pantalla de golpe y ahora pega los ojos al teléfono, intentando descifrar lo que ve con cara de no entender nada. Un poco más tarde, separa bruscamente la cara del teléfono y con un «¡Dios mío!» susurrado entre dientes me lo pasa y pregunta:

—¿Andoni es... cocinero?

En cuanto veo la pantalla del móvil sé que mamá ha ido a dar por error con una foto que no es la original y que no estaba destinada a ella y entiendo también la cara de espanto con la que sigue mirándome. En la foto, el tal Andoni, un tipo con una barba hasta el esternón, gorro de cocinero, cuerpo de armario de tres puertas y desnudo integral, mira a cámara con una sonrisa de bruto que quiere ser *sexy* y con todo a la vista. Lo llamativo, aparte de la barba, es que el todo en cuestión es una cosa enorme y en ristre que apunta a cámara y sobre la que el chico ha escrito con letra de niño de seis años: «Ralu, tú pon la mesa, que yo te llevo los huevos y el *pintxo*». Remata el cuadro un *smiley* amarillo con dos corazones en los ojos clavado en la punta del... del *pintxo*.

A mi lado mamá pone los ojos como platos y yo le devuelvo el móvil a Raluca, intentando contener la risa. La chica vuelve a metérselo directamente en el bolsillo trasero del *short* y dice:

—No, no es cocineros. Es fisicoculturista.

Mamá suspira, pone cara de sorpresa y me lanza una de sus miradas de reojo.

—Ah, que coincidencia. Como John. —Raluca pone cara de no entenderla y mamá le dije—: John es el novio de Silvia, mi hija mayor. También está en el mundo de la cultura. Y es físico. Genético —aclara.

A Raluca se le ilumina la cara.

—Oh, sí. Andoni tiene buenas genéticas también, pero sobre todo batidos y mucho entrenamientos. Comes todo el rato: pasta, arroces, pollos, conejos, vacas, bueyes, prótidos... y huevos.

Intento atajar la deriva de la conversación, que ya intuyo, con un:

—Mamá, el novio de esta chica es fisicoculturista, no físico.

Mamá me mira y sonríe.

—Sí, como John. —Y volviéndose hacia la chica—: Pero si Andoni es de Bilbao no es *melonita*, ¿verdad?

Raluca frunce el ceño y parece pensarlo durante un par de segundos.

—¿*Melonita* es como *disc-jockey*? —pregunta.

Mamá se queda con el cruasán en el aire, pensativa.

—Bueno... un poco, sí, pero con una guitarra pequeña como la del enanito de la tuna.

—Ah, entonces no —dice la chica—, aunque a veces es porteros de discoteca en Sitges.

Mamá me mira, encantada.

—Ah, ¿es gay? —dice, volviéndose a mirarme y haciendo una mueca de «¿lo ves? Nunca se sabe dónde salta la liebre».

Raluca pone cara de horror.

—Noooo. Gais no. A Andoni le gustas mucho Raluca. Dice que las mujeres rumanas somos calientes como motor de lavadoras.

Mamá se ríe y enseña unos dientes negros de chocolate. Al verla, Shirley se echa a ladrar, erizada. Raluca la mira y le dice a mamá:

—¿Y el pitbull cómo se llama?

Más risas y más ladridos de Shirley, que no ve con buenos ojos tanta amistad no consentida.

—Se llama Shirley —responde mamá, acariciándole las orejas—. Saluda a Rúcula, Shir.

Shirley mira a Raluca y gruñe, enseñando los dientes, y mamá se ríe, encantada.

—Le gustas —dice—. Gruñe así cuando le gusta alguien. Es muy suya.

Raluca levanta una ceja.

—Es recogida —aclara mamá, intentando tranquilizarla—. Por eso no se parece a mí.

Al ver así a mamá, tan aliviada y tan tranquila después de haber soltado su carga de angustia, disfrutando como una niña de su segunda merienda y ajena por completo a lo que yo llevo ocultándole desde que ha entrado en la cafetería, siento que la tensión y las ganas de protegerla para que no sepa dan paso a una oleada de tristeza que me sube por el cuello y me barre la cabeza desde abajo, empapándome la espalda. Es una tristeza manchada de otras cosas, y también es pena, una pena honda y dura, porque, aunque mamá está cerca y su ruido también, aunque está conmigo y su compañía me hace bien, ella en realidad no está, y porque, aunque quisiera, aunque yo no fuera como soy y no me empeñara siempre en hacer las cosas solo como lo hacemos todos en esta familia, no podría compartir esto con ella.

Afortunadamente, en ese momento suena el teléfono del bar, Raluca corre sobre sus sandalias de tacón a cogerlo y nos libramos de ella a tiempo, pero mamá sigue concentrada en los restos de su chocolate como si no hubiera nada más en el mundo.

Como si yo no estuviera aquí.

Entonces me llega un *whatsapp*. La pantalla del móvil se llena de un destello verde y al instante los pulmones se me encogen como dos puños en alerta, pero el mensaje es de Emma y la alarma, falsa. «¿Todo bien?», pregunta. No le contesto. Sin embargo, en cuanto mi mente procesa que no es más que eso —un mensaje de Emma—, me asalta desde la memoria la última imagen que conservo de R, y la ola de calor húmedo vuelve a barrerme desde los pies. Por un momento, estoy a punto de rendirme, volverme hacia mamá y contárselo todo, sacarlo como salga y pedirle que se quede, que espere conmigo aquí o donde quiera. Pero en cuanto la veo sé que no, que ni imagina ni quiere imaginar y que estaría actuando mal, porque estaría exponiéndola a un dolor que, como ocurrió con Max en su día, seguramente no sabrá gestionar, y sé también que es tarde y que cuando se termine el chocolate me dirá que está cansada, cogerá sus bolsas y a Shirley y se irá a casa.

Para ella el día habrá terminado.

Para mí, no habrá hecho más que empezar.

Como si me hubiera oído, en su lado de la mesa mamá rebaña ahora el último resto de cruasán en la taza, lo parte en dos y se come un trozo ella y el otro se lo da a Shirley. Luego se limpia los labios, suelta un profundo suspiro de satisfacción, mira su reloj por enésima vez, coge la bolsa grande del suelo y gira la cabeza hacia mí.

Y cuando creo que se va a despedir, dice:

—A R le ha pasado algo, ¿verdad, hijo?

La pregunta me pilla tan a contrapié que por un momento no sé si he oído bien. En cuanto sé que sí, que lo que he oído es lo que es, consigo reaccionar y arrugo la frente como si no entendiera.

—¿Algo?

—Sí —dice, asintiendo un poco.

—¿Qué quieres que le pase? —le pregunto, a la defensiva.

Abre la bolsa grande, la del material resistente, y empieza a revolver su contenido, casi metiendo la cabeza dentro.

—Nada, cielo —dice con una voz extrañamente tranquila—. Yo no quiero que le pase nada. —Luego levanta la cabeza y me mira—. Ni a él ni a ti.

Le aguanto la mirada un instante.

—Ya te he dicho que R está con Chus.

No deja de mirarme. Tiene todavía un brazo dentro de la bolsa.

—Fer —dice, entrecerrando los ojos—. No tienes que contármelo si no quieres, pero me gustaría saberlo.

No digo nada.

—Hoy es tarde de malas coincidencias —murmura, como si hablara consigo misma—. Hoy son malas, ¿verdad?

«Las malas coincidencias», pienso. Pero no tengo tiempo de pensar nada más, porque ella no ha terminado.

—Cuando he salido de casa a bajar la basura me he encontrado con Chus —dice—. Iba con Maimón y con la niña. Me han preguntado por ti.

No he hablado.

—Y por R.

Silencio. Lo que me sube ahora desde los pies es un escalofrío húmedo mientras todo el control y toda la resistencia que llevo manipulando desde hace dos horas empieza a licuárseme por dentro, y aunque trago saliva una, dos y tres veces, el frío me impregna los ojos, llenándomelos de agua.

Bajo la vista y parpadeo, pero mamá no ha terminado.

—Me han dado recuerdos para ti. —Hace una pausa. Inspira hondo. Espera—. Y muchos besos para R.

Ahora, entre esta agua que no se va, lo que veo es solo mesa: cristal, madera, vaso, taza sucia, plato con restos de migas, móvil y mis pies debajo... veo todo eso y parpadeo otra vez para que el agua se vaya y mamá no siga hablando. «No digas nada más», le pido en silencio, y durante unos segundos que parecen grandes paréntesis llenos de cosas a punto de estallar, casi creo que lo he dicho en voz alta, porque mamá calla y sigue revolviendo las cosas de la bolsa, aparentemente ausente.

Hasta que, cuando voy a levantar la vista, noto sus dedos sobre la muñeca y esa presión tan suave y tan tímida de las yemas que conozco bien, como conozco todo lo que hay detrás.

—Hijo... —dice.

Hijo. Nadie dice «hijo» como lo dice mamá, porque nadie apunta ni golpea así, con el aire comprimido que une las cuatro letras. A pesar de las luces y de las sombras que nos separan, de las cuentas pendientes y de los rincones mal ventilados, a pesar de todos los tropiezos, las torpezas, las teclas desafinadas y las piezas perdidas del rompecabezas que somos juntos y también por separado, mamá sigue siendo esa porción de vida que tengo asegurada, la quiera o no la quiera, la nombre o no, la asuma o no. Mamá es y luego está, y aunque deje de estar sigue siendo, y eso ocurre tan poco, aparece tan poco en la vida, que, por mucho que me empeñe, siempre termino aceptando su amarre porque con ella hago pie.

Siempre terminamos cerca.

Cuando levanto la cabeza y me atrevo a mirarla, me escuece la piel allí donde noto sus dedos. Mamá me ve, a pesar de su vista me ve. Y antes de hablar, pienso: «Cómo pueden unos ojos ver tan poco e iluminar tanto. Cómo se hace». Pero sus dedos aprietan ahora un poco más y de pronto entiendo que todo este ruido, durante todo este rato aquí, ella sabía y esperaba. Entiendo que su llegada no ha sido del todo una coincidencia y que si lo es, no puede ser de las malas. Y que ahora ya no espera más, porque me conoce y conoce también mis plazos. Ahora aprieta y mira con su cabeza asomando desde la bolsa.

Y yo le pongo la mano en la suya y también se la aprieto mientras al otro lado de la calle se detiene un autobús con un gemido de gas que rompe la noche y, con una voz que no es la mía, le digo:

—Han atropellado a R, mamá.

Mamá parpadea, sus dedos se tensan sobre mi antebrazo y su cuerpo se encoge como si acabara de oír una explosión, en un gesto tan automático y violento que llego a sentir lo físico de su dolor. No habla. Respira como si le costara, una, dos, tres veces y, cuando creo que va a decir algo, al otro lado de la cristalera el autobús arranca, dando un acelerón, y se marcha. Y en ese momento, mamá entrecierra los ojos y los vuelve hacia la calle.

Sigo despacio la dirección de su mirada.

Y el sudor frío que me empapa la espalda parece secarse súbitamente mientras los dedos de mamá se cierran sobre mi brazo.

Junto a la parada de la acera de enfrente dos figuras acaban de bajarse de un taxi y, para poder cruzar, esperan a que cese el tráfico, que con la caída de la noche ha empezado a llenar la calle.

Las reconozco a pesar de la distancia y de la poca luz que ahora llega desde fuera.

Son ellas.

Silvia y Emma.

Me vuelvo hacia mamá y entonces la veo. Y lo que veo es el resumen de lo que ha sido mientras ha estado aquí conmigo: mamá correteando al lavabo con el móvil, mamá mirando su reloj disimuladamente una y otra vez, mamá buscando excusas para quedarse conmigo y alargar su compañía con el chocolate, con su angustia, con Emma, con Raluca... con el ruido, con todo el ruido y el despiste del mundo. La veo y también la leo. Y entiendo que esa luz pequeña que he visto por momentos en sus ojos estaba ahí, que era verdad.

Y que, después de todo este tiempo apagada, hibernando, mamá ha vuelto.

—Ahora, con Silvia y con Emma aquí todo irá bien —la oigo decir, hablando para mí pero también para sí misma. Y, enseguida, sin dejar de apretarme la muñeca, empieza a balancearse un poco a derecha e izquierda y a carraspear como si no encontrara el aire mientras, sin apartar los ojos del cristal, deja escapar un suspiro cansado y añade con un hilo de voz—: Verás cómo sí.

Libro segundo

Esa gran balsa de pequeños naufragios

> Siempre los años entre nosotros, siempre los años.
> Siempre el amor. Siempre las horas.
>
> *Las horas,*
> MICHAEL CUNNINGHAM

I

La familia es un *continuum* de naufragios que marcan las muertes y los nacimientos. Entre los unos y los otros, el tiempo se cuela y empuja, cincelando la historia. Por eso, ser familia es serlo también de nuestros vivos y de nuestros muertos, de los recuerdos, de lo que pudo ser y no fue y de las conversaciones que quedaron en el aire y que repetimos en voz alta cuando estamos solos, invocando la cercanía de los que se fueron antes. Somos familia de las decepciones que vivieron nuestros antepasados, de sus logros, sus fantasías y sus sueños, y también lo somos de la estela de nombres, caras y recuerdos que cada uno de esos naufragios comunes deja tras de sí.

Esta balsa, la de los que seguimos vivos, está habitada por mamá, por Emma, por el tío Eduardo —que, aunque viva en el otro rincón del mundo, también nos acompaña—, Silvia, Shirley, R y yo. Juntos flotamos en el tiempo, unidos por lo que hemos traído hasta aquí: naufragios comunes y huecos que todos vamos poco a poco rellenando. Entre los que se fueron y cuentan todavía, están la abuela Ester y Max; y en el limbo de los que no se han ido pero ya no cuentan, flota papá. Papá es una sombra que nos habita, pero no es duelo porque renunció a nosotros en vida cuando se divorció de mamá y de nosotros con ella, y su huida nos hizo bien. Se fue y no se quedó, dejando tan solo el recuerdo de lo que nos ha hecho como somos y de lo que hemos ganado con su pérdida. Ha sido un descuento y está bien así.

A veces, sin embargo, los naufragios llegan de golpe: de improviso se abre una ventana mal cerrada, el rompecabezas que estábamos armando juntos desde hace años vuela a merced de una violenta ráfaga de aire y lo que era silueta se vuelve desorden y hay que volver a empezar a buscar piezas, a recomponer huecos, a pensar. Cada uno de nosotros cuatro ha tenido en lo reciente su gran momento de rompecabezas deshecho por una mala ventana y los demás lo sabemos bien y lo recordamos, porque hemos estado juntos en esos momentos. Silvia, por ejemplo, naufragó una tarde de Navidad cuando novio y trabajo le dieron la espalda, rompiéndole la doble coordenada de seguridad sobre la que flotaba. Creyó entonces que no volvería a encontrar paz en la rabia que la había habitado y que a punto estuvo de llevarnos con ella. Afortunadamente, para entonces Emma ya había conocido a Olga y la habíamos recuperado de su tropiezo con el horror: unos años antes había perdido a Sara, la mujer con la que estaba a punto de casarse, en un accidente de tráfico. El horror era que Emma había seguido esperando a Sara durante un año entero en la misma mesa del mismo bar donde habían quedado para verse el día del accidente, y habría seguido haciéndolo si mamá no hubiera intervenido y la hubiera rescatado a tiempo. Luego había aparecido Olga y, mejor o peor, la herida de Emma había terminado de cicatrizar, o al menos eso habíamos querido creer todos. Mamá, por su parte, perdió a papá y a la abuela en pocos meses y, aunque fueron pérdidas diametralmente opuestas y sorprendentemente emergió de ellas libre y liberada, esa Amalia alerta y rejuvenecida duró lo que duró, porque el tiempo, no siempre un gran escultor, enseña que la libertad se mantiene viva mientras cuerpo y mente recuerdan el espanto del cautiverio. Ahora, pasados los años, todavía busca a su madre cuando duda, necesitada de su permiso y de esa sombra alargada que mamá nunca supo apartar en vida de la abuela Ester para poder respirar sola.

En cuanto a mí... el naufragio llegó con una de esas malas coincidencias que juntó en el mismo mes el abandono de Andrés y el de papá. Naufragué en lo masculino, sin entender el doble rechazo porque nadie se detuvo a explicar. Perdí novio y padre a la vez: Andrés y papá abrieron sin avisar la puerta que supuestamente compartíamos y al cerrarla echaron la llave y me dejaron dentro, con el rompecabezas deshecho y la confianza rota. Luego llegó Max y el naufragio fue peor, porque con él me confié: quise creer que mi cuota de abandonos estaba cubierta y me equivoqué.

En el naufragio de Max ni siquiera hubo tiempo para el duelo. No hubo despedida, no hubo luto. Ni cenizas.

No hubo llave.

Con los años, las cicatrices y las turbulencias, he entendido que en nuestra pequeña familia los naufragios son, queramos o no, un poco de todos. Aunque no han dolido por igual, sí hemos dolido a la vez y hemos sido también capaces de remar a tiempo para salir de las peores arenas, no siempre en la misma dirección y no todos viviéndolo del mismo modo, pero seguimos a flote. Por eso, cuando la tempestad vuelve a desatarse, la reacción automática es la de buscarnos para compartir la alarma. Nos reagrupamos en el centro de la balsa y, cada uno como puede, nos damos un calor que muchas veces somos incapaces de generar para nosotros mismos. Nuestra balsa nos une y nos descubre más débiles, y eso, cuando la amenaza externa es real, nos hace más que nunca lo que somos: humanamente pequeños y grandes en nuestra pequeñez, sin olvidarnos de que la balsa flota porque flota la compañía, cada uno sorteando el dolor a su manera, unos negándolo, otros enfrentándolo... pero todos remando, remando siempre.

Así es como ha sorteado mamá la noticia del atropello de R hace unos minutos mientras descubría a Silvia y a Emma varadas en la acera de enfrente como dos figuras quietas, esperando a cruzar en la otra orilla del tráfico. Ha dejado de acunarse sobre la silla y ha erguido la espalda al tiempo que con una mano seguía apretándome el brazo y con la otra empezaba a sacar a toda prisa de la bolsa de lona verde un amasijo de elásticos y cosas acolchadas de color negro y rojo que no he reconocido a primera vista.

Luego ha dicho:

—¿Está... vivo?

He asentido despacio.

Ella ha seguido mirándome durante una fracción

de segundo y de repente su mirada ha cambiado de color, como si un velo mate le hubiera cubierto el brillo de los ojos, dejándolos opacos como la piedra. Y entonces ha hecho algo que, a pesar de conocerla como la conozco y de todo lo que llevamos compartido, naufragado y remado juntos, me ha pillado tan por sorpresa —el cambio de registro ha sido tan brutal y tan inesperado— que no he sabido reaccionar.

Porque con una voz seca y ausente que hacía mucho, mucho tiempo que no le oía, ha dicho:

—Qué calor hace de repente, ¿no? —Y luego, con esa misma voz rasposa—: Qué calor.

He vuelto a tragar saliva y le he dicho que sí con la cabeza.

—Sí.

Se ha aclarado la garganta y ha cambiado de nuevo la voz, como si hubiera borrado de un plumazo a R, el atropello y nuestro último minuto de conversación, apremiada por el peso de una alarma nueva y más urgente.

—Ahora necesito que me ayudes, cielo —ha dicho, volviéndose a mirar a la calle y alargándome la mano con una de las cosas que ha sacado de la bolsa—. Tengo que ponerme esto antes de que llegue Silvia, porque no quiero que me vea así, con estos moratones. —La he mirado, sin entenderla. Le ha dado igual—. Si me pilla, no quiero ni imaginar lo que nos espera.

No he dicho nada. El cambio de tono ha sido tan abrupto, la negación tan evidente, que no he sabido qué decir. En nuestra balsa de náufragos a dos, mamá ha rechazado la noticia de R como rechazamos una noticia funesta con la que nos tropezamos mientras leemos el periódico. El atropello de R ha sido un titular tan terrible, ha despertado en ella tantos fantasmas de golpe, que ha pasado página sin mirar mientras en su cabeza se repetía un «no, no, no, R no, no puede ser, R no» que rápidamente ha silenciado con la alarma que provoca en ella la llegada de Silvia. Aterrada. Mamá estaba aterrada y me miraba con esa cara de «hijo, tienes que ayudarme como sea, pero tienes que sacarme de esta» que yo conozco bien porque es conmigo con quien más la comparte.

—Mamá, ¿se puede saber qué es est...? —he empezado a preguntar, pero enseguida la he entendido. Lo que mamá tenía en la mano eran las dos rodilleras y las dos coderas que Silvia le regaló hará cosa de tres semanas, después de la caída especialmente aparatosa que tuvo en la escalera de la plaza y que a punto estuvo de terminar con ella en el hospital. La caída fue para Silvia la gota que colmó el vaso y al día siguiente apareció en su casa con una caja enorme. Cuando mamá, que estaba en la cama recuperándose del golpe con un bote de Häagen-Dazs de chocolate negro que le había llevado Ingrid esa mañana, vio que Silvia empezaba a sacar de la caja aquellas almohadillas de *skater* a prueba de asfalto, puso cara de circunstancias y dijo:

—Ay, cielo. Pero si yo nado bien sin manguitos. —Luego cambió el canal de la tele y masculló—: Además, la piscina del gimnasio no cubre.

Silvia le hizo prometer que cada vez que saliera a pasear a Shirley se pondría las rodilleras y las coderas. Mamá intentó protestar, aunque en vano. En cuanto vio que la batalla estaba perdida, prometió que sí, que las usaría. Luego merendaron juntas y, en cuanto Silvia se marchó, mamá lo metió todo en una bolsa del súper que colgó del perchero para que quedara a la vista. Que yo sepa, hasta hoy jamás las ha usado.

—Pero, mamá, ¿qué haces con esto encima? —le he dicho, viéndola maniobrar a toda prisa los elásticos y las almohadillas.

Ha puesto cara de horror y ha empezado a ponerse una codera por el pie mientras decía:

—Pues es que iba de camino al contenedor para tirarlas, porque ya sabes que yo esto no me lo he puesto nunca ni pensaba ponérmelo y además es que ocupaba mucho sitio, cuando he pasado por aquí delante y te he visto. Y, bueno... la verdad es que en buena hora... —ha dicho, mirando la calle—. Corre, hijo, ayúdame, que yo no sé cómo va esto.

Al otro lado de la ventana, el semáforo se ha puesto en ámbar. Mamá ha parpadeado y me ha mirado con ojos de súplica.

—Por favor, Fer...

Me he secado los ojos con el dorso de la mano, le he cogido la codera, se la he quitado del pie y se la he cambiado por una rodillera que le he pasado por encima de la sandalia, subiéndosela por la pierna hasta colocársela sobre la rodilla, justo donde terminaba la tela de las bermudas.

—¡La otra, la otra...! —ha gritado, levantando el pie y moviendo a toda prisa los dedos mientras las figuras de Silvia y Emma empezaban a cruzar la calle. Desde la barra, Raluca ha levantado la vista del móvil para mirarla.

Rápidamente, he cogido la otra y se la he puesto también. Después, sin que me dijera nada, he hecho lo mismo con la codera del brazo amoratado, pero cuando iba a ponerle la otra, Silvia y Emma han entrado por la puerta prácticamente a la carrera y mamá ha vuelto a meterla en la bolsa de cualquier manera, se la ha colocado en el regazo, cubriéndose piernas y rodilleras con la tela verde, y me ha ladrado un tenso:

—Deja, deja... esta no.

No he podido decir nada. Silvia y Emma han llegado a la mesa, Silvia con el bolso en bandolera y abanico en mano y Emma con la pequeña bolsa de tela hindú donde guarda las gafas de sol, la cartera y el tabaco de liar. Han cogido las dos sillas de la mesa vacía de al lado y, cuando ya se sentaban, Silvia me ha agarrado del brazo, ha mirado primero a mamá y después a mí, y sin más preámbulos, ha dicho:

—¿Dónde está R? —Y enseguida—: ¿Qué ha pasado?

Su voz estaba tan llena de alarma y de angustia que a mi lado mamá ha parpadeado y se ha llevado la mano al cuello, como si acabara de enterarse de que R no está bien. Como si realmente no lo supiera. Por un momento la he mirado sin entender nada pero enseguida la verdad ha caído sobre la mesa como un pequeño saco de fango: en esta balsa de náufragos que esta noche hemos recuperado y empezamos ahora a compartir de nuevo, mamá no ha querido oírme cuando he hablado, esa parte no la ha querido porque no se ha visto capaz de hacerle frente. «Han atropellado a R», le he dicho, y ella ha computado «han atropellado a R y está vivo» antes de cerrar las puertas a más porque sabía que Silvia y Emma estaban al llegar y ha esperado a tenerlas aquí para poder asimilar en compañía. Mamá se ha negado a entender. «No», ha pensado, y el «no» me ha borrado de pronto, reiniciando la escena y desbrozando lo insoportable, porque la desgracia de R no es algo que podamos gestionar ella y yo solos. En un automatismo de pura supervivencia, ha negado lo que hay como niega a veces lo que cree que va a doler demasiado para darse un plazo, llevarse la llaga a su terreno y acercarse a ella, a su ritmo.

—Lo han atropellado —es todo lo que puedo decirle a Silvia, antes de que ella vuelva a hablar sin darme tiempo a más.

—¿Está...?

No ha terminado la frase. Entre sus puntos suspensivos y mi respuesta, el móvil de Raluca ha recibido un nuevo mensaje que ha trinado en el silencio tenso de la cafetería como un desgarrón.

—Está vivo —le he dicho. Ella ha soltado un chorro de aire por la boca y ha relajado los hombros—. Lo he dejado en el veterinario hace un par de horas, pero todavía no sé nada. —He cogido el móvil y he vuelto a pasar el dedo por la pantalla. La foto de R se ha iluminado debajo de los dígitos blancos del reloj—. Me han dicho que me llamarían.

Silvia ha tensado la espalda.

—¿En el veterinario?

—Sí.

—¿En cuál?

—En el de mamá.

Ha ladeado un poco la cabeza y ha hecho una mueca de no estar demasiado convencida.

—¿Y a ti te parece que es bueno? —ha soltado—. Porque, a mí, mucha seguridad no te creas que me da, la verdad. —Mamá la ha mirado con cara de ofendida, pero Silvia ni la ha visto—. ¿Y por qué no lo has llevado a las urgencias de la facultad? Son los mejores.

—Hija, pues Miguel es un sol de hombre. Y muy orgánico. Y no me parece que... —ha intervenido mamá, pero Silvia la ha cortado rápidamente con un:

—Mamá, tu veterinario será un encanto y todo lo... orgánico que quieras, pero el hombre da para lo que da y no sé yo si en un caso como este...

Mamá ha arrugado el morro.

—Pues no sé por qué lo dices —ha insistido—, porque Shirley lo adora, y, si Shirley lo adora, es que vale. Shirley no se va con cualquiera. Menuda es. Fíjate que el otro día, cuando fui a ponerle las vacunas...

Silvia ha puesto los ojos en blanco y ha dicho, entre dientes:

—No es el momento, mamá. De verdad.

—Hija, si es que no dejas hablar.

—No es una cuestión de hablar o no hablar —ha replicado Silvia con un bufido—. Es que parece que no te des cuenta de lo que pasa —le ha dicho, intentando moderarse—. Acaban de atropellar a R y sales tú con tu rollo de las vacunas y tus... cosas. Ahora no, mamá. Ahora no.

Mamá se ha encogido en la silla y no ha respondido. La tensión entre Silvia y ella nos ha barrido durante un instante como lleva haciéndolo desde hace unos meses. Por cualquier tontería salta la chispa y rápidamente el fuego prende hasta que mamá, que odia la confrontación pero tiene la mala costumbre de pellizcar siempre el hilo que Silvia parece haber acabado de afinar en su cuenta de tensiones particular, calla y baja la cabeza, y Silvia se ve pillada en falta y se maldice por tratar así a mamá, por no controlarse cuando es la mayor y supuestamente la que mejor debería saber hacerlo.

—Pues no sé por qué lo dices —suelta mamá por lo bajo, sin poder contenerse ella tampoco, no tensa ni ofendida, sino dolida porque, aunque no lo exprese, la mirada de Silvia, esa que desde hace unos meses cae ardiendo sobre su orilla como ráfagas de fuego amigo, le duele, le duele mucho porque no la entiende.

Y mientras ellas siguen a lo suyo, mamá dolida y enfurruñada como una niña y Silvia derivando sobre ella la angustia y el exceso de responsabilidad que la comprime viéndose aquí, de nuevo sobre la balsa y asumiendo responsabilidades de hermana mayor que nadie le pide pero que ella se exige... mientras eso ocurre, Emma, que desde que ha entrado no ha dicho nada y que parece tan en *shock* y tan violentada que tiene la mirada clavada en la codera de mamá, se levanta, rodea a mamá por detrás y, cuando creo que se va a acercar a la barra para pedir algo, cambia de rumbo, viene hasta mí y, rodeándome los hombros con el brazo, pega su sien a la mía y me dice, casi al oído, con esa voz tan dulce que es Emma en estado puro:

—¿Y tú? ¿Tú cómo estás?

2

«Y tú ¿cómo estás?»

Esa es Emma y esa una de las frases que la definen desde siempre. Tú. Los demás. Emma mira hacia fuera aunque el dolor esté dentro. Nos mira y nos ve porque rehúye la mirada interna y porque con los años se ha hecho experta en ocuparse de, en bregar con, en cuidar de. De los cuatro, ella es la vigía que se activa solo cuando uno de los demás cae al agua y corre el peligro de ser engullido por lo que se oculta debajo. Nos vigila porque es la única que ha visitado lo más oscuro, viviendo en el fondo durante el largo año que la muerte de Sara —la Sara mujer, no la hija que años más tarde se quedaría enquistada en el vientre de Olga— la tuvo apagada para todo lo que no fuera la esperanza de recuperarla. Emma conoce y recuerda lo que hay muy en el fondo, y es desde ese abismo desde donde administra su escala de dolor. De ahí la frase. Y de ahí también Emma.

Desde que Sara se convirtió en cicatriz y Emma volvió a subirse a nuestra balsa para navegar de nuevo juntos, vive preocupada por nuestra capacidad para asimilar el dolor, no por la causa que lo provoca.

Ella es el salvavidas que se ocupa en silencio de que la corriente no nos lleve y de que no nos perdamos en lo profundo como a punto estuvo de ocurrirle a ella.

«Tú cómo estás.»

Eso es lo que me dice ahora al oído, con la sien pegada a la mía, y eso fue también lo primero que dijo cuando, la tarde que encontré la carta de mamá en la ventana de casa y vi por primera vez a R acurrucado en la terraza, la llamé y Emma contó. Lo contó todo, ordenadamente, cronológicamente, como si lo hubiera contado mil veces y hubiera automatizado el relato, limando lo superfluo y borrando lo que no: su fin de semana en Roma con Olga, que justo en esa fecha cumplía los cinco meses de embarazo, mientras yo estaba trabajando en Londres y mamá se quedaba al cuidado de Max; la placidez de los dos primeros días de paseos, iglesias, plazas, tiendas y un sol romano de primavera precoz hasta que la noche del sábado se había encallado en una ristra de largas horas de pesadillas y de mal dormir, seguidas por un domingo de frío y lluvia que había nublado a Olga desde el desayuno. Un día espeso, húmedo y gris que Olga había vivido cada vez más callada y hermética hasta que, de camino al aeropuerto, no había podido más y había hablado: «No la siento —había dicho, llevándose la mano al vientre—. La niña. No está».

A pesar de que Emma había hecho lo imposible por tranquilizarla, Olga se había pasado el viaje de vuelta llorando. Lloraba la pérdida de la pequeña Sara, pero lloraba sola, sin compartirse con Emma, con la cara vuelta hacia la ventanilla y las manos sobre el vientre, tensa de miedo, de rabia y tristeza, y maldiciendo a Emma por haber insistido en regalarle ese fin de semana de celebración anticipada en una ciudad que a ella no, que a ella nada.

Al llegar a Barcelona, habían cogido un taxi que las había llevado directamente a la clínica y Olga había ingresado por urgencias.

Efectivamente, la pequeña Sara ya no estaba. Había decidido no seguir respirando.

Emma no se alargó mucho. Habló del ingreso de Olga, del aborto, del legrado, del silencio que se había instalado entre las dos como una mala sombra, de mamá y Silvia insistiendo en visitarlas y de Olga negándose a recibir a nadie. Habló de datos, pruebas, análisis, médicos, reposo y resultados y me dijo que al salir de la clínica Olga había preferido quedarse en casa de su hermano. Le apetecía pasar unos días con su familia, había dicho. Emma había vuelto sola a la casa que compartían en el campo y allí seguía, de vuelta a la rutina del instituto y a las mil pequeñas cosas del día a día, entre las clases, el huerto, el gallinero, los dos caballos, la construcción de un pequeño horno de leña junto al pajar y otros tantos quehaceres que nunca le daban descanso y que la mantenían ocupada, dándole la vida.

Cuando terminó de contar y pude preguntarle cómo estaba, la oí suspirar al otro lado de la línea y, con una voz pequeña pero tranquila, dijo, como si no hubiera oído mi pregunta:

—¿Por qué se van siempre tan pronto las Saras, Fer?

No supe qué decir. De repente tuve miedo, miedo de que volviera la misma Emma rota, robótica y velada que durante un año había esperado todas las tardes sentada a una mesa de una terraza a que se hiciera el milagro y el tiempo le devolviera a la Sara adulta, a la novia que debía haber llegado pero que no lo había hecho porque un taxi le había sesgado la vida contra un semáforo. Tuve miedo por ella y quise decírselo, pero Emma, que desde hace tiempo mira solo hacia fuera, vigilando todo lo que no está dentro, me cortó.

—Olga me dijo en el hospital que no tendríamos que haberla llamado Sara. —El mensaje me golpeó de tal modo que tuve que sentarme en el brazo del sofá para poder tragarlo. Casi adiviné lo que estaba a punto de añadir. Podría haberlo dicho yo en su lugar, pero no hizo falta—. Dice que elegí un mal nombre para la niña.

Culpa. En el dolor por la pérdida, Olga había cargado contra lo que tenía más a mano, y ese más a mano era Emma. Un nombre equivocado, había dicho, acusándola de todo lo malo. Y quizá tenía razón. Quizá todo estaba equivocado y Olga no tendría que haber llegado nunca, ni Emma y ella tendrían que haber intentado reinventar una relación en la que ninguno de nosotros creímos nunca demasiado, buscando un hijo que había querido Olga. Al otro lado de la línea, el tono de Emma, su voz y los huecos de aire que se colaban entre palabra y palabra eran los de quien siente la tristeza por lo que ha salido mal, no por lo que se vive mal. Emma contaba lo ocurrido como si Olga formara parte de un pasado remoto, sin apenas emoción palpable. Entendí entonces que Olga no volvería y que Emma lo prefería así, aunque probablemente ella no lo sabía todavía.

Desde mi lado de la línea, mientras Emma esperaba a que yo dijera algo, la imaginé en su caserón, sentada en uno de los dos bancos de piedra del inmenso jardín delantero con el móvil pegado a la oreja, el cigarrillo entre los dedos y paseando la mirada por los bosques de pinos y encinas que dominaban el paisaje y la sentí tan sola, tan despegada de Olga y de la niña que no había llegado a nacer, que supe la verdad: Emma nunca había dejado del todo de estar con Sara. Por eso lo demás era y sigue siendo lo mismo. Sara fue, lo demás está. Sara se quedó, el resto va y viene, causando felicidades pequeñas, decepciones pequeñas, dolor que dura poco.

Quise decírselo. En ese momento quise decirle que la entendía y que no se culpara por no haber sido suficiente, que la vida no es tanto lo que entendemos que es sino lo que sentimos que es. Quise pedirle que me perdonara por no haber estado con ella esa semana y decirle que me dolía haberle fallado, y que no son las Saras ni los Max los que se nos van demasiado pronto, sino nosotros los que nos quedamos, los que seguimos flotando porque nuestra balsa aguanta.

Quise y no pude, porque cuando encontré la voz para hablar, ella se me adelantó.

—¿Y tú? —preguntó—. ¿Tú cómo estás?

Pillado a contrapié, sentí como si se me hubieran vaciado los pulmones y tuviera el esternón clavado a la columna. Las tres palabras de su pregunta rebotaron desordenadamente en mi cabeza. Cerré los ojos y me los cubrí con la mano que tenía libre, como si alguien pudiera verme, y mientras esperaba a poder hablar caí en la cuenta de que hacía ocho días que nadie me había preguntado por mí y de que, más allá de lo que era yo, la vida había continuado al mismo ritmo sin Max; que fuera de mí y de mis compañeras de balsa, el mundo no contabilizaba la pérdida de Max porque no sabía de su existencia y porque un perro solo lo es para quien lo vive. Entendí que, aunque cuando el perro es tuyo deja de ser un perro para convertirse en un nombre, en unos ojos, respuestas, presente continuo y biografía en común, para los demás no llega nunca a ser alguien, por mucho que para quien lo vive sea más *alguien* que muchos que debieron serlo en su momento, y que esa dificultad para definir, ese agujero negro de emociones, convierte su muerte en un limbo extraño cuya intensidad cuesta compartir, porque llorar a un perro es llorar lo que le damos de nosotros, con ellos se va la vida que no dimos a nadie, los momentos que nadie vio. Se va el guardián de los secretos y con él se van también los secretos, el cofre, el rompecabezas que guardamos dentro y también la llave, recortándonos la vida.

Colgado del teléfono sobre el abismo que había abierto Emma con su pregunta, entendí que, cuando llevas días apretando los dientes para no sentir y de repente alguien te pregunta por ti —y lo hace como Emma, envolviéndote entero con su interés y dejándose a un lado para poder ser más y también mejor—, es tan difícil seguir conteniéndote, es tan difícil no ceder al impulso de dejarte consolar y compartirte un poco, solo un poco, para que el duelo respire y le entre algo de oxígeno limpio a lo que queda, que por primera vez desde que Max se había ido me permití pensar en él sin juzgarme por su muerte, y en cuanto lo hice pensé también en mí, en el Fer que se había quedado y en todo lo de Max que ya no tendría.

Y me di tanta pena que hice lo que no he vuelto a hacer por él desde esa tarde.

Lloré. Lloré al teléfono con Emma callada al otro lado. Lloré tanto y desde tan abajo que cuando, mucho rato después, terminé por calmarme y paré, agotado, ella me dijo:

—¿Quieres que vaya?

No dije nada.

—Te hará bien un poco de compañía —dijo.

Compañía. En ese momento me acordé del cachorro que debía de seguir tumbado fuera. Me levanté y me acerqué a la ventana. Allí estaba, acostado sobre un montón de papeles de periódico con los que, quién sabe por qué motivo, mamá había cubierto el suelo de un cuarto de terraza.

—De eso ya se ha encargado mamá —dije, sin apartar la vista de la ventana.

Emma soltó un poco de aire por la nariz.

—Ya lo sé.

No me sorprendió. Emma exhaló el humo del cigarrillo.

—Me lo ha contado esta mañana.

Por un momento estuve tentado de hablar de mamá. Quise quejarme, sacar rabia contra ella y buscar la complicidad de Emma, no solo por lo que había pasado con Max, sino por haber rematado su error con aquel otro que dormía en la terraza, pero estaba tan cansado y tan aturdido que no supe por dónde empezar a hablar y cuando quise tirar del hilo, lo único que supe decir fue:

—Ni siquiera tiene nombre.

Emma no dijo nada. Se hizo un silencio extraño entre los dos en el que al principio no supe leer ningún mensaje más allá de la falta de voz. Sin embargo, luego, con ese tono pequeño y arrugado que mamá y ella comparten en los momentos que destilan lo más auténtico de lo que son, ella volvió a hablar.

—Intenta elegir para él un nombre bueno, Fer —dijo. Y luego, antes de despedirse, añadió—: Uno que no se vaya pronto.

Ahora, mientras mamá y Silvia siguen a lo suyo —una lanzando pullas entre dientes contra el veterinario de Shirley y contra el don de la oportunidad de mamá, conteniendo a medias una rabia que en realidad viene de mucho más atrás, aunque ninguno de nosotros haya sabido adivinar todavía de dónde, y la otra cayendo en el error de defenderse en pequeño, con esa clase de comentarios murmurados de madre ofendida que no termina de revolverse del todo pero que tampoco está dispuesta a bajar la cabeza y con los que no hace más que avivar el mal humor de Silvia—, Emma, que hasta ahora seguía con la sien pegada a la mía y con su pregunta flotando en el aire, se incorpora y, con esa voz de profesional reposada y acostumbrada a tratar en lo cotidiano con alumnos difíciles, con padres que defienden lo indefendible, con colegas que se pelean en los claustros por las pequeñas mezquindades personales que ella nunca ha sabido entender..., con esa voz de infinita paciencia con lo que la rodea y no debería ser pero es a pesar de todo, se vuelve hacia mamá y hacia Silvia y dice, rasgando el momento por la mitad:

—Han atropellado a R.

Silencio. Dicho así, por otra voz que no es la mía, suena peor y al instante encojo los dedos de los pies. Cae el silencio en la cafetería con un telón de vergüenza, callándolo todo, y ante la cara de estupor de Silvia y el parpadeo avergonzado de mamá, mientras una abre el abanico y empieza a abanicarse y la otra se retoca la codera como si se hubiera dado cuenta de que le aprieta, Emma recorre el ventanal con la vista antes de volver a hablar.

—Eso es lo que importa —dice en voz baja, como si hablara consigo misma—. Eso y Fer. Lo demás no.

En la calle, un estallido de risas de mujer reverbera desde la parada del autobús, seguido de un bocinazo y de los gritos de un hombre que por la ventanilla de un coche maldice a un repartidor de pizza que huye dando un acelerón. Después una sirena de policía se pierde en algún punto de la noche mientras a mi espalda, desde la barra, Raluca exclama algo al teléfono que suena parecido a:

—Ven, claros que sí. Te espero —dice—. Todavía estoy abiertas.

Al oírla, Silvia arquea una ceja con una expresión de extrañeza que enseguida corrige y Emma me pone la mano en el hombro y lo masajea un poco con los dedos, solo un poco, antes de volver a su sitio y sentarse junto a mamá, aprovechando para darle unas palmaditas cariñosas en el muslo, justo por encima de la rodillera negra que se oculta bajo la bolsa, en un gesto conciliador que mamá recibe abriendo los ojos como platos y apretando los dientes de dolor, aunque las palmaditas cesan enseguida y mamá consigue contenerse y disimular a tiempo. Luego, las tres guardan silencio hasta que Silvia cierra el abanico y me mira.

—¿Qué ha pasado? —repite irguiendo la espalda y relajando los hombros, con ese tono cortante y rígido tan suyo de «quiero saberlo porque, si hay que buscar una solución, hay que ponerse en marcha ya», bajo el que se esconde esa otra Silvia que conocemos bien, la que se enroca ante el dolor ajeno porque es la más torpe de los cuatro a la hora de gestionarlo. Como mamá, Silvia empatiza demasiado y demasiado pronto pero, a diferencia de ella, ante el sufrimiento de los que le importan ha terminado optando por la defensa. Silvia niega el dolor mediante la resolución. Allí donde mamá echa mano de un despiste que no es real, Silvia es la dadora de soluciones: recoge las piezas del rompecabezas y recompone el grupo para que entre todos nos pongamos en movimiento y capeemos juntos la tormenta que se abate sobre la balsa. Tiene tanto miedo al dolor que lo combate gestionándolo desde la cabeza, intentando en vano no pasar en ningún momento por la emoción. Ahora, avergonzada por haber fallado y haber caído en el error, para ella imperdonable, de despistarse de lo que importa y enzarzarse en una discusión de niñas dolidas con mamá mientras el foco del dolor es el que es, recupera su papel de mando al frente de lo que somos. Y enseguida, con una voz más suave, añade, alargando la mano y poniéndomela en la muñeca—: Cuenta, Fer.

Nos miramos. La veo tan angustiada y tan frágil en su angustia que por un momento estoy a punto de levantarme y abrazarla, porque sé que su lugar en nuestros naufragios es muchas veces el más duro, pero no me muevo. Estoy demasiado cansado, y cada minuto que pasa sin que suene el móvil siento que las posibilidades de que R esté bien menguan. Ya ocurrió con Max: la falta de noticias no fue con él sinónimo de buenas noticias, y temo que hoy sea igual. Pero sé también que ellas han venido para no marcharse y que, como tantas otras veces, este rompecabezas, si finalmente termina deshecho, habrá que rehacerlo juntos.

—Cuéntanos, Fer —dice Emma desde su sitio; y mamá, que está sentada a su lado, se recoloca la bolsa sobre las rodillas y asiente muy levemente, queriendo estar sin querer saber, aunque ya más relajada con Emma y Silvia aquí. Más segura.

Entonces, desde mi extremo de la balsa, activo una vez más la pantalla del móvil en un gesto tan repetido y automatizado que ni siquiera soy ya consciente de él, y, después de inspirar hondo un par de veces al ver aparecer a R mirándome desde la pantalla con esa inconfundible expresión que es R en estado puro y que yo no me canso de mirar cuando no lo tengo cerca, empiezo a contar.

Todo.

Todo lo que ha ocurrido.

O esa mezcla desordenada de imágenes, datos, sensaciones y emociones que siguen todavía ahora amasándose en ese pequeño gran lago poblado de voces, espejos y recuerdos al que a veces llamamos memoria.

3

—La memoria —dijo—. Es probable que sea un déficit de memoria.

Estábamos los tres en la consulta: Silvia, Emma y yo. Mamá se había quedado esperando en la salita contigua y el doctor había vuelto a sentarse a su mesa y nos miraba con cara de nada. Emma dejó escapar un suspiro por la nariz y a mi lado Silvia sacó el iPad de la funda y apuntó algo en la libreta de notas.

—Voy a pedir que le hagan algunas pruebas antes de volver a verla —volvió a hablar el doctor. Asentimos casi a la vez—. Neurológicas —aclaró.

—Claro —dijo Silvia con una sonrisa seca. Emma y yo volvimos a asentir, sin mirarle.

De eso ha pasado poco más de un año. Las pruebas, que fueron muchas y que mamá soportó con una paciencia sospechosamente impropia de ella, simplemente constataron lo que el neurólogo ya había anunciado en la primera visita: fisiológicamente, no había nada. El cerebro de mamá estaba perfecto.

Mamá torció la boca y puso los ojos en blanco. Fue una mueca dedicada a nosotros. El mensaje que no dijo habría sonado más o menos así: «¿Qué os había dicho? Sois unos pesados, más que pesados, pero os perdono porque sé que actuáis de buena fe».

—O sea, que las pruebas dicen que no estoy psicológicamente loca. —Fue el resumen que hizo de ese último mes de neurólogo, visitas, cábalas, pruebas clínicas, escáner cerebral, análisis, dos interminables baterías de test psicotécnicos y tensión, mucha tensión compartida entre los cuatro.

—Mamá, es muy difícil estar loca si no es psicológicamente —dijo Silvia con voz de hija paciente.

Mamá no la miró.

—Ajá —dijo con cara de no haber escuchado. Luego se volvió hacia el doctor y añadió con cara de renovado interés—: ¿Usted sabe si hay alguna chocolatería por aquí cerca? Es que es hora de merendar y tengo una sed...

Una vez descartado el déficit de memoria, tuvimos que empezar a hacer el ejercicio de intentar entender la situación. Y en ese «tuvimos» no incluyó a mamá. Desde que el diagnóstico resultó ser solo eso, un no-diagnóstico, y quedó eliminada la posibilidad que más nos preocupaba, mamá decidió que ya no más: no más cooperación, no más pruebas y no más paciencia. Siguió a lo suyo, viviendo la mayor parte del tiempo con el piloto automático del despiste y de la negación: lo negaba todo, tozuda como una mula, y volvió a hacer de las suyas a nuestra espalda, sola o a cuatro manos con Ingrid, como si fuéramos nosotros, y solo nosotros, los que veíamos un problema donde había vejez, despiste y una apatía que ella vivía con una naturalidad que no sabíamos encajar porque esa Amalia más vieja que mayor, más abuela que madre, había aparecido sin avisar, sin hoja de ruta, y no sabíamos cómo hacerle sitio. ¿Por qué en poco tiempo había dejado de ser esa Amalia activa, vigilante y alerta que había aparecido durante los primeros años tras el divorcio de papá para convertirse en esa mujer olvidadiza y apática que poco a poco había perdido el interés por todo lo que no fueran sus tres hijos, su perrita, la radio que escuchaba por la mañana, sus largas siestas y el ruido del televisor que llenaba a todas horas su habitación?

No nos conformamos. No podía ser que la vejez llegara así, así de rápido y así de fea. No podía ser que los setenta años de mamá fueran ya vejez. No queríamos. Así no.

Decidimos actuar y consultamos con un par de psicólogas de confianza. La segunda nos remitió a una tercera, especialista en gente mayor. Fue ella la que nos dio una pista.

—No es la memoria, eso está claro —dijo—. Diría más bien que es la curiosidad —añadió—. Vuestra madre no retiene porque no se implica. Es como si solo tuviera capacidad de retención para aquello que realmente le importa y cada vez le importaran menos cosas, porque tiene la sensación de que no es necesaria y, al no sentirse necesaria, no se activa. Es como si hibernara. Está, pero no tiene que actuar porque no hay nada que la requiera. De ahí esa sensación de dejadez y de desmemoria. Cuando los mayores se desactivan, se desactivan como un todo: lo emocional y lo mental van a la par.

Nos dio unos cuadernos de ejercicios para que mamá practicara la retención y la memoria.

—Le ayudarán a no desactivarse del todo —dijo, muy convencida—, aunque quizá cueste un poco al principio. También le haría bien un poco de actividad física. Apuntadla a un gimnasio. Que se mueva. Puede que además así socialice un poco.

Mamá estuvo encantada con los cuadernos. Le contamos una mínima parte de lo que había dicho la psicóloga y estuvimos viendo los cuadernos con ella, animándola a que se los tomara en serio.

—No es necesario que hagas muchos ejercicios a la vez. Con un par al día basta —la instruyó Silvia.

Mamá la escuchaba, toda oídos.

—Claro —dijo. Luego cogió uno de los cuadernos, lo hojeó y sonrió—. Qué dibujos más bonitos.

Decidimos evitar atosigarla y dejarla un poco a su aire con los cuadernos para que se organizara y no se sintiera vigilada.

Una vez más, nos equivocamos.

Un par de semanas más tarde, un día que la ayudaba a trasplantar las dos orquídeas que tiene en el salón, fui al armario de la terraza a buscar el saco de tierra. Cuando lo levanté, me encontré con los dos cuadernos de ejercicios, enmohecidos y arrugados por la humedad. Evidentemente estaban intactos.

—Oh —dijo en cuanto me vio aparecer con ellos—. Qué alegría. No sabes lo que los he buscado todo este tiempo. —Los cogió y se los pegó al pecho, casi acunándolos, y añadió con cara de falsa pena—: Tu madre tiene la cabeza perdida, Fer, no se lo tengas en cuenta. —Y luego, con una mirada que conozco bien y que ella maneja como nadie, soltó un suspiro dramático que acompañó con un «al final va a resultar que tenéis razón».

La de los cuadernos fue una prueba más de que nuestra lucha por recuperar a mamá no tenía visos de dar resultado. La verdad, la que tocaba reconocer, nos gustara o no, era que, por alguna razón que no compartía con nosotros, mamá cada vez parecía menos dispuesta a cooperar. Negaba la ayuda del mismo modo que negaba nuestra preocupación, encerrada en su micromundo de pequeñas cosas y desentendida de todo lo demás. Solo se relacionaba con Ingrid y con nosotros, salía lo justo y cada vez había en ella menos —menos ganas, menos interés por nada que no fuera lo que ya había—, e inercia, mucha.

De nada sirvieron las nuevas estrategias, los nuevos profesionales, las medidas improvisadas, investigadas, consensuadas entre los tres, los consejos, las advertencias... Llevamos a mamá a terapia, la inscribimos en un curso de técnicas de memoria de la Cruz Roja, Silvia la metió de voluntaria en una tienda de ropa de segunda mano para que se sintiera útil y se relacionara con gente, pero todo fue en vano.

Entonces, un día, cuando habíamos tirado la toalla y habíamos decidido que quizá estábamos luchando contra un fantasma que no era otro que el de la edad, el de una vejez precoz y la mala suerte, nos rendimos, desanimados por la falta de respuesta después de tanto esfuerzo por intentar mantener una luz que ya no sabíamos cómo reactivar; mamá, dolida tras recibir una bronca monumental que Silvia le había echado al enterarse de que, a pesar de llevar inscrita tres meses en el gimnasio, todavía no había puesto los pies en él, accedió a regañadientes a ir a su primera clase de tonificación.

—Está bien —dijo con voz de resignación y el morro torcido—. Iré mañana.

No la creímos.

Como de costumbre, nos equivocamos.

Al día siguiente, mamá se puso el chándal y se plantó en el gimnasio. Bajó la escalera y se acercó a la puerta de la sala de actividades. Cuando se asomó, vio a un grupo de señoras mayores que charlaban relajadamente con sus mallas, sus maillots, sus colchonetas y una confianza compartida que mamá recibió desde fuera como una invitación a no pasar, así que eso fue lo que hizo: no pasar. Se dio la vuelta y, con tanta puerta, tanta sala y tanto espejo, terminó accediendo directamente a la zona donde estaban las bicicletas, los aparatos de remo y las cintas de correr y, sin encomendarse a nadie, se subió a una cinta, pulsó el botón verde de «acceso rápido» y, al ver que aquello se ponía en marcha, empezó a caminar, encantada, antes de levantar la cabeza y clavar los ojos en lo que llenaba en ese momento la pantalla del televisor que colgaba sobre la cinta: una especie de Ken de dos metros, con la espalda de surfista y una mandíbula de tiburón australiano que atendía en una consulta veterinaria a una cría de koala que había nacido con una malformación congénita en el intestino. Aquel hombre era —y sigue siendo— Chris, el veterinario estrella de un canal privado que todas las tardes de lunes a viernes cura a destajo perros, gatos, caimanes, canguros y bichos de todo pelaje y condición en su clínica de la playa de Bondi.

Caminando aburrida sobre la cinta en la sala de cardio, mamá empezó a prestar atención al caso de Rosi, la pequeña koala y, cuando diez minutos más tarde vio que la metían en quirófano para operarla y la ayudante de Chris le abría la tripa con el bisturí para reparar lo que hubiera que reparar, ella, que para entonces se había olvidado de que estaba encima de la cinta en marcha, soltó la barra de seguridad, se tapó la cara con las manos y murmuró un «ay, no, pobre Rosi» que nadie oyó. Luego fue deslizándose sobre la cinta hasta perder pie y caer de espaldas con un grito ahogado, aterrizando por fortuna encima de un montón de colchonetas que la mujer de la limpieza había dejado allí mientras limpiaba la zona de estiramientos.

Mamá salió casi ilesa del trance: un pequeño esguince de tobillo, contusiones varias y poco más. Durante diez días estuvo en cama con el pie en reposo, al cuidado de Diana, la mujer que le limpia la casa y que la ayuda con la compra un par de veces a la semana. Por supuesto, en su versión del accidente no mencionó en ningún momento a Chris ni tampoco el episodio con el televisor.

—Me resbalé —nos contó a Emma y a mí con cara de resignación. Luego, mirando a nadie en particular, añadió con voz de sufrida—: ya sabía yo que lo del gimnasio no iba a ser una buena idea.

—Mamá, el gimnasio sí es una buena idea. La cinta, no —la corregí—. Quedamos en que probarías con una clase de mantenimiento para gente de tu edad.

Puso cara de víctima y, reacomodándose los almohadones, soltó un suspiro.

—Es que... me dio vergüenza —dijo, bajando la voz. No volvió a hablar durante unos segundos y luego, evitando mirarnos, añadió—: iban todas tan arregladas... y yo con el chándal verde de Decathlon y esos calcetines tan feos de los patitos que me compró Silvia en el *outlet* de los chinos... seguro que se habrían reído de mí.

Emma bajó la mirada y yo, a pesar del enfado, sentí una punzada de pena que quise disimular, pero que me ablandó al instante. La imaginé en la puerta, con su chándal verde, las bifocales que se oscurecen con la luz, los calcetines grises, el pelo blanco pero sin una sola cana porque es así desde que tiene recuerdos y esas zapatillas de deporte de color y marca indefinidos que usa para pasear a Shirley, como una niña que en el primer día de clase de un colegio nuevo llega envalentonada a la puerta pero que, aterrada porque sabe que lo que le espera son las mismas miradas que ha recibido desde que es quien es, termina por no atreverse y se encierra en el lavabo para no tener que pasar por lo que ya conoce.

Y viéndola así, imaginándola así, noté que se me cerraba la garganta, porque esa estampa era una más de las piezas del rompecabezas más íntimo que mamá y yo compartimos. Esa Amalia escondida en el baño es el mismo Fer que mojaba la cama cuando llegaba la noche del domingo y rezaba un padre nuestro tras otro como un loro para que no se hiciera de día, porque cuando el lunes a las ocho el autobús del colegio se paraba delante de casa y abría las puertas empezaba otra semana de pesadilla entre insultos, golpes, burlas, miradas que no daban buena luz y un desprecio repetido y permitido contra lo diferente por feo y por molesto. Esa Amalia era y sigue siendo tan Fer que cuando aparece yo me confundo con su sombra y todo lo que nos separa se hace a un lado: lo que une es el daño, y el daño, cuando abraza a madre y a hijo, no deja espacio para nada más.

Quise decirle que no se preocupara y también que me perdonara por no haberla acompañado en su primer día de gimnasia, pero el momento pasó y cuando me di cuenta mamá había dejado de ser la Amalia de chándal y me miraba con los ojos de la otra, la que prefiere no recordar para no doler.

No insistí.

Por supuesto, mamá no volvió al gimnasio, pero sí empezó a sumar un activo nuevo a una rutina que en un principio nosotros ignoramos y que, muy poco a poco, empezó a despertar en ella un interés, un entusiasmo y una energía renovados cuya fuente no identificamos hasta que una tarde, pocas semanas después del incidente del gimnasio, me sonó el móvil.

Era ella.

En cuanto lo cogí, lo primero que oí fue:

—¡Se va a morirrrrrrrrrrrrrrrrrr, Ferrrrrr! ¡Se muereeeeee!

Sentí como si me hubieran dado una descarga eléctrica desde la espalda a la nuca y contuve la respiración. Acababa de salir de *locutar* un anuncio y estaba en plena calle. R estaba en casa de mamá, o quizá todavía de paseo con Chus, y enseguida me puse en lo peor. Fue tal la angustia que ni siquiera pude hablar. Busqué un banco y me senté, con el corazón palpitándome en la cabeza.

—¡Es por culpa de una garrapata! —volvió a la carga mamá—. ¡De las gordas!

El horror dejó paso a un resquicio de sospecha. ¿Una garrapata?

—Mamá, ¿qué pasa?

—Ay, Fer. Todo —respondió con una voz ahogada de espanto—. Pasa todo.

De nuevo sentí que se me cerraba la garganta.

—Ya, mamá, pero ¿todo qué es exactamente?

Se reacomodó el teléfono a la oreja con una serie de crujidos antes de volver a hablar, teniéndome en vilo.

—Pues que resulta que a Carl, que es uno de esos perros negros gordotes con cara de buenos, ya sabes, como los San Bernardo pero de Berna, le ha picado una garrapata y no puede mover las patas de atrás, y el veneno de esa demonia le está paralizando todo el cuerpo porque el antídoto tarda mucho en hacer efecto en los perros tan grandes. Y Chris ha hecho todo lo posible, te lo juro, ha estado toda la noche de guardia con Carl, vigilando y sin dormir con esa ayudante suya, la chiquita rubia que tiene pinta de buena persona pero para mí que quiere pillarlo, porque lo mira con unos ojos... y no me extraña, porque Chris es tan guapo... y a veces lo sacan en la playa, en bañador, y ay, Dios mío, tú no sabes, Fer, lo que es ese hombre cuando hace surf en la playa de Bondi —dice «Bondai», con acento de locutora de radio—, y a la ayudante se le cae la baba, claro, porque de tonta solo tiene la cara, aunque Ingrid dice que nunca sacan a ninguna novia de Chris en el programa, y ¿sabes una cosa? Que yo creo que lo que pasa es que es gay, porque en Australia hay mucho veterinario gay, y es normal, porque para ser veterinario hay que ser muy sensible y tratar mucho con animales, y eso es de gay, ¿no, cielo?

Por la calle apenas pasaba nadie. El estudio de grabación estaba situado en una especie de rambla pequeña salpicada de árboles nuevos y bancos llenos de pintadas que hay en esa zona de la ciudad supuestamente rediseñada para atraer y albergar a empresas de nueva generación, pero que ha quedado convertida en un erial de asfalto y despoblación a la carta. Inspiré hondo, aliviado. «No es R —pensé—. R está con Chus y está bien.»

Cuando fui a decir algo, ella se me adelantó.

—Ah —dijo—. ¡Está reaccionando! ¡Carl está reaccionando! —Enseguida siguió una especie de crujido y entendí que mamá había soltado el teléfono, porque a continuación oí que aplaudía y decía entusiasmada, supongo que a la pantalla—: Si es que lo sabía. ¡Lo sabía! ¿Cómo se le iba a morir alguien a Chris? —Luego un nuevo crujido y mamá volvía a estar al teléfono—: ¿Sabes una cosa, cielo? —preguntó.

En realidad habría preferido no saberlo, pero mamá no me dio opción.

—He estado pensando —dijo.

Me pasé la mano por el cuello. Lo tenía empapado.

—Ajá.

—Sí —dijo—. Creo que deberíamos buscar un veterinario.

Vi acercarse un taxi por uno de los carriles de la rambla. Me puse en pie y levanté la mano.

—Mamá, R ya tiene veterinario —le dije, mientras echaba a andar en dirección al semáforo.

—No, hijo, para ti. Un gay veterinario, como Chris pero en español.

—Mamá, tengo que dejarte.

—Sí, cielo, tú déjale a tu madre, que verás como encuentro algo que merezca la pena.

Colgué.

Fue entonces, quizá esa misma tarde, quizá en el mismo momento en que mamá colgó y volvió a concentrarse en lo que Chris hacía en su consulta, cuando ocurrió el milagro y todo lo que no habíamos conseguido durante meses con nuestra preocupación, nuestro empeño, los cuadernos, el neurólogo, las psicólogas, los cursos de memoria y los esfuerzos para reactivar a mamá y devolverle la ilusión por algo que trascendiera lo más doméstico y le insuflara un chorro de vida renovada, lo consiguió Chris desde su clínica veterinaria de Bondi. En la soledad de su habitación, mamá había descubierto una especie de mago rubio que concentraba todo lo bueno que ella había estado invocando desde siempre en su imaginario personal: un hombre bueno, guapo, rubio, con sentido del humor, entregado a los animales, sensible, soltero y gay. Chris era no solo la respuesta a todas las plegarias que llevaba repitiendo por mí desde que Andrés me había dejado, sino que además el destino le había regalado con él la misión que la convertía en pieza necesaria para mi felicidad, una felicidad que, viendo a Chris en la pantalla, tan real y posible, se le antojó de pronto improrrogable. Por eso, en cuanto estuvo recuperada y pudo volver a andar con normalidad, se puso manos a la obra y empezó a socializar con la gente que coincidía con ella en el parque durante sus paseos con Shirley. En cuanto veía a alguien con perro, allá iba ella, totalmente entregada a su misión, cuyo titular rezaba así: «Mujer albina, jubilada y divorciada busca veterinario con el que casar a su hijo. Información aquí».

Ni que decir tiene que de todo eso no nos enteramos hasta unas semanas más tarde, cuando el daño estaba ya hecho. Mamá actuó sin encomendarse a nadie, convencida de que Chris —que no tardó en pasar a ser «mi Chris»— tenía que tener algún clon más cerca de nosotros, y ella estaba decidida a dar con él. Para eso contó, cómo no, con la complicidad de su amiga Ingrid, que se encargó de hacer un barrido por protectoras, asociaciones de acogida y redes sociales. La estrategia de mamá era muy sencilla: se acercaba a su presa, entablaba conversación con ella, se interesaba por su perro y, cuando el incauto en cuestión creía que estaba hablando con una dulce ancianita ya mayor y medio ciega con retrato de perra endemoniada al fondo, mamá atacaba:

—¿Y a qué veterinario lo lleva? —preguntaba.

Respuesta.

—¿Y está contento con él?

Respuesta.

Si era «no», mamá se despedía rápidamente e iba en busca de sangre nueva. Si era «sí» o «mucho», mamá pasaba entonces a la fase dos.

Ya en la segunda fase, cuando el incauto, confiado, terminaba su breve inventario sobre los numerosos pros y los pequeños contras de su veterinario, mamá pisaba un poco el acelerador y soltaba su pregunta señuelo. A saber:

—¿Y su veterinario es de qué edad, más o menos? —Como el incauto a menudo dudaba, extrañado, por no decir que sospechaba que quizá aquella señora estaba empezando a no ser lo que parecía y a lo mejor había llegado la hora de recogerse, mamá aderezaba la pregunta con un cándido—: Es que, ahora que lo dice, me parece que a lo mejor es familia de mi yerno. ¿Qué casualidad, no?

El incauto se relajaba. En efecto, la ancianita era lo que decía ser y entonces la resistencia desaparecía del todo y mamá se lanzaba como se lanza Shirley a los pies de los niños que intentan acariciarla.

Llegaba el resto de la batería de preguntas. Por este orden:

2. ¿Su veterinario es alto?

3. ¿Rubio?

4. ¿A lo mejor tiene familia en Australia, aunque no es necesario?

Y, cuando el pobre inocente se batía ya discretamente —o no tan discretamente— en retirada, mamá remataba la encuesta con el consabido:

—¿Y es gay? Porque si no es gay, ya me dirá usted qué hacemos. Todo lo demás sobra, claro.

No funcionó. Mamá no tardó en darse cuenta de que el sistema no daba resultado y creyó entender por qué. Según me contaría más adelante, cuando pude poner fin a aquella chifladura, decidió que lo que fallaban eran los plazos, que desde que empezaba a preguntar hasta que realmente preguntaba lo que quería saber pasaba demasiado tiempo, «y la gente ya no está para encuestas de las de antes —dijo—. Ahora quieren lo inmediato. Todo a la vez, como una pastillita».

Y eso hizo. Claro.

«Había que darles la pastillita», se justificó más adelante con cara de «pues no sé por qué te pones así, encima de que lo hacía por ti». Lo que mamá quería decir con lo de la «pastillita» era que había que comprimir la información y soltarla de golpe, así de simple y así de... de mamá. Dicho y hecho. En un par de días, con la ayuda de Ingrid, se aprendió de memoria lo que quería saber en una especie de discurso que incluía presentación, nudo y desenlace, todo en uno, y que soltaba como un loro en cuanto el incauto de turno caía en sus redes.

El discurso sonaba más o menos así:

«Hola. Qué bonito perro. ¿Es macho? La mía no, gracias. Y hace una tarde preciosa, pero su perro seguro que va mucho al veterinario porque tiene carita de tener una salud así así, y, a ver si lo adivino, su veterinario seguro que a lo mejor es un hombre, ¿a que sí? Ay, qué casualidad. Y puede que también sea rubio y alto, y que tenga unos ojos claros como de australiano o algo y, sobre todo, que sea gay. Lo de gay es fundamental. Es que si no es gay no me sirve, porque mi hijo Fer sí que lo es y claro, no sé yo si no siendo los dos gais funcionaría, pero como tampoco se puede tener todo, ¿verdad? Pues si le parece bien, sería interesante que me diera el teléfono para que se conozcan, a ver si mi hijo encuentra un hombre que le guste. Por eso se lo pregunto, porque como él es así y yo no tengo mucho que hacer, pues busco. Pero no es que él tenga ninguna tara ni nada, no, no, no, no, qué va. Es solo que a los chicos hay que darles un empujón porque no siempre están por lo que están, y ya puestos, si había que buscar, pues me he dicho: mira, mejor que sea veterinario, porque en casa tenemos dos perros y es un dineral, pero sobre todo por la sensibilidad. Sí, la sensibilidad de un veterinario gay no la tiene nadie, a dónde va a parar. Antes eran pianistas, pero eso ya pasó. Son modas. En fin, que muchas gracias, y que si sabe de alguien, yo vengo mucho por aquí, o también le puedo dejar mi móvil.»

Eso, ese discurso, era el que lanzaba mamá como un loro a cuanta presa caía en sus garras durante sus paseos por el parque. Yo no sé cuál fue la reacción de la gente, y nunca he querido imaginarlo. Lo que sí recuerdo es el frío seco que me empapó la camiseta, la sudadera y los vaqueros cuando un día, hablando por teléfono con una colega dobladora, me contó que esa tarde, mientras paseaba a los perros, había coincidido con «una chiflada de flipar que me ha soltado un cuestionario sobre mi veterinario, los gais y el tarado de su hijo, que al parecer debe de ser un pobre tipo porque la tiene buscándole un novio veterinario por ahí como si la pobre mujer fuera una agencia matrimonial ambulante».

Me reí. Pero Eva no había terminado.

—¡Lo más fuerte es que su hijo se llama como tú! —me soltó, echándose a reír—. Estuve a punto de preguntarle si su Fer era doblador. —Nos reímos juntos. Eva tiene esa gracia innata de la sevillana que suelta las cosas como le vienen, además de compartir su vida con dos bassets llamados Ginger y Fred que heredó de su exmarido y a los que adora por encima de todas las cosas. Ginger y Fred se odian, claro, y van dejando un reguero de babas por donde pasan, aunque eso no le impedía llevárselos a veces al trabajo, hasta que se lo prohibieron, porque resulta que al poco de llegar, Ginger y Fred se quedaban dormidos y los ronquidos eran de tal calibre que, como dice Arturo, el técnico de uno de los estudios de doblaje, «esto tiembla como si estuviéramos al lado del aeropuerto».

—Tranquila —le dije, negando con la cabeza—. Si hubiera sido mi madre seguramente te habría pedido que fuera alto, rubio, australiano y que tuviera los ojos azules.

Al otro lado de la línea se hizo un silencio hueco que no duró.

—Oye, pues lo has clavado, Fer —dijo con voz de extrañada.

Noté un calambre de tensión en la mandíbula y me volví a mirar a mamá, que en ese momento se preparaba para salir con Shirley a comprar. Murmuraba entre dientes porque por enésima vez no sabía dónde había puesto las llaves y estaba levantando los cojines del sofá, preguntándole a la perra si las había visto.

«Dios mío —pensé—. No puede ser.»

—Tranquila. Mi madre puede que sea muy suya, pero lleva un par de semanas de vacaciones en Suecia con una amiga —mentí—, así que eso la deja fuera de las quinielas.

—Ah —dijo—. Menos mal. —Y luego remató con un—: La verdad es que la señora me ha dado un poco de pena. Tan... blanquita y creo que no veía muy bien. A lo mejor se lo ha inventado todo y quería conversación, la pobre. Si es que hay mucha gente mayor tan sola...

En cuanto colgué, pillé del brazo a mamá, que salía ya por la puerta con Shirley, y la senté en el sofá.

—Mamá, dime que no vas por ahí preguntando a la gente si conocen a un veterinario gay, alto, rubio y si puede ser con sangre australiana para tu pobre hijo Fer.

Ella me miró como si la estuviera acusando de haber matado al Che.

—¿Yo?

De todas las respuestas posibles, esa fue sin duda la peor.

—Mamá.

Cogió a Shirley en brazos y empezó a acariciarla.

—Ay, hijo. No me acuerdo.

Me senté en el brazo del sofá y hundí la cara entre las manos.

—No me lo puedo creer.

—Yo tampoco —dijo—. Que una amiga te llame para difamar así a tu madre, es muy triste. Pero quién sabe. Debe de tener problemas. —Me miró con cara de ancianita buena y suspiró—. Aunque, claro, con esas dos salchichotas que llevaba la mujer arrastrando por el parque, es normal. Ginger y Fred. ¿Te imaginas a esos dos perrotes bailando en la azotea, con esas babas? ¿A que no? Es que la gente pone nombres a los perros como si fueran coches o algo.

Me senté en una silla del comedor y respiré.

—¿Cuánto tiempo llevas con esto, mamá?

Puso los ojos en blanco.

—Ay, Fer, no seas dramático. Si es una bobada —dijo, desestimando mi preocupación con un gesto de la mano.

—¿Cuánto tiempo?

Suspiró.

—Un poco.

Tragué saliva.

—¿«Un poco» cuánto es?

Pareció calcular mentalmente. Luego dijo:

—Pues... ponle un mes.

«Santo Dios», pensé, haciendo yo también un cálculo mental de cuánta gente podría haber sido víctima de la encuesta matrimonial de mamá.

—¿Llevas un mes haciendo encuestas en el parque para encontrarme un novio veterinario?

—No —dijo, arrugando el morro con cara de ofendida—. Un mes y tres días. Pero no te preocupes, no te he encontrado ninguno —añadió, bajando la vista. Y enseguida, cambiando el tono—: es que no se puede ser tan exigente, hijo. Veterinario, gay, rubio, alto, surfista... —Me miró y, encogiendo los hombros en un gesto de conformidad, dijo—: Vamos a tener que eliminar algo. Ya me lo dijo Ingrid cuando estuvimos preparando la... estrategia: «demasiados ingredientes estropean el arenque», eso dijo.

La miré sin creer lo que estaba oyendo. A mi lado, R también la miraba, pero él con unos ojos tan llenos de ese amor entregado que solo siente por mamá que verle tan vendido a ella terminó con la poca paciencia que me quedaba. Antes de gritarle o de estrangularla con la correa de Shirley, cogí a R y salimos a dar un paseo. Necesitaba que me diera el aire. Cuando, diez minutos más tarde, me sonó el teléfono y vi que era mamá, inspiré hondo. Supuse que, como suele ocurrir después de alguna metedura de pata de las suyas, llamaba para pedirme perdón y, aunque dudé, lo cogí. Pero si había esperado encontrar al otro lado de la línea a la Amalia arrepentida y conciliadora que solía aparecer en ocasiones parecidas, me equivoqué. Por el ruido de tráfico que se oía al fondo, entendí que también ella estaba en la calle.

—Fer... —empezó—. Solo una cosita quería preguntarte.

—Dime.

—Es que no lo he entendido bien —arrancó con tono de excusa—. Al final, si tenemos que eliminar algo, ¿tú qué prefieres: rubio, alto o gay? —Y antes de darme tiempo a contestar, añadió—: ¿Y si probamos a eliminar lo de gay?

Me apoyé en el semáforo y conté hasta diez antes de contestar. Cuando iba por el nueve, mamá, que debía de pensar que le había colgado y que creía que no la oía, dijo entre dientes, supongo que mirando a Shirley:

—Total, en el fondo lo de gay es lo de menos, ¿verdad?

Luego colgó y yo seguí paseando con R hasta llegar al parque. Una vez allí, lo solté, me senté en un banco del camino que bordeaba el césped, y mientras lo veía correr y jugar con otros perros sentí que una pequeña oleada de alivio me pegaba la espalda a la madera. A pesar de todo —del enfado, de las ganas de sentar a mamá y decirle que dejara de velar por mí y de ponerme en situaciones que ya no, de lo que iba a costar lidiar de nuevo con esa Amalia en activo y sin freno—, mamá había vuelto; no entera, no del todo, quizá solo su cara A, pero había vuelto un atisbo de la Amalia madre y se había retirado el de la abuela, y al sentirlo así, así de intenso y de certero, di gracias por haberla recuperado a tiempo y me noté sonriendo, noté esos músculos de la sonrisa que solo sabe sacarme mamá cuando no está conmigo y su imagen ocupa todo lo que es presente.

«Mamá está, no sé cuánto ni hasta cuándo, pero está», escribí junto con un emoticono de sonrisa en el grupo de Whatsapp que tengo con Emma y Silvia. Luego apagué el móvil, me recosté contra el respaldo, cerré los ojos y me dejé mecer en los ladridos con los que R y sus compañeros de juego seguían llenando la tranquilidad y los silencios del parque.

4

Silencio.

Lo que hay ahora en la cafetería es silencio, nada más. Calla Silvia a mi derecha y a mi izquierda callan Emma y también mamá, que me mira con cara de angustia y continúa tapándole con la mano las orejas a Shirley, que sigue acurrucada contra su pecho sobre la bolsa verde. El silencio de ahora es ese silencio espeso y eléctrico que queda en el aire después de un cuento triste.

El cuento de un atropello.

Durante unos minutos, he contado cómo lo hacemos cuando la memoria recupera los datos pero no el dolor, como contó Emma su viaje a Roma el día que mamá llegó con R a casa y me pidió en su carta que la llamara: desde arriba, desde lejos, no queriendo estar. Y mientras contaba, una parte de mi cerebro repasaba los detalles, rastreando las escenas en busca de esas señales y cosas buenas que no vemos en el momento de vivirlas, pero que desde la distancia quizá apunten a un desenlace más benigno.

No me he alargado mucho. He contado que al salir de casa de mamá, alguien se había dejado abierta la puerta de la calle y no he tenido tiempo de atar a R. Que, aunque todo ha ocurrido en unos instantes, a mí me ha parecido que ocurría a la vez: en cuanto he pisado la acera, delante de R ha estallado un petardo que ha caído desde la terraza de una finca contigua. Aterrado, R ha echado a correr y al llegar a la esquina, sin tan siquiera volverse a mirar, ha cruzado la calle, colándose entre dos furgonetas blancas de reparto aparcadas junto a la acera. No he visto más. Luego he oído un largo chirrido de frenos, un ladrido ahogado y un golpe seco, seguido de otro chirrido, este más breve. Después, nada. Silencio. Deben de haber transcurrido unos diez segundos desde que hemos salido de casa hasta ese instante y, sin embargo, en mi memoria sigue siendo uno solo, una turbia mezcla de ver, prever, negar, no creer, no querer, no poder, cámara lenta, impacto, horror, un horror físico, como si no llegara el aire y todo lo que hubiera fuera un jadeo largo y sordo que se extendía desde el portal de casa de mamá hasta ese punto muerto de la calle que yo no veía, oculto por las dos furgonetas blancas, pero que palpitaba como una herida sin abrir, llena de todo lo feo y lo no querido.

He contado eso y también lo demás: R tumbado en el asfalto, con los ojos cerrados y la lengua colgando sobre un charco inmenso que oscurecía el suelo y que en un primer momento he creído que era sangre. Que el coche, un 4 × 4 negro familiar del tamaño de una de las furgonetas, estaba delante de su cuerpo, no detrás, y he entendido entonces que le ha pasado por encima después del golpe y he sentido que se me contraían las pupilas, contagiándome de un dolor que ha me doblado en dos y me ha hecho vomitar un chorro de cava, embutido, pan, piñones y toda la saliva y el agua que no me llegaba a los ojos.

«El coche está delante y no detrás —me repetía mientras vomitaba—. Delante, delante, delante...» Y aunque R no se movía, tendido en el suelo y empapado de algo que creí en un primer momento que era sangre pero que resultó ser pipí, jadeaba, y a su lado, la conductora del 4 × 4, una mujer mayor con una camisa rosa y cara de horror, negaba con la cabeza y decía con una voz llena de flemas: «No, no, no, no...». Y después la memoria, la de ahora, ha saltado en el tiempo hasta devolverme la imagen de un Fer que caminaba como un sonámbulo —«corre, Fer, corre, más deprisa, no pares»— con R en brazos y el olor a pipí empapándome la camiseta, sin notar su peso ni el dolor en los músculos de los antebrazos, de los brazos, lumbares, dorsales, cuello, mandíbula apretada como una madre osa que solo gruñe y gruñe, porque sabe que, si deja de gruñir y ruge, es que todo habrá acabado, el osezno no tendrá una vida adicional y la pena será tan inmensa que el mundo se volverá demasiado pequeño para esconderse en él.

Y he contado también mi entrada a la consulta del veterinario con R en brazos, el olor a pipí impregnándome el pecho y la reacción de Carmen, la recepcionista de guardia, su cara de espanto y mi voz ronca: «Corre, ve a buscar a Miguel, que salga Miguel, que venga alguien, Carmen», mientras la otra voz, la que ni ella ni nadie podía oír porque estaba solo en mi cabeza, gritaba: «Que venga Miguel y me diga que R no se va a morir aunque sea mentira, porque para otra muerte no tengo aire. Corre, Carmen, corre». Y he contado que R me miraba. Con la cabeza contra mi estómago, tenía los ojos abiertos y, por primera vez desde que lo he visto en el suelo de la calle, me he dado cuenta de que respiraba cuando Miguel lo ha cogido en brazos y se lo ha llevado, desapareciendo tras las puertas de doble hoja del pasillo que lleva a las consultas, dejándome allí de pie.

—Lo han atropellado —es lo único que he podido decirle antes de volver a vomitar y sacar agua, bilis y miedo, con la mano de Carmen sujetándome la frente, manchando el suelo blanco de la recepción.

Después, la espera. Diez, quince, veinte minutos mientras al otro lado de la puerta Miguel examinaba a R, hasta que por fin ha salido con cara de preocupación y, sin sentarse a mi lado, me ha dado las buenas y las malas noticias. Las buenas eran que R estaba vivo y que a simple vista tenía contusiones, laceraciones y muy posiblemente fractura de alguna costilla. Las malas eran que acababa de convocar a la radióloga y a la ecógrafa para examinarlo a fondo.

—Está sedado, tiene mucho dolor. No puedo asegurar que no tenga ningún órgano interno dañado, ni si hay o no hemorragia. También deberíamos considerar otras cosas, pero prefiero no entrar en eso hasta que tengamos todas las pruebas —ha dicho. No sonreía. No había ganas de calmar. Solo información. Y tensión.

No he dicho nada. Me dolían tanto la garganta y la mandíbula que las sentía prácticamente entumecidas. Me he pasado la lengua por las encías y he notado el sabor de la sangre.

—Tardaremos —ha dicho Miguel—. Unas horas. —Y al ver que yo no respondía ni me movía, ha añadido—: No esperes aquí. Vete a casa de tu madre o llama a alguien, pero es mejor que estés acompañado, hazme caso. En cuanto terminemos de examinarlo, te llamaremos. Le diré a Carmen que te mande un mensaje o un *whatsapp* cuando estemos a punto de acabar para que vengas.

Eso ha sido todo.

Cuando le he preguntado si podía ver a R, ha negado con la cabeza.

—Está sedado —ha insistido—. Mónica lo está limpiando. Mejor que no lo veas.

Después de eso, ha sido la calle de nuevo y Fer plantado delante de la escalera del veterinario, sin saber a dónde ir ni dónde esperar. No he querido volver a casa de mamá. Necesitaba estar solo, poder ordenar cosas y reforzarme para lo que quizá estaba por venir. Y silencio. Tenía demasiadas voces en la cabeza, demasiado ruido. Luego, he echado a andar sin rumbo fijo hasta que minutos más tarde he visto la cafetería iluminada y he entrado.

Hasta ahora.

Esperando.

Esto es todo lo que he contado mientras fuera, en la calle, el tráfico va menguando y al otro lado de la acera quedan solo dos mujeres en la parada del autobús. A su lado, un poco oculta tras ellas, la pintada resalta en blanco contra el fondo negro de la persiana. «Dudar es de cobardes», dice. El viento ha dejado de soplar y una calma chicha como una bolsa de aire extraño nos envuelve desde el exterior.

Mamá sigue cubriéndole a Shirley las orejas con la mano. Está tan horrorizada que ni siquiera me mira. Tiene los ojos cerrados.

—Yo... creía que hoy no habría petardos —dice con un hilo de voz, abriendo los ojos pero evitándome la mirada.

El comentario era el esperado y también uno de los motivos por los que no quería que mamá estuviera aquí para vivir esto. Sabía que la culpa sería lo primero en llegar, porque mamá es experta en cargar con ella, aunque sea una culpa prestada, ajena o robada. Da igual, la herencia que papá le dejó al irse sigue ahí y el automatismo también. Culpable de todo lo que no sale bien. Esa es mamá, la de antes y, aunque menos, también la de ahora. Y es cierto que insistió en que trajera a R a la merienda, en eso tiene razón. Inspiro hondo antes de hablar, cansado de antemano porque sé que cuando mamá tira de culpa, es muy difícil hacerla entrar en razón.

—Mamá... —empiezo.

—Creía que no habría, te lo juro, hijo —me interrumpe—. Tendría que haberlo imaginado, pero como el año pasado hubo lo del accidente con los dos niños, creía que esperarían a la verbena. Si no, no habría insistido en que vinieras con R. Te lo juro.

—Ya lo sé, mamá...

—¿Cómo iba a imaginar que...? —vuelve, sin escuchar, apretándose aún más a Shirley contra el pecho—. Yo no sabía...

—Ya, mamá —la corto tan suavemente como puedo—. No tiene nada que ver contigo. De verdad.

Emma, que no ha movido un músculo desde que

he empezado a contar, se inclina con dulzura sobre ella y le pasa el brazo por los hombros.

—No ha sido solo el petardo, mamá —le dice—. Han sido muchas más cosas: la puerta abierta, que R no llevara puesta la correa..., el susto..., ha sido mala suerte, no sirve de nada buscar culpables...

—Pero es que yo insistí —dice por lo bajo, casi en un gemido. Luego se calla y, mirándome, añade entre dientes—: Si R no..., si le pasara algo..., yo..., me moriría.

Vuelve el silencio. En la barra, Raluca hace cosas que no veo y que despiden sonidos metálicos que reverberan contra las paredes, y a mi derecha, Silvia, que sigue muda, con el ceño marcado entre las cejas y una mirada que pasea sobre mi pecho, alarga la mano hacia mí en un gesto casi automático y casi como si hablara consigo misma, dice:

—Entonces... —Se interrumpe, se lleva la otra mano al cuello y parpadea. Luego vuelve a hablar y roza con la yema del índice la parte delantera de mi camiseta mientras una mueca que alterna confusión y espanto a partes iguales asoma a su cara—, ¿esto es... pipí?

Nos miramos. Mamá a Emma. Emma a mí. Yo a Silvia y Silvia a nadie, porque sigue colgada de la gran mancha que me ensucia la camiseta como si viera en ella un mapa que no sabe leer. Hay alarma en los ojos de mamá y también en los de Emma. Hay alarma porque la pregunta de Silvia es, para quienes la conocemos, la peor opción: la de la Silvia que, pillada a contrapié, no tiene defensas para cubrir a la niña pequeña y frágil que viaja con ella y que esconde bajo siete llaves para que no aparezca. La pregunta, la mirada, el gesto... son los de la Silvia que no puede con todo, la que no llega. Esa Silvia, la que no se asoma, es la misma a la que la abuela Ester llamaba Sil cuando conspirábamos solos ella y yo. «Ayer vino a verme tu hermana Sil», decía. Y yo sabía que la Silvia que había ido a ver a la abuela era la nieta que necesitaba de su abuela, la niña reclamando la mirada de la anciana, sin tensiones, sin espejos, sin mandíbulas apretadas. «Sil es la menor de los tres —me dijo un día la abuela mientras merendábamos—. Alguien se equivocó en el orden en que nacisteis y le ha tocado pagarlo a ella.» Como en muchas otras cosas, la abuela tenía razón. Silvia, la de verdad, solo vive cuando la emoción puede con ella. En su rompecabezas particular solo hay emoción o vacío de ella, y domina tan mal los tonos y los matices que hay entre sus blancos y sus negros que cuando se conecta con lo que más teme, se bloquea, quedando colgada de un limbo del que sale aún más reforzada en su rigidez, enfadada por haber sido pillada en falta. Todos conocemos esos momentos y también los tememos. Mamá la que más. Últimamente sobre todo.

Sin embargo, como siempre, es mamá la primera en reaccionar.

—Silvia, hija... —dice.

Silvia no la oye. Sigue con los ojos clavados en mi camiseta, intentando poner orden al mundo que no vemos y que está, está desde que Sil y Silvia no aprendieron a convivir bien y a su rompecabezas le falta voz. No, Silvia no la oye, y mamá, asustada, insiste.

—Cielo...

Y justo cuando Silvia parpadea y retira lentamente el dedo, separándolo de mi camiseta, y se vuelve a mirar a mamá con cara de no estar, Raluca emerge silbando desde detrás de la barra con la bandeja apoyada a la cadera y, acercándose a nosotros, pregunta, dirigiéndose a mamá:

—¿Más hielos, señoras?

Silencio.

Silvia parpadea, frunciendo aún más el ceño. Luego, mirando primero a mamá y después a Raluca, dice con voz de no entender nada:

—¿Hielos?

Mamá me mira de reojo con cara de horror. Después, mira a Raluca y le dedica una sonrisa beatífica que acompaña con un tenso:

—No, gracias, hija. —Y enseguida añade—: Estaba todo buenísimo. —Silvia y Emma cruzan una mirada de extrañeza y mamá, que está rígida como una vara y con la guardia más que baja, suelta—: Aquí sirven un hielo estupendo. A mí me chifla. ¿A que sí, Fer?

De pie a mi lado, Raluca se cambia la bandeja de mano y se acerca a la mesa para recoger el plato y la taza de mamá.

—¿Ya no dueles? —pregunta.

Mamá hace un gesto en alto con la mano como si espantara algo que obviamente ninguno de nosotros vemos.

—No, hija, qué va —dice con la voz cerrada—. El primero un poco, pero después, cuando te acostumbras al frío, el hielo pasa bien. Es tan refrescante... Casi mejor que la horchata, a dónde va a parar.

—Y con una mueca de complicidad—: No sabes cuánto me alegro de haberte hecho caso.

Silvia me mira con una ceja arqueada y cara de preocupación antes de volverse hacia mamá. Por el brillo de sus ojos entiendo que ha vuelto la Silvia de siempre, la de la armadura oxidada. Sil ha regresado a la oscuridad de su mazmorra. Volverá a aparecer, seguro.

—Mamá, ¿desde cuándo comes tú hielo? —pregunta con voz de quien ha decidido aclarar lo que no consigue cuadrar.

Mamá me mira con cara de «ayúdame, hijo, haz el favor» antes de responder.

—No, no, no me lo como. Solo lo chupo —dice—. Ahora, con este calor, es lo mejor. Me lo ha dicho Ingrid, que como es sueca, de hielo sabe un montón.

—Y como Silvia sigue mirándola sin entender nada, aclara, enseñando los dientes y tocándose la encía con el dedo—: Deja las encías duras.

Raluca termina de poner las cosas en la bandeja y, cuando parece que va a darnos la espalda para volver a la barra, suelta con voz de poca paciencia:

—Entonces, ¿no quieres trapos?

Nueva sonrisa de mamá. Silvia suelta un bufido y Emma me mira y se encoge de hombros.

—No, cielo —dice mamá—. En casa tengo muchos, pero gracias. Ahora que sé que vendes, y tan baratos, en cuanto me falten, te los compro a ti. De verdad. Se acabó lo de ir al mercadillo. —Y como Raluca se la queda mirando sin entender nada con la bandeja en alto y una expresión de querer concretar lo que mamá no está dispuesta de ningún modo a alargar, y Silvia abre la boca para volver a preguntar, añade—: Y si te llegan bragas, de las orgánicas, me lo dices. Ya sabes —le guiña el ojo—, de las que te hacen cinturita.

Silvia y Raluca se miran y Emma, que por supuesto está tan fuera de la conversación como Silvia, baja la cabeza y se lleva la mano a la frente al tiempo que mamá mira primero a Raluca, que sigue plantada a su lado, y después a Silvia.

—Ay, perdonad que no os haya presentado —dice con voz de arrepentida—. No sé dónde tengo la cabeza. —Luego señala a Raluca con la mano abierta y añade—: Hija, esta es Ráspula. —Y enseguida se vuelve hacia Raluca y dice—: Ráspula, cielo, esta es mi hija Silvia, la mayor. ¿Te acuerdas de que te he hablado antes de ella?

Raluca mira a Silvia con el ceño fruncido y luego a mamá:

—¿La del novio culturistas? —pregunta.

Mamá asiente con una sonrisa.

—El genético, sí.

Raluca asiente y sonríe.

—Encantadas.

Y en ese momento, justo cuando Silvia está a punto de devolverle el saludo, algo le llama la atención desde la puerta y desvía hacia allí la vista. Al instante, se lleva la mano al pecho y abriendo los ojos, horrorizada, como si tuviera delante al mismísimo demonio, suelta entre dientes:

—Dios mío.

Nos volvemos a mirar.

Los cuatro.

5

Cuatro días.

Tardé cuatro días en darle un nombre. Cuando me decidí, mamá no disimuló su horror.

—R. Lo he llamado R —le dije al teléfono.

Soltó un suspiro en el auricular antes de hablar.

—¿R? —preguntó con una voz de extrañeza—. Pero Fer, eso no es un nombre. No puedes llamar así a un perro. ¿R de qué? ¿De Ramón? ¿De Roberto? ¿De... J. R.?

Desestimé el comentario con un gesto de la mano que ella no vio.

—Es un nombre temporal, mamá —intenté aclarar—. Hasta que lo adopten. Prefiero que sea el adoptante quien le ponga el definitivo.

Otro suspiro.

—Bueno —dijo—. Pero yo R no lo llamo. Ni R, ni S ni nada que se le parezca, Fer. Un perro no es un formulario.

No quise discutir. Ella esperó y, al ver que yo no daba mi brazo a torcer, dijo, ofendida:

—Haz lo que quieras.

Había estado dándole vueltas al nombre de R

desde el día en que, después de hablar con Emma por teléfono, había salido a ponerle la comida y lo había encontrado tumbado sobre sus papeles de periódico, con la pata derecha apoyada sobre una página entera de publicidad de la película de animación que yo acababa de doblar. En el cartel, R, el perro protagonista, posaba mirando a cámara entre los dos elefantes del zoo. La postura y la mirada eran idénticas a las del cachorro que mamá me había endosado. En ese momento me había parecido la solución ideal para una situación transitoria que yo no había elegido y que seguía sin inspirarme nada bueno. Y aunque, por mucho que supiera que nuestra relación no iba a prosperar, por una parte me parecía terrible no tener un nombre con el que llamarle, pero tampoco quería dar ningún paso que me acercara a él más de lo necesario, y elegir un nombre lo es. Así que, después de unos días dándole vueltas, el cachorro dejó de ser «él» y pasó a ser R.

Durante las cuatro semanas que transcurrieron desde su llegada a casa, R solamente abandonó la terraza para salir a dar sus paseos y, algún día de frío, para buscar refugio en el salón. Dormía dentro, junto a la ventana, en una colchoneta azul con estampados de Snoopy con la que mamá e Ingrid habían aparecido al día siguiente de dejármelo en casa. Y nunca, ni una sola vez, se acercó al sofá cama en el que yo dormía durante la noche. Ingrid y mamá venían a sacarlo tres veces al día. Aparecían, saludaban, se marchaban con él, volvían, le ponían la comida, se despedían y vuelta a empezar. Yo solo coincidía con ellas por las tardes. De vez en cuando les preguntaba cómo progresaba la búsqueda de esa familia de adopción que supuestamente estaba al caer, y la respuesta era siempre parecida: «Hay una muy interesada, pero no termina de decidirse», o «Ayer nos llamaron de un refugio de tal sitio. Esperamos noticias». Y así pasaban los días.

Mi relación con R era nula. Él se pasaba el tiempo tumbado, rodeado de los muñecos, pelotas, huesos y mil *gadgets* que mamá le compraba y yo en mi trinchera, maldiciendo a mamá por haberme metido en casa aquel error y porque cualquier contacto con R me recordaba a Max y todo volvía a ser presente: su ausencia, la pena, la añoranza y, sobre todo, la culpa. Me culpaba por haberlo dejado al cuidado de mamá y más aún por no haber podido llorarlo en paz, ocupado el estudio por aquel nuevo habitante que se comía mi intimidad con la mirada y que no me dejaba respirar. En las cuatro semanas que siguieron a su llegada, no fui capaz de interactuar con él: ni una caricia, ni una palabra cariñosa. Nada. Desde la ventana, lo veía tumbado sobre los periódicos que mamá le cambiaba a diario, triste y desconfiado, con ese halo de perro que ha nacido en la mala suerte, seguramente echando de menos a quien le había dejado atado al contenedor, y, rápidamente, apartaba la vista, no queriendo saber. «¿Por qué tú sí y Max no?», preguntaba a nadie en silencio cuando dejaba de controlarme y todo lo no dicho hasta entonces se hacía oír en mi cabeza desde algún rincón de la memoria reciente. Contaba los días para que apareciera un adoptante que se lo llevara y le diera la vida feliz y familiar que seguramente merecía mientras él se levantaba, se desperezaba y volvía a tumbarse con un suspiro de algo que yo ni siquiera me molestaba en interpretar. Éramos como esos vecinos que coinciden en el ascensor a diario y que, aparte del consabido «hola», no intercambian nada: ni una sonrisa, ni una muestra de reconocimiento. Solo ambas miradas puestas en la puerta o en los botones del ascensor, una tos nerviosa, un «pase, pase» de rigor murmurado con la cabeza gacha.

Sin embargo, había otro R y yo lo sabía: la cara B del que me miraba sin verme, comía cuando sabía que yo no le prestaba atención y aparecía cuando llegaba mamá. Estaba el R que era con Fer y el R que era sin mí. En cuanto oía el timbre, el R aletargado y triste se transformaba: empezaba a mover el rabo sin levantarse y al oír la puerta se incorporaba de un brinco y corría hasta el ventanal del salón, abalanzándose contra el cristal y ladrando para que le dejara entrar y cubrir a mamá de lametones, ladridos y toda suerte de carantoñas. Ese R adoraba a mamá, que no solo alimentaba su amor por ella, sino que le llamaba todo tipo de cosas mientras se reía, encantada, intentando que no la tirara al suelo: «rey, precioso, cosa guapa, cosita, cielo» y mil cosas más que desde entonces nunca ha dejado de utilizar con él. Pasión, eso es lo que R sentía y siente por ella, supongo que porque recuerda que fue mamá quien decidió hacerse cargo de él en el veterinario y quien desde entonces lo mima como si le fuera la vida en ello.

Esa no relación entre R y yo se alargó durante treinta y dos días. El cuarto lunes después de su llegada fue un día extraño desde muy temprano. Estábamos a principios de abril y la ciudad amaneció cubierta de un cielo gris y turbio, mientras un calor húmedo y pegajoso más propio del mes de julio subía como una marea sucia desde el mar. El día transcurrió como cualquier otro: trabajo, estudio, partido de pádel, mamá e Ingrid llevándose a R al anochecer para darle su último paseo, llamada de Emma, cena, lectura y poco más. No hubo nada especial ese lunes, solo el calor y ese cielo negro y pesado que no solo no se despejó con el paso de las horas, sino que al caer la noche crujió como un choque de malos augurios, dejando caer una tormenta como no la habíamos tenido desde el verano anterior.

El primer trueno restalló en el silencio de la medianoche, haciendo temblar los cristales. Fue casi como un disparo. Yo me había acostado ya y dormía, a pesar del calor, con todo cerrado. El trueno me despertó y enseguida pensé en R. Supuse que no tardaría en llover y me levanté, fui a la cocina y abrí el ventanal que comunicaba con la terraza. R estaba allí sentado, esperando. En cuanto le abrí, entró, pasó por delante de mí sin mirarme, se tumbó en su cama con un suspiro de algo que imaginé que debía de ser alivio y puso la cabeza entre las patas. Eso fue todo.

Regresé desvelado a la cama y me quedé leyendo un rato, esperando a que volviera el sueño. No hubo más truenos ni tampoco ningún relámpago, solo un viento húmedo y extrañamente frío que subía desde la playa y que mecía la noche en un falso abrazo. Me quedé dormido con el libro sobre el pecho y la luz encendida. Cuando habían pasado unos minutos, un nuevo trueno, tan largo que oí el ronquido de su estela al despertar, rompió el aire cargado del exterior. Cuando abrí los ojos y volví la vista hacia la ventana, contuve la respiración.

Junto a la cama, a medio metro de mí, R me miraba muy fijo. Estaba sentado en el suelo, inmóvil y blanco sobre el parqué. Jadeaba, pero no se le oía, y le asomaba un poco la lengua entre los dientes.

No me incorporé. No hice nada. Tuve miedo, miedo porque entendí en ese momento que vivía con un desconocido, que llevábamos cuatro semanas compartiendo espacio y tiempo y que no sabía nada de él, de sus miedos, de sus reacciones, de sus fobias. Tuve miedo porque no sabía anticipar y me sentí frágil y desprotegido, a merced de su parte más animal.

Seguimos así durante un rato que a mí se me antojó una vida entera, él mirándome fijamente y jadeando en silencio, y yo esperando mientras más allá de los cristales una gotas inmensas empezaban a cubrirlo todo de agua, primero con suavidad y transformándose al poco en un manto de granizo que golpeaba con saña el tejado, el suelo de la terraza y los cristales del salón. Llovían piedras sobre Barcelona y en mi estudio de la azotea la tormenta zarandeaba todo lo que no era suelo, y a nosotros con ella.

Pero no ocurrió nada más.

Hasta que un nuevo trueno desgarró la lluvia sólida desde arriba y entonces sí, entonces R parpadeó, dejó de jadear durante una fracción de segundo e hizo lo que habría de cambiar su vida y la mía en adelante. Y fue como cuando en el ascensor los dos eternos desconocidos coinciden un día en el que algo falla —un desajuste mecánico, un apagón— y tu

vecino, el que no había saludado nunca, el antipáti-
co, el que no va a las reuniones de vecinos porque
está de alquiler y para qué, se transforma bajo la luz
roja de la alarma en un hombre distinto, atemoriza-
do, pequeño y tan vulnerable, tan frágil, que te busca
con los ojos para que le digas que todo está bien y que
de esta salimos, los dos, juntos y necesarios, y, como
no ve bien en la penumbra, hace algo que jamás ha-
brías imaginado porque no estaba en el guion de lo
coherente. No, esa pieza no estaba incluida en el
rompecabezas.

La imagen sigue grabada junto a otras dos en la
historia que desde esa noche R y yo iniciamos en común. La he visualizado tantas veces en estos tres años
que conozco cada ángulo, cada matiz, cada milésima
de segundo. Recuerdo la mirada fija de R cuando,
sentado delante de mí, levantó la pata derecha y la
estiró hasta apoyarla sobre mi costado, dejándola
allí, sin pestañear, sin dejar de jadear. Entonces esperó. Sobre nosotros caía tanto granizo y soplaba un
viento tan infernal que solo se oía eso: aire, golpe,
granizo, hielo... Así seguimos unos momentos, yo
con el corazón encogido y con el peso de esa pata
sobre el esternón, y él mirándome, esperando un gesto que yo no quería dar, porque dárselo a él era ne-
gárselo al recuerdo de Max. Sabía que el gesto era
poner fin a un duelo que no había podido ser y cerré
los puños debajo del edredón y también los ojos.

Esperé. Esperé a que amainara la tormenta, a que
se fuera el miedo y a que R volviera a su cama junto
a la ventana. Esperé a que pasara algo que se lo llevara, pero fue en vano. Pasados unos segundos llegó un

nuevo trueno, este roto desde el principio, y con él la pata de R empezó a temblar. Tembló primero muy suavemente, casi como si palpitara. Y ese latir duró quizá un minuto, quizá menos, hasta que llegó un nuevo trueno que trituró el silencio y que sacudió la casa desde la calle. Tembló el suelo, temblaron las paredes, tembló el aire y tembló también R. Tanto era lo que temblaba, que temblaba él y temblaba yo debajo, cada uno con sus miedos, cada uno pidiéndole al tiempo su propia balsa para poder flotar.

Y así seguimos los dos, temblando él y yo debajo, también con miedo y también cansado de tanto no estar, no querer, no poder. Seguimos así un rato hasta que no pude más. Cuando abrí los ojos y lo vi temblar de esa manera no pude seguir en la trinchera.

Le cogí la pata, se la doblé, la puse en el suelo, aparté a un lado el edredón, bajé de la cama, me senté a su lado y lo abracé por detrás, con cuidado primero, sin saber muy bien si iba a ser bien recibido, abrazando como se abraza a un desconocido que necesita sobre todo calor, venga de donde venga, e intentando contener el temblor que sacudía todo su cuerpo mientras, a medida que iba apretándolo contra mí, le decía, con la boca pegada a su oreja blanca:

—No va a pasarte nada, R. No va a pasarte nada. Ya lo verás.

Así nos quedamos los dos: abrazado yo a él y él temblando sobre el parqué, aterrado él y yo diciéndole cosas al oído que ahora ya no recuerdo pero que le hicieron bien y que me hicieron bien a mí, hasta que ya de madrugada la tormenta amainó y la ciudad empapada se encogió bajo el peso del granizo y de la primera luz que empezaba a asomar desde el mar.

En el silencio agotado que había dejado tras de sí la tormenta, R se tumbó en el suelo de cara a la ventana, puso la cabeza entre las patas y cerró los ojos. Yo subí a la cama y seguí mirándolo hasta quedarme dormido.

Al día siguiente, mamá llegó sin Ingrid para sacarlo a pasear. Cuando apareció, le dije:

—No hace falta que sigas viniendo, mamá.

Me miró, confundida.

—No, si no me importa, hijo —dijo, mientras recibía, encantada, las atenciones de R en la puerta.

—He decidido quedarme con R —le dije.

Ella me miró con la correa en la mano, sin saber qué decir. Tenía los ojos tan brillantes que casi pude ver parte del salón reflejado en ellos. Sonreía, encantada.

—No te imaginas lo feliz que me haces, Fer.

Asentí.

No preguntó más. Cuando le dije que llamara a Ingrid para que avisara a la pareja de amigos que estaban a punto de dar el sí definitivo a la adopción de R, hizo un gesto vago con la mano y respondió:

—No te preocupes, no corre prisa.

Me sorprendió la respuesta.

—Ah, creía que ya se habían decidido.

Me miró, confusa.

—Sí, bueno —dijo—. Ya hablará Ingrid con ellos esta noche o mañana. —Y luego—: Seguro que lo entienden.

Insistí. Otra vez tuve miedo de que, por culpa de uno de los descuidos de mamá, nos viéramos metidos en una situación difícil con la que no me apetecía tener que bregar. Volví a pedirle que avisara a Ingrid cuanto antes. Ella se sacudió mi insistencia de encima con un «ay, hijo, no te preocupes. Cuando llegue a casa la llamo, de verdad» que en ese momento me rechinó un poco, pero que pasé por alto en cuanto mamá abrió en un descuido la puerta de la calle y R salió disparado escaleras abajo, ladrando como un loco.

Esa noche paseamos juntos por primera vez mamá, R y yo. Fue un largo paseo sobre mojado por la arena compacta de la playa, bajo un cielo limpio y cargado de olor a sal. Paseamos en silencio, como si hubiéramos llegado a casa después de un largo viaje lleno de cosas que contar. Cuando acompañamos a mamá a la parada del metro, ella se despidió de mí con un beso y, antes de darse media vuelta y agarrarse a la barandilla para bajar la escalera, preguntó, como si se le acabara de ocurrir en ese preciso instante:

—Pues si te lo vas a quedar tendrás que empezar a pensar en un nombre de verdad, ¿no?

Ahora, viéndola así, con la bolsa verde sobre las rodilleras, Shirley encima y los ojos entrecerrados y clavados en la puerta después del gesto de espanto de Silvia, se me cierra la garganta porque la veo tan llena de R, hay tanto de mamá en mi historia con R, que me da pena no haberle dado nunca las gracias por ese mes de paseos diarios con Ingrid, por la paciencia y por esa forma de callar las cosas que solo tiene conmigo. Tengo ganas de decírselo: me gustaría recordarle todo lo que fue ese mes para que ella entienda lo que hizo por R y también por mí, para que no lo olvide.

«Me gustaría decirte tantas cosas, mamá, antes de que sea tarde y no lleguemos», me oigo pensar, y justo entonces ella se vuelve hacia mí y sonríe, no sé por qué, pero sonríe, con los ojos entrecerrados y la expresión de esa Amalia que estos años ha aparecido muy poco pero que parece estar otra vez aquí, y siento que algo que debe de ser un ingrediente importante de la felicidad me recorre la espalda en un escalofrío. Pero cuando le devuelvo la sonrisa, ella ya ha vuelto a girar la cabeza hacia la puerta, porque es allí donde convergen todas nuestras miradas.

Apoyado contra el marco, un hombre rapado de casi dos metros de alto, una anchura considerable, barba pelirroja hasta el pecho, un par de cuernos taladrados en una oreja, pantalones cortos, zapatillas de deporte y camiseta sudada de tirantes con el logo de una marca deportiva, sonríe con cara de cavernícola feliz a Raluca, que en cuanto le ve, se ilumina entera, deja la bandeja encima de la mesa y echa a andar hacia la puerta, contoneándose sobre sus sandalias de tacón como si tuviera los bolsillos llenos de música caribeña.

Los cuatro la seguimos con los ojos. En la puerta, el hombre la espera y mamá, aprovechando la coyuntura, me dice, con una voz que supuestamente debe ser susurrada:

—Es él.

No sé a quién se refiere y me encojo de hombros. Cuando voy preguntar, Silvia se me adelanta.

—¿Él? —pregunta sin molestarse en bajar la voz, abriendo el abanico y empezando a abanicarse.

Mamá asiente.

—Sí —dice, entusiasmada—. El de la foto.

Emma se vuelve también.

—¿Qué foto? —pregunta, confundida.

Mamá pone los ojos en blanco. Está eléctrica.

—El del *pintxo* —responde. Y al ver la cara de póquer de Emma, parece entender que algo más le va a tocar explicar si quiere que Emma y Silvia se enteren—. Arturo. Arsenio. Arcadio. Agh... ¿cómo era, Fer? —sigue, rebuscando en su memoria más reciente un nombre que no ha de llegar.

Silvia se vuelve a mirarme.

—¿Se puede saber qué...?

Mamá, que sigue murmurando nombres por lo bajo, empieza a gesticular mientras intenta ordenar ideas y recuerdos y Emma rápidamente pone las manos delante de la bandeja, protegiendo el contenido de la amenaza de mamá, que parece haber hilado algo y suelta un suspiro por la nariz.

—El chico gay de San Sebastián que cocina los huevos en un bar de Sitges y tiene la foto con la carita sonriente en la... cosa —declama de carrerilla antes de mirarme para buscar mi complicidad. Pero yo, que preveo lo que está a punto de llegar y sé que ahora nada puede detenerla, decido retirarme a tiempo, dar la escena por perdida y prepararme para lo que, mucho me temo, ya no tiene solución.

—¿La... cosa, mamá? —pregunta Emma con suavidad y cara de fingida inocencia, haciendo esfuerzos para no reírse.

—Sí, hija. La cosa —dice mamá, muy seria, asintiendo muy deprisa.

Silvia cierra el abanico de golpe.

—Pero ¿qué cosa ni qué cosa, mamá? —salta, con cara de no poder más—. ¿Se puede saber qué estás diciendo?

Y lo que sale rebotado de mamá, ya no en forma de susurro, sino en una especie de grito ahogado que reverbera contra las paredes de la cafetería como una pequeña traca, sella lo que hemos vivido esta noche con toda su desesperación de mujer acorralada que ya no sabe cómo hacerse entender.

—¡El del miembro! —suelta, dando un manotazo sobre la bandeja—. ¡Es el chico del miembro!

6

«Un miembro de la familia es la pieza de un rompecabezas. Si falta, se le echa de menos. Pero si no hay añoranza, es que era solo parte, no miembro.» Esa es una frase de la abuela Ester. El día que se la oí decir estábamos en el funeral del abuelo Fran. La abuela no había querido misa y habíamos ido directamente desde el tanatorio al cementerio. El cura era un hombre mayor que bizqueaba y con el que la abuela ya había tenido sus más y sus menos por teléfono porque el hombre decía que los abuelos no habían pisado la iglesia del pueblo desde hacía décadas y que de misa para no creyentes, nada. Al final, las cosas más o menos se habían arreglado y el cura había accedido a decir unas palabras a pie de tumba. En su breve sermón, habló de la familia, de sus miembros y de las ausencias, cantando las loas y alabanzas de la figura del abuelo y ensalzando en él un montón de virtudes que el abuelo nunca tuvo y que él desconocía por completo.

Cuando salíamos del cementerio, la abuela se acercó conmigo y con mamá hasta el cura, que en ese momento hablaba en voz baja con papá y, después de darle las gracias por sus palabras, miró a papá antes de soltar a modo de despedida la frase de marras, que apostilló con un susurrado: «Lo que no es sangre es parte, no miembro».

El cura la miró, sin entender nada, y esbozó una sonrisa incómoda. Luego se volvió de espaldas y se marchó murmurando cosas entre dientes bajo la mirada afilada de la abuela.

Mamá y yo jamás comentamos las palabras de la abuela. En ese momento nos impactó el tono y también la tensión del momento, pero no el fondo. La frase cayó en el olvido y así siguió hasta que, años más tarde, el día de este último Sant Jordi, cenamos todos —John incluido— en casa de mamá. Fue una velada tranquila. En la plaza hubo gente hasta muy tarde, recogiendo cajas, libros, puestos, y el ambiente llegaba chispeante desde fuera. Dentro, sin embargo, había placidez. Cuando tomábamos los cafés, Silvia esperó a que se hiciera una pausa en la conversación y soltó la pequeña bomba que debía de estar esperando para soltar desde que habíamos empezado a cenar.

—Tenemos algo que deciros —anunció, mirando a John con un gesto de complicidad al que él respondió alargando la mano y poniéndosela en la rodilla.

La miramos. Sabiendo como sabíamos que Silvia no puede tener hijos, y siendo evidente que el «tenemos» apuntaba claramente a una novedad que atañía a la pareja, nos preparamos para lo que, por tiempo y por consecuencia lógica, parecía lo más esperable.

Emma y yo nos miramos.

—Ay, hija —la interrumpió mamá, con un pequeño aplauso—. No me digas más. —Se levantó, se acercó a la nevera, abrió el congelador y sacó la botella de cava que teníamos reservada para después del café—. No sabéis la alegría que me dais —dijo con una sonrisa de oreja a oreja, volviendo a sentarse.

Silvia arqueó una ceja.

—Mamá... —empezó—. A lo mejor, si me dejas terminar...

Mamá me dio la botella.

—Sabía que al final caeríais —soltó, mirando primero a Silvia y después a John. Encantada. Estaba encantada—. Si es que lo de la pareja y todo eso está muy bien al principio, pero después hay que formar una familia. Y es natural. Yo ya se lo he dicho alguna vez a tus hermanos —añadió, mirándonos a Emma y a mí—: Silvia y John necesitan un nuevo miembro en la familia que les dé... no sé... más alegría. Ya veréis. Os va a cambiar la vida.

«Dios mío —pensé, y a juzgar por la mirada de Emma, entendí que ella estaba pensando lo mismo—. No puede ser que mamá esté tan chiflada como para meter la pata de esta manera. No puede ser verdad.»

Quise decir algo pero, al ver a Silvia, pálida y tiesa a mi lado, no se me ocurrió nada, así que me centré en descorchar la botella y rezar para que pasara algo que cambiara el espinoso rumbo que estaba tomando la conversación.

Pero mamá estaba lanzada.

—Hace tiempo que quería decíroslo, pero como sois tan... así, y siempre me hacéis callar, pues no he dicho nada. Pero a mí me haría tan feliz tener a un chiquitín vuestro correteando por aquí... Yo os lo cuidaría, y bueno... Shirley seguro que se pondría celosa al principio, pero Shir es así. Enseguida se le pasaría, porque en el fondo es buena.

En ese momento, descorché el cava y el tapón salió despedido contra el techo, rebotando con un sonoro «pum» y volviendo a caer a pocos centímetros de Shirley, que salió pitando a esconderse detrás del sofá. Bajo la mesa, R rompió a ladrar.

—¡Eso! —exclamó mamá—. ¡Alegría! ¡Ay, tenemos que brindar, Shirley! ¡Vas a tener un sobrinito!

Se hizo el silencio. Silvia miraba a mamá como si estuviera viendo descolgarse una tarántula por la cortina de su salón. A su lado, John se liaba un porro y desde la plaza llegaba el zumbido de las máquinas de las patrullas de limpieza, acompañado de risas, conversaciones de libreros, compradores tardíos y niños jugando. Emma se levantó y empezó a acercarme las copas y mamá, que se vio envuelta en un silencio tenso que no parecía augurar nada bueno, quiso arreglarlo con un:

—¿Y habéis pensado ya qué vais a hacer?

Más silencio y el burbujeo líquido del cava llenando la primera copa.

—¿Vais a comprar o vais a adoptar?

Levanté la vista y Emma y yo cruzamos una mirada. En la suya había una luz extraña que en ese momento no supe interpretar. No fue exactamente un chispazo, sino algo más: el barrido de un haz de luz en el que vemos dibujada la silueta de la pieza del rompecabezas que llevamos buscando desde hace tiempo y que no estaba porque era una posibilidad que ni siquiera imaginábamos.

—Si queréis un consejo, yo adoptaría. Con la de pequeñines abandonados que hay por ahí, es una pena comprar, la verdad. Y son tan agradecidos... —Y como seguíamos sin decir nada, añadió, con voz de madre—: No hay más que ver a Shirley.

John soltó una carcajada llena de humo de porro y a su lado Silvia chasqueó la lengua.

—Mamá, ¿te importaría callarte y escuchar, aunque sean solo dos minutos? —dijo con una voz extrañamente dulce, intentando mantener el control.

—Claro, cielo —respondió mamá sin mirarla, tendiéndome la copa.

Silvia miró a John.

—Como ya sabíamos, estaba casi cantado que a John no le renovarían el contrato —empezó—. Bueno, no era seguro, pero ayer lo hicieron oficial. —No dijimos nada. Se oyó el burbujeo del cava llenando la copa de mamá—. John sigue conservando su plaza en la universidad de Pensilvania y, tal y como están las cosas, hemos pensado que vamos a probar allí. —Hizo una pausa, esperando una reacción que no llegó—. En principio será solo por un año. Queremos ver si nos aclimatamos y eso —añadió, con una voz que sonó casi a disculpa—. Después decidiremos.

Mamá se encogió en la butaca con la copa de cava en la mano. Parecía haber perdido fuelle. Miraba a Silvia entre parpadeos, con esa cara de confusión que se le pone cuando se enfrenta a algo que no esperaba y que debe procesar porque ha llegado para quedarse. En su boca había una sonrisa plana; en sus ojos, ausencia de luz.

—Y yo creyendo que íbamos a tener un miembro más en la familia —dijo, manteniendo la sonrisa triste y bajando la mirada—. Qué tonta, tu madre, ¿no?

Silvia hizo una mueca de pena que mamá no vio.

—Bueno —dijo mamá, forzando un cambio de tono e intentando dar un poco de vida a su sonrisa—. Pues si tiene que ser para bien, lo celebro, hija. Claro que sí. —Entonces miró a John—. Y no hace falta que te diga que para mí eres parte de nosotros. Sé... sabemos que Silvia está en buenas manos.

Al oírle decir eso, me acordé de la frase que le habíamos oído a la abuela en el cementerio el día del funeral del abuelo y ese «parte de nosotros» que mamá acababa de dedicarle a John parpadeó sobre nuestras cabezas como un neón contra el «miembro» que ella había esperado sumar a nuestra pequeña balsa de náufragos. Para mamá, un perro era «miembro» y John, solo «parte». Quizá su discurso había sido simplemente un desliz del inconsciente o una carambola, no lo supe entonces ni lo sabré ya, pero con mamá es difícil estar seguro de cuándo la diana es calculada y cuándo es una de sus buenas o malas coincidencias. John asintió, muy solemne, y dijo:

—Gracias, Amalia.

A su lado, sentada en la butaca con la mano de John sobre la rodilla y un rictus de niña mayor adiestrada para no fallar, Silvia parecía esperar algo más. Sus ojos verdes brillaban a la luz de las velas de la mesa de centro y las pupilas, inmóviles, parecían insertadas en el blanco desde un doble fondo que todos conocemos bien. La Silvia que miraba a mamá era la Sil de la abuela Ester, la niña frágil huida de su mazmorra, con su piel de mariposa y sus ganas de ser vista. Había brillo en esos ojos, sí, y también muchas otras cosas que aparecieron y que volvieron a encogerse en la oscuridad cuando mamá levantó su copa y, con una voz de madre cansada que hacía mucho tiempo que no oíamos, dijo:

—Por vosotros, hijos —y antes de acercarse la copa a los labios, añadió, en un susurro—: que todo sea para bien.

Entonces, mientras los demás tomábamos nuestro primer sorbo de cava de la noche, respondiendo a un brindis que no entendimos pero que aceptamos como una de las tantas salidas inexplicables de mamá, Silvia hizo algo que duró poco, apenas unos segundos, pero el tiempo suficiente para que Emma y yo recuperáramos una imagen que los dos conocemos bien porque la hemos vivido juntos: alargó la mano y frotó la esquina de la mesa con las yemas de los dedos como si la limpiara. Frotaba en redondo, sin darse cuenta, como si las yemas de los dedos navegaran solas por la madera; conectada Silvia con esa otra que Emma y yo conocemos porque nadie más que nosotros estuvo para verla.

No, nadie estuvo con aquella Silvia. Ni mamá, ni la abuela ni tampoco papá.

Silvia frotaba como si tuviera un trapo en la mano y hubiera visto en la mesa una mancha difícil mientras sus ojos se perdían en la copa de mamá y al otro lado de la mesa la memoria tendía de improviso un cable de alarma entre Emma y yo.

Emma y yo nos miramos.

Y el recuerdo viajó entre mi copa y la suya como un telegrama, comprimiendo ese rincón de memoria lejana que seguía y sigue todavía intacto entre nosotros, porque los dos sabemos que tocar esa pieza es pisar un campo de minas que nos obligaría a rehacer el rompecabezas entero y para eso hacen falta otras piezas que no tenemos todavía.

El hueco, sin embargo, es desde siempre inconfundible.

El recuerdo también.

7

El recuerdo.

La primera vez que mamá se fue de casa yo acababa de cumplir seis años, Emma tenía todavía ocho y Silvia, doce. Fue una discusión, una de tantas, o fue quizá la última bocanada de una brisa peligrosamente soterrada de desencuentros, tensiones y enfrentamientos mal evitados que durante un par de semanas nos había barrido como ese viento del sur que, cargado de arena del desierto, se instala en una ciudad, azotándola con su mugre. En casa no había gritos, al menos entre papá y mamá. Ellos «discutían»; nosotros, los niños, «peleábamos». Las coordenadas de los desacuerdos eran distintas en el mundo de los adultos y en el nuestro: sin gritos, sin pataletas, sin violencia explícita. Papá provocaba cosas que encogían a mamá, así lo contaría yo ahora si tuviera que resumirlo. Y muchas veces esas cosas incluían problemas relacionados con el dinero: préstamos, avales, deudas, mala gestión, colegios por pagar, la hipoteca siempre en peligro, mamá pidiendo dinero a escondidas a la abuela, rascando de aquí y de allá, tirando de la inagotable generosidad de tío Eduardo, haciendo malabares todos para que los cálculos siempre fallidos de papá, sus empresas fantasma, sus golpes de genialidad que iban a sacarnos de esos desfiladeros de arenas movedizas por los que transitábamos siempre, rodeados de las alimañas, amenazas y peligros que poblaban los abismos que habitaban más abajo, encontraran en algún momento una recompensa que papá estaba convencido de merecer.

—No hay de qué preocuparse —decía con su gesto de encantador de serpientes, sentados todos a la mesa en una de esas sobremesas de domingo que empezaban tranquilas y terminaban mal, porque mamá, demasiado atemorizada por lo que sabía y callaba, pero también demasiado asustada por los arrebatos fallidamente contenidos de mal genio de papá, aprovechaba para tocar las llagas que la tenían a mal traer cuando estábamos nosotros delante, demasiado insegura para hacerlo sola. Demasiado sola para sentirse segura.

Mamá sufría porque papá no lo hacía, y sufrir así, aguantando la presión de todos los miedos imaginarios de papá y de todos los miedos reales que ella gestionaba como podía, la silenciaba, agotándola.

Pero el problema no era el dinero. O no solo el dinero. El problema era, por una parte, todo lo que no había entre ellos, más allá de tres hijos que necesitaban crecer en condiciones, más allá de una vida en pareja que mamá y papá aceptaban porque habían sido programados para ella y más allá de lo que papá hacía fuera del conjunto vacío que éramos nosotros. Pero sobre todo el problema era lo que jamás habría entre los dos: papá y mamá se miraban desde el miedo a ser descubiertos en el desamor, evitando tocar las pocas cuerdas deshilachadas que les mantenían en equilibrio y cubriendo lo cotidiano de ruido para disimular los silencios.

Ocultar. Vivíamos bajo un manto de ocultación sorda hasta que una cuerda se tensaba demasiado y llegaba la nota discordante. Entonces la balsa embarrancaba y el agua sucia empezaba a cubrirnos desde abajo. La dinámica era esa y sería esa hasta el final: tensión, calma chicha, mamá y nosotros a un lado, papá al otro mirando fuera, un mal golpe de viento y una vía de agua haciendo zozobrar la falsa tranquilidad. Desde muy pequeños, esa cadencia fue la que marcó el tiempo en casa. Esa y unas ausencias de mamá que llegaron pronto para morir en el intento y que muchos, muchísimos años después, cuando nadie creía ya que volverían, se repetirían en un par de ocasiones hasta unos meses antes de que se decidiera a divorciarse de papá.

La primera ausencia fue como las que se repitieron durante los dos o tres años siguientes: mamá se marchó un lunes mientras estábamos en el colegio. Cuando volvimos ya no estaba. Fue así, o yo lo recuerdo así. En cualquier caso, esa fue la impresión entonces y también la que perdura. El día anterior había habido discusión en la sobremesa. Papá y mamá habían discutido porque al parecer faltaban por pagar tres meses de facturas atrasadas del colegio de Emma y Silvia, y mamá ya no sabía qué excusa inventar para seguir justificando los impagos. Furioso, papá se había puesto furioso con el colegio primero, después con mamá y por último nos había castigado a todos con ese silencio cargado de piedras del que echaba mano cuando los recursos escaseaban y había salido de casa a media tarde dando un portazo, amenazando con no volver. No supimos de él hasta que el lunes al llegar del colegio lo encontramos esperándonos en el salón con cara de circunstancias. Nos sentó a la mesa del comedor y dijo:

—Mamá se ha ido unos días de viaje con tío Eduardo. Vuestro tío no se encontraba bien y le ha pedido que le acompañe. Tendremos que arreglárnoslas solos.

Eso fue todo.

Mamá llamó al día siguiente por la tarde, a la hora en que habitualmente llegábamos a casa y mucho antes de lo que solía hacerlo papá. A juzgar por el tintineo de las monedas, supimos que hablaba desde una cabina. Habló primero con Silvia y le contó exactamente eso, que tío Eduardo la necesitaba y que había salido de viaje con él.

—No se encuentra bien —dijo. Y también—: Si llama la abuela, no le digáis nada. No queremos preocuparla.

Lo demás fueron preguntas hechas por ella: cómo había ido el colegio, si habíamos merendado, si nos portábamos bien, lo que había en la nevera para la cena, consejos de intendencia para Silvia, algún recado...

Antes de despedirse, después de haber hablado con los tres, le dijo a Silvia:

—Y, sobre todo, que papá no se entere de que he llamado, hija. Por favor.

Silvia asintió.

—No te preocupes, mamá.

Y así fue. Mamá volvió a llamar al cabo de un par de días, también desde una cabina. Se oían voces al fondo y se oía también llover, truenos y alguien que se quejaba del viento o del frío, ahora no lo recuerdo. La conversación fue prácticamente calcada a la anterior, aunque esta vez, después de cuarenta y ocho horas sin ella, en cuanto nos pusimos por orden al teléfono, lo primero que preguntamos fue: «¿Cuándo volverás?». Esa era la pregunta, la única que importaba después de esos dos días echándola de menos. Desde su primera llamada, entre nosotros habíamos empezado a repetirla a menudo, haciendo cálculos, barajando posibilidades, inventando e imaginando como solo saben hacerlo los niños que no reciben informaciones claras cuando hay demasiadas pistas y sospechas flotando en el aire.

—Pronto, muy pronto —fue la respuesta.

¿Pero «pronto» cuándo era?, queríamos saber.

La primera vez, mamá estuvo fuera una semana. Durante esos días vivimos tan encogidos por no saber cuándo volvería y por tener que vérnoslas a solas con papá que empecé a dormir en la cama de Emma, demasiado angustiado para poder hacerlo solo. En esos días, papá se encargaba de darnos de cenar y de prepararnos el desayuno y el bocadillo para el colegio. Lo demás corría a cargo de Silvia: poner la lavadora, tender la ropa, bajar a hacer la compra... Después de la llamada de mamá, Silvia había tomado la iniciativa y nos había arrastrado a Emma y a mí con ella. En cuanto había colgado, había entrado en la cocina, había cogido un bloc de hojas grandes que mamá tenía encima de la nevera y había distribuido las tareas entre los tres, dejando fuera a papá.

—Cuando mamá vuelva, tiene que encontrarlo todo perfecto —había dicho—. Así seguro que no se va nunca más.

A Emma y a mí aquello nos pareció bien y nos pusimos manos a la obra, como si haciendo camas, tendiendo la ropa, lavando platos y secando cubiertos estuviéramos maniobrando un hechizo del que solo Silvia, por ser la mayor y la que más rato hablaba con mamá, tenía la clave. Si limpiar era hacer feliz a mamá y hacerla feliz nos aseguraba no volver a tener que vivir su ausencia, limpiaríamos, claro que sí. La lógica de Silvia era fácil de asumir en un momento en que cualquier lógica, por improbable que fuera, era bienvenida si prometía el regreso de mamá. El mensaje implícito en la iniciativa de Silvia era, sin embargo, otro: «Puede que mamá se haya ido porque no nos estábamos portando bien. Porque la dejábamos sola con todo». No fue, obviamente, un mensaje explícito en ese momento, pero por cómo nos pusimos en marcha, por el modo en que vivíamos cada cosa que hacíamos para conectarla con el regreso de mamá, entiendo que la corriente subterránea de la culpa había empezado a empujar nuestra balsa y no habría de dejar de hacerlo ya.

Desde su orilla, papá nos veía actuar en silencio, enclaustrado en un humor taciturno y hosco al que por otro lado nos tenía acostumbrados. Llegaba tarde a casa, preguntaba por el colegio, por los deberes, se cambiaba, preparaba la cena que servía en nuestras tres bandejas y comíamos sentados en el sofá, viendo el telediario en silencio. Después nos mandaba a la cama. Nunca una sola palabra sobre mamá, nunca un comentario. Nada. En una ocasión, cuando, en su respuesta a no recuerdo qué pregunta de papá, Emma empezó diciendo: «A lo mejor, cuando mamá vuelva de viaje...», papá la cortó en seco con un: «Las cosas hay que hacerlas sin depender de lo que hagan o dejen de hacer los demás, Emma. No hay que ser tan confiada», que recibimos como una lluvia de plomo. Esa noche dormimos los tres juntos en la cama de Silvia, apretujados y prácticamente sin movernos. La respuesta de papá había sido la peor opción para los oídos de unos niños: lo críptico, lo abierto, había destapado también la caja de los temores más negros, esos que ya rondaban pero que habíamos evitado desde el primer minuto, esperando que alguien o algo nos confirmara que no eran más que eso: temores de niños. «No hay que confiar», había dicho papá. ¿Entonces? ¿Quería eso decir que mamá no iba a volver? ¿Que no estaba de viaje? ¿Por qué no nos dejaba contarle a papá que hablábamos por teléfono con ella? ¿Estaría detenida? ¿En la cárcel? ¿Habría matado a alguien?

Preguntas. Desde que nos metimos en la cama, esa noche no dejaron de llegar las preguntas, alimentadas por lo poco que sabíamos y por tres focos de imaginación que no descansaban, ávidos de alguna luz, mezclando realidad, fantasía, miedos, sospechas y ganas de tener algo a lo que aferrarnos para no seguir flotando en vilo. Preguntamos, supusimos, compartimos, formulamos toda suerte de teorías, a cuál más aterradora, hasta que Silvia apagó la luz y, con una energía y una confianza renovadas, dijo en la oscuridad:

—Mañana limpiaremos los armarios de la cocina. Seguro que hace mucho que mamá no los toca. Menuda sorpresa se va a llevar.

Y eso fue lo que hicimos en cuanto llegamos del colegio: vaciamos los armarios de cacharros, platos, cacerolas, *tuppers*, copas y demás y, mientras Emma los lavaba en el fregadero y yo los enjuagaba, poniéndolos luego a secar en la encimera, Silvia limpiaba los armarios por dentro con una esponja, una palangana de plástico llena de agua con detergente y una bayeta. Había encendido la radio y trabajábamos escuchando el mismo programa de tarde que a mamá le encantaba y con el que normalmente merendábamos, cada uno concentrado en lo suyo, felices por tener una misión que cumplir y con una sensación de estar haciendo algo que, poco o mucho, se parecía a esos momentos mágicos de las películas que, a pesar de todo —de las penurias, de las dificultades, de los tropiezos y de lo que no se enseña—, terminan bien. Eso era, conjurábamos un buen final y Silvia nos guiaba. No podía fallar.

Cuando Emma y yo terminamos de fregar los cacharros, Silvia seguía limpiando. Frotaba la puerta de un armario con la esponja. Movía la mano muy despacio, repasando cada mancha, cada sombra y cada rincón, pero no miraba la puerta del armario mientras frotaba. Desde el suelo, Emma y yo la observábamos, embelesados y en silencio. Allí arriba, sobre la escalera metálica, Silvia estaba pero no estaba. Con la mirada perdida en el contrachapado amarillo, acariciaba el reflejo de su cara como si viera cosas que no estaban allí, como si estuviera limpiando un espejo en el que a base de frotar iba asomando otra Silvia que ella quería descubrir o que no quería dejar de ver.

En cuanto nos vio mirándola desde abajo, volvió a la cocina, le dio un último repaso a la puerta con la bayeta y bajó por la escalerilla.

—Terminado —dijo con una sonrisa satisfecha—. Ahora solo queda volver a ordenar las cosas y esperar. Ya veréis cómo se va a poner mamá cuando lo vea.

Esa noche, después de retirar la cena y mandarnos a la cama, papá dijo:

—Ah, he hablado con mamá. Vuelve mañana. Iré a buscarla por la tarde.

Los ojos de Silvia se iluminaron y Emma empezó a tragar saliva como si no pudiera respirar. En cuanto llegamos a la habitación, Emma y yo empezamos a saltar encima de la cama, chillando y riéndonos, felices y aliviados. Silvia, en cambio, se sentó en su cama y clavó la mirada en la ventana. No hizo más. Mientras nosotros saltábamos y nos sacudíamos todos esos días de angustia, cábalas, miedo y tensión, ella miraba en silencio por la ventana, con una expresión de placidez en la cara que no varió durante todo ese rato. Cuando Emma y yo dejamos de jugar, ella apartó la vista de la ventana para mirarnos.

—Ha funcionado —dijo, hablando a nadie—. Hemos limpiado y va a volver. —Y añadió con un susurro, como si todavía no se lo creyera—: Mamá va a volver.

Y así fue. Mamá volvió. Llegó con papá al día siguiente. Cara de cansada, la maleta marrón en la mano, mirada triste, exhausta, quizá enferma. Mamá volvió y la vida, la nuestra, recaló de nuevo en la dinámica acostumbrada con sus tensiones, sus silencios opacos, el mal color de un matrimonio acostumbrado a lo difícil entre algún destello de alegría y optimismo que al final era solo eso: destello, fogonazo, lo que no dura. A partir de entonces, y durante los tres años que siguieron, hubo otras ausencias de mamá, seis, quizá siete, no lo recuerdo ya, y todas nacieron de una funesta sobremesa de domingo, de un portazo, de esa ira contenida que papá destilaba cuando la urgencia de lo mal hecho le pasaba la mano por la cara y la inseguridad lo era todo. Mamá desaparecía el lunes siguiente. Volvíamos del colegio y ya no estaba. Así: ayer sí y hoy no, ayer mamá y hoy ausencia, ayer domingo y hoy lo que falta hasta que mamá vuelva. El motivo era siempre parecido: tío Eduardo la necesita, tía Angélica se ha caído y mamá tiene que estar con ella unos días cuidándola... pero algo había cambiado, porque la angustia —la de los tres— era distinta. Conocíamos la fórmula para hacerla volver. Ese era nuestro secreto, el que nos daba la tranquilidad necesaria para no ver en las ausencias de mamá lo que la derrota de sus regresos decía. Teníamos la llave de su tesoro y, en cuanto ella desaparecía, empezaba la aventura de recuperarla a las órdenes de Silvia.

Pero la ecuación no funcionaba del todo y lo sabíamos. Aunque la limpieza nos la devolvía, no impedía que mamá volviera a marcharse al cabo de unos meses. Conseguíamos recuperarla, pero no retenerla, y

Silvia se volvió cada vez más exigente: había que hacer más, limpiar mejor, ni una arruga en los manteles, ni una mota de polvo en las pantallas de las lámparas, ni una hoja muerta en las plantas, los suelos brillantes, ni un plato por fregar. Silvia intentaba mejorar su fórmula, hacerla infalible, y siguió en ello, buscando rincones sucios, pliegues no vistos, sombras en lo blanco, hasta que un día las ausencias de mamá dejaron de ocurrir y Silvia se quedó colgada en su búsqueda, demasiado acostumbrada a creer en su propio hechizo para renunciar a él sin nada que lo justificara. Y siguió frotando para borrar miedos que no entendía, ahuyentando una suciedad que no es física sino memoria, intentando todavía hoy entender esa fórmula que no llegó a perfeccionar cuando aún podía hacerlo.

Desde entonces, desde que mamá dejó de irse, hay un rincón de la Silvia que es ahora que sigue enmadejada en la Silvia que era, creyendo que lo bueno vuelve cuando ella se porta bien, que la Silvia que limpia, la que hace que las cosas brillen, es también capaz de hacer que el miedo a doler se aleje y que lo malo pase de largo. Las ausencias de mamá fabricaron a una niña que aprendió a golpe de pérdidas recuperadas a medias que la vida es todo lo que somos capaces de controlar, y que lo otro, lo que no está en nuestras manos, no es la vida, es el peligro.

Mamá cometió un error, uno solo, en esos años de ausencias: nunca pareció reparar en lo limpio que estaba todo a su regreso. Jamás un comentario, un «qué orgullosa estoy de ti, Silvia», nunca una mirada que validara todo el tesón, toda esa lucha de Silvia por mantener el barco a flote a base de frotar, de evitar con la fuerza que la mugre que nos habitaba quedara a la vista. Llegaba demasiado triste, demasiado derrotada para poder ver. Mamá volvía como vuelve un preso que se fuga una y otra vez de la prisión en la que cumple condena y siempre lo prenden, cada vez más rendido, menos vivo. En esa Amalia solo había sitio para nosotros tres, la alegría de recuperarnos y la lucha —que volvía a empezar— por seguir zurciendo los descosidos de un matrimonio que se multiplicaban por el uso y para los que ya no encontraba hilo y tampoco aguja.

No, mamá nunca vio lo limpio, el brillo, el orden y el hechizo de Silvia, que aunque era feliz con su regreso, siempre esperaba un reconocimiento que no había de llegar, y que fue acumulando restos de pena en ese rincón de niña frágil al que no ha podido acceder nunca con su esponja y con su bayeta porque no llega. Por eso, a sus cuarenta y cuatro años, frota sin darse cuenta cuando algo la conecta con ese rincón. Limpia lo que no vemos, porque lo que limpia es pasado, es ese daño que no se va, no se va nunca y duele, quizá ahora más que entonces.

Desde esa noche de Sant Jordi, la relación entre Silvia y mamá ha vuelto a romper su tregua. Donde antes había tensión, hace unos meses habita un plus de tirantez. Donde antes la paciencia de Silvia con mamá era una actitud de contención relajada, ahora rechina el fastidio. Silvia se marchó triste de casa de mamá esa noche. A pesar del cava y de que mamá estuvo especialmente cariñosa y ocurrente, sacando de su chistera a la Amalia más animada y también a la más desquiciante, la luz no volvió a los ojos de Silvia y no ha vuelto a hacerlo. Algo se apagó y Emma y yo lo vimos, lo vimos a la vez.

Cuando al día siguiente Emma me llamó para preguntarme si podíamos comer juntos, supuse que era de Silvia y de lo que habíamos visto en casa de mamá de lo que quería hablarme. Quedamos una semana más tarde en un italiano del centro, un garito de una amiga suya al que vamos cuando bajo directamente a la ciudad con R sin pasar por casa de mamá, porque dejan entrar perros. Comimos con R a nuestros pies, hablando de esto y de aquello, esas cosas sin importancia que llenan huecos de conversaciones entre hermanos, sabiendo los dos que cuando Emma llama para comer, no llama para charlar ni porque tenga ganas de comer en compañía. Cuando llegamos al postre, ella se levantó para ir al baño. Al volver, se sentó, soltó un suspiro, empezó a pasar la cucharilla por encima del chocolate en polvo del tiramisú y dijo:

—¿Sabes qué?

Ahí estaba. Emma quería hablar.

—Dime.

Tardó unos segundos. Le cuesta. A Emma le cuesta decir cuando lo que dice importa. En eso es como papá: hacer, sí; decir, no.

—La otra noche, mientras cenábamos con Silvia y John en casa de mamá, me di cuenta de una cosa —empezó.

No dije nada. Con Emma, cuando arranca, es mejor no intervenir. Desde que perdió a Sara, su hilo de pensamiento no es lineal y cualquier interrupción a destiempo puede fácilmente torcer lo que hay, haciendo peligrar lo que está por llegar. Emma habla como si una parte de ella siguiera todavía en modo de espera. Está, vive, actúa y acciona como el resto de nosotros, pero el año que pasó esperando a Sara en esa cafetería fue demasiado largo y dejó secuelas, no tanto en el qué sino en el cuánto. Maneja bien los ingredientes de la conversación, pero no ocurre lo mismo con las cantidades, y para quien no la conoce puede resultar abrupta, incluso extraña.

«Demasiados meses esperando a que le devolvieran la vida. Demasiado tiempo, la pobre.» Así explica mamá a Emma. Sufre por ella porque la imagina sola en la casona y siempre que puede intenta tantearla para convencerla de que vuelva a la ciudad. Pero sabe tan bien como yo que la casona y Emma son una y que su hija mediana es su vivo retrato: cuando se le mete algo en la cabeza, es imposible convencerla de nada.

—De hecho, llevo un tiempo dándole vueltas —dijo ella, hundiendo la cuchara en el cuenco—. Y bueno... la otra noche, cuando volvía a casa, lo vi claro.

«Lo vi claro», había dicho. Me tensé y tensé también la atención. Entonces entendí que no, que Emma no hablaba de Silvia ni de lo que habíamos visto en ella la noche de la cena, que yo había imaginado mal.

—¿Lo viste claro? —repetí, intentando asegurarme de que efectivamente no se refería a lo que yo creía.

Asintió un par de veces. Luego se acercó la cuchara a la boca y pareció pensarlo mejor.

—Me gustaría tener un hijo —dijo, bajando la mirada hacia la cucharilla.

Sentí como si el bullicio del restaurante hubiera desaparecido de pronto, engullido por un silencio denso que lo había callado todo, o como si nos hubieran envasado al vacío desde arriba, cubiertos Emma y yo por una campana de cristal que nadie más veía. Por la calle pasó un ciclista tirando de un perro y a mis pies R levantó la cabeza y soltó un ladrido. Bajé la mano y le acaricié con el pulgar el pelo entre los ojos. Cuando quise decir algo, Emma se me adelantó.

—Quiero —rectificó. Y al ver mi cara de perplejidad, aclaró—. Quiero tenerlo. No sé por qué he dicho «me gustaría».

«Porque te cuesta decir las cosas —pensé—. Como a todos. Sigue costándonos decirlas. A ti, a mamá, a Silvia, a mí... porque solo las decimos cuando es peor no hacerlo. Por eso, Emma.»

—Voy a inseminarme —dijo, sin apartar la vista de la cucharilla—. O al menos voy a intentarlo —añadió, levantando la vista y bañándome en una mirada tan pequeña y tan... Emma, que no supe qué decir. Desde debajo de la mesa, R movió la cabeza y noté el contacto húmedo de su lengua recorriéndome la palma de la mano. Me estremecí—. He pedido hora en la clínica donde inseminaron a Olga. Es un buen médico —añadió. Luego sonrió. Fue una sonrisa casi tan pequeña como su voz. Había vergüenza en ella, vergüenza y también una sombra de miedo—. Tú... —volvió a hablar, dejando la cucharilla en el plato y apoyando las palmas de las manos sobre la mesa—. ¿Tú... me acompañarías?

8

—Nadie me ha acompañado nunca como ella.

Esa es una frase de mamá. Así resume su relación con Shirley cuando llegan esos momentos compartidos con otros dueños de perros y Shirley se muestra en sociedad como es: feíta, con sus orejas de murciélago, los ojos saltones, las patitas cortas y ese carácter de niña mimada y celosa que, incomprensiblemente, a mamá la tiene loca de felicidad. Shirley es, en suma, la reina del barrio: la dejan entrar en todas las tiendas, en la cafetería, en la peluquería, en el banco y hasta en el chino. Por donde va le caen *chuches*, la malcrían, se la guardan a mamá cuando tiene algún apuro... y todo porque, a pesar de sus despistes, de sus chifladuras y de que su capacidad de socializar y su candidez no son en el fondo tanto como pueda parecer, mamá se los ha ganado a todos desde que llegó con su perrita, sus papeles del divorcio y con una vida por recomponer sola. Por eso, cuando en el parque Shirley hace de las suyas y se lanza al cuello del primer perro que intenta acercarse a saludarlas, sea del tamaño o raza que sea, convertida en el Gremlin malo, mamá la excusa con cara de falsa preocupación y ese consabido «es una *demonia* y una malcriada, sí, pero nadie me ha acompañado nunca como ella», cuya dimensión real solo entendemos los que tenemos perro, y más aún los que convivimos con ellos en solitario.

En mi caso, durante el primer año con R nuestra relación no fue en ningún momento la del cachorro con su nuevo dueño. R nunca jugó como lo hacen los pequeños, porque me llegó adulto a pesar de su edad. Alegre, sí, pero no con la alegría desbocada del cachorro que no ha aprendido todavía a mirar a su dueño porque hay demasiado por descubrir y por probar. R miró desde el primer día. Lo miraba todo, estudiándome desde la distancia que quiso marcar entre los dos. Desde la noche de la tormenta, dejó de dormir en la terraza y se instaló primero en su cama, delante de la ventana de la cocina, y después, cuando nos mudamos al campo, junto a la puerta de mi cuarto. Entre él y yo, en esos primeros doce meses, no hubo proceso de adaptación porque no hubo elección. De repente estábamos, de repente éramos. Yo seguí tropezando en el recuerdo de Max y de todo lo que no había podido hacer con él y a veces, cuando le hablaba a R mientras cocinaba o jugábamos con la pelota en la playa, me visitaba de improviso una sombra de culpa por no haber podido llorar la ausencia de Max como creía que tendría que haberlo hecho. Esa culpa era una pared invisible levantada entre R y yo, como lo era también su recuerdo de lo que había sido su vida anterior y que a mí me alejaba, porque aparecía siempre sin avisar, marcando territorio y advirtiéndome. Entonces dábamos un paso atrás, él recordando lo que había vivido antes de mí y yo poniéndome a la defensiva para no darme del todo a él.

La dinámica era compleja: demasiados vicios, demasiado por corregir. El de R no era el típico caso del síndrome del perro abandonado. En ningún momento temió que yo lo abandonara. Lo suyo era mucho peor: lo daba por hecho. Cuando salíamos a pasear, si lo soltaba y me adelantaba, dejándolo atrás, él se tumbaba de espaldas a mí, ponía la cabeza entre las patas y se quedaba inmóvil, esperando. Si había un contenedor a la vista, iba hasta allí y se sentaba, pegando el lomo al plástico, y si le gritaba, se tumbaba boca arriba y cerraba los ojos, como si quisiera desaparecer. Yo, por mi parte, me defendía. El dolor por la muerte de Max era demasiado reciente y estaba mal colocado. Con R había cariño, pero era contenido y alerta. Desconfiado, me había vuelto desconfiado y daba con cuentagotas, al ralentí; aunque R tampoco lo ponía fácil, porque sus códigos y su forma de demostrarme que estaba, poco o nada tenían que ver con lo que había sido Max. Donde Max era bonachón, R era bueno, serenamente bueno; donde Max imponía, R despertaba ternura por donde iba; donde Max vivía despacio, R se comía la vida; donde Max era casi setenta kilos de perro faldero, R se contentaba con estar cerca, aunque siempre a cierta distancia, una distancia que él marcó desde el principio y que yo nunca pude salvar a pesar de todo el cariño que le llegaba de mí, de mamá y del resto de nosotros.

R se dejaba querer, pero una parte de él continuaba atada al contenedor donde lo habían encontrado, esperando, observándome, desconfiando. Y probablemente así habrían seguido las cosas si al año de estar juntos no hubiera ocurrido algo que lo cambió todo, o al menos una parte importante de ese todo.

Hacía un tiempo que R y yo habíamos dejado el estudio de la Barceloneta y vivíamos en la casa del lago y mamá había ido a pasar un fin de semana conmigo. Era abril, todavía hacía frío al caer la noche y el campo, el campo entero, celebraba por adelantado la bonanza que estaba por llegar. Fue un fin de semana tranquilo. Mamá dedicó el sábado a retocar el edredón que me había tejido, una especie de poncho-manta-alfombra-turca que supuestamente tendría que haber sido una obra de *patchwork* y que había terminado siendo un conglomerado de retales que no concordaba con las medidas del sofá y tampoco tenía mucho parecido con los colores que originalmente yo había elegido. El proyecto edredón no tuvo un buen arreglo y, con la excusa de que yo no veía cómo podía hacer uso de él, mamá le encontró el destino ideal.

—Será una manta estupenda para R —dijo, encantada.

En cuanto la vi doblándola y cubriendo con ella la cama de R supe que la había tejido para él y que los errores de medida, de color y todo lo demás no eran tales, sino excusas mal disimuladas que me hicieron sonreír porque habían estado allí desde un principio. R agradeció enseguida el regalo, enroscándose sobre la manta y dedicando a mamá una de esas miradas de adoración que entre nosotros hemos bautizado como «mirada a mamá».

Fue un fin de semana relajado. Comimos, dormimos mucho y salimos a pasear con R por el bosque que rodea los campos que abrazan la casa. El domingo, durante el paseo de la tarde, viendo a R corretear entre los árboles, mamá se lo quedó mirando durante un instante y dijo, encantada:

—Qué acierto que decidieras mudarte aquí. —Luego se volvió hacia mí—: Es el sitio ideal para R.

Asentí. Aunque al principio a mamá la idea de que dejara el estudio de la Barceloneta y me fuera a vivir al campo no le había hecho ninguna gracia, había ido acostumbrándose. No le gustaba que estuviera tan aislado —«tan solo», decía ella—, pero como yo enseguida había empezado a pasar un par de días a la semana en su casa, una cosa compensaba la otra y poco a poco se había relajado.

—Desde luego, qué gusto da veros juntos —dijo, sin apartar la vista de R—. Si es que en cuanto lo vi, me dije: «Es para Fer». Y mira —añadió, señalando a R con el mentón y soltando un pequeño suspiro de satisfacción.

Seguimos caminando unos metros hasta que me detuve. Ella iba cogida de mi brazo. La luz en el bosque era más tenue y mamá no veía tanto como para manejarse bien sobre un suelo lleno de piedras, grietas y raíces. Noté su mano en el hueco del codo.

—¿Qué pasa? —dijo, volviéndose.

No respondí enseguida. Llevaba repasando en mi cabeza una imagen que un año atrás había quedado mal archivada y que de pronto el tono de mamá, o quizá el orden de sus palabras, había devuelto a la superficie. La miré. Pregunté por preguntar, como cuando sabemos la respuesta y entendemos que ya no importa, que solo va a ayudar a ordenar, pero que no va a cambiar nada. En la imagen rescatada del pasado, yo le decía a mamá que había decidido quedarme con R y le pedía que llamara a Ingrid para que avisara a la pareja que quería adoptarlo. Recordé cómo me había dado largas, a pesar de mi insistencia. De pronto lo entendí.

—Lo que pasa es que acabo de darme cuenta de que durante el mes que tuve a R en acogida no hubo nadie más.

Mamá frunció el ceño.

—No te entiendo.

Sonreí.

—Te lo diré de otra manera.

—Vale —asintió, mirándome muy atenta.

—Durante ese tiempo, desde que me trajiste a R hasta que decidí quedármelo, no buscaste a nadie, ¿verdad?

Silencio.

—No hubo protectoras que preguntaran por él, ni ninguna pareja de amigos interesados en quedárselo, ni la vecina de Ingrid que se lo quería llevar a Suecia, ¿verdad?

Mamá bajó la vista.

—Ay, Fer.

No supe qué sentir. Por un lado me habría gustado enfadarme, porque el engaño estaba ahí y había tenido que descubrirlo yo, pero por otro sentí un nudo en la garganta al recordar e imaginar lo que habría tenido que pasar mamá durante esas semanas, yendo a casa tres veces al día, esperando que sucediera algo que cambiara las cosas. ¡A saber cómo lo había vivido ella! Quise preguntárselo, pero entonces me acordé de Max, de todo lo que había acompañado su muerte, y no me encontré la voz.

Le di una palmadita en la mano.

—No te preocupes —le dije—. Ya no importa.

Ella cerró su mano alrededor de mi brazo y me miró, aliviada.

—Es que... era para ti —dijo con esa voz que conozco bien y que me toca cosas que duelen porque sé que nace exactamente de ahí, de lo que duele.

Reemprendimos el paseo y caminamos unos metros en silencio hasta que mamá volvió a hablar.

—¿Cómo era eso que decía la abuela?

No dije nada. «La abuela decía tantas cosas», estuve a punto de contestar, pero preferí no hacerlo. Supuse que ella lo sabía. No me equivoqué.

—«Lo que no se resuelve, vuelve» —dijo. Nos miramos y sonreímos. Es algo que hacemos desde que la abuela se fue. Se nos aparece desde el recuerdo con una de sus frases, explicando cosas que vivimos los que quedamos pero que ella resumía bien. Cuando eso ocurre, sus palabras nos acercan al tiempo que pasamos juntos y eso ordena, amansa y nos calma. La abuela tenía razón en muchas cosas, pero la tenía porque la vejez le sentó bien y supo dedicar sus últimos años a intentar entender y sobre todo a hacerlo en voz alta, con sus sentencias, sus frases a quemarropa y su descaro de vieja lúcida. Por eso su herencia no se agota. Y por eso es tan fácil conectarnos a su voz, aunque ya solo la oigamos nosotros.

Seguimos caminando. La tarde se cerraba desde

el oeste y, no sé por qué razón, la conversación nos llevó a hablar de la vejez y de la soledad; de la suya y también de la mía. Es algo que hacíamos y que seguimos haciendo a menudo cuando estamos juntos ella y yo, sin nadie más: hablar de nosotros, de cómo nos imaginamos lo que ha de venir, de su vejez, de papá... En el fondo, los dos somos lobos solitarios, ella más acostumbrada al ruido y a lo que exige la familia, yo demasiado desconfiado como para acercarme demasiado a nadie. Lo sabemos, los dos sabemos que compartimos ese tono de cielo y nos acompañamos en esa complicidad. Nos hace bien. Después de todos estos años, nos hace bien.

No recuerdo por qué, pero la conversación dio un giro inesperado y pasamos de hablar de mi casa, de la soledad del campo, de las mudanzas y de las cosas que decía a veces la abuela Ester a terminar hablando de la muerte y del suicidio, porque mamá se acordó entonces de haberle oído contar una vez al abuelo que una prima suya que vivía en Valparaíso se había ahogado en el mar y que al parecer no había sido un accidente.

—La tía Sofía —dijo mamá—. Encontraron la ropa en el espigón. A ella nunca.

No sabría decir por qué, pero en la estela de silencio que dejó ese recuerdo recuperado de mamá, mientras el sol empezaba a desaparecer tras las cumbres cubiertas de pinos y encinas de las montañas que rodean el valle, me oí decir algo que sonó así:

—Yo creo que si tú no vivieras, no habría nada que me atara aquí. A la vida, quiero decir.

No dijo nada. Seguimos andando sobre las agujas

de pino y las pequeñas piedras del sendero. El olor a romero impregnaba el aire y R correteaba a unos pasos por delante de nosotros, siguiendo pistas, rastros y huellas. El silencio, más allá, era natural.

—Quiero decir que si algún día decidiera suicidarme, no lo haría hasta que tú te hubieras ido —dije, intentando suavizar y aclarar algo que no sabía si realmente tenía claro—. Creo que no podría hacerte algo así.

Avanzamos unos metros más en silencio y ella se detuvo.

—A mí no me gustaría —dijo. Y lo dijo con una seguridad tan poco propia de ella que me paré yo también y me volví a mirarla—. Quiero decir —añadió con suavidad—, que si algún día llegas a eso, a pensar en eso, y de verdad lo decides, por mí no dejes de hacerlo. —Desvió la vista hacia el camino—. No querría esa responsabilidad. No podría vivir con eso.

Su respuesta me había dejado tan perplejo que durante unos segundos no pude reaccionar.

—¿Lo dices en serio? —le pregunté.

Asintió.

—Es que a mí ya no me queda mucho por hacer —dijo casi como si se disculpara—. Me he casado, me he divorciado, os he tenido... Yo solo sigo por ti. Por tus hermanas también, claro, pero ellas sabrán salir solas, mejor o peor, pero seguro que salen. En cambio tú... Si decidieras irte, yo no tardaría ni veinticuatro horas en seguirte. No sé cómo, pero te prometo que yo aquí no me quedaba.

La miré. Vi en sus ojos que hablaba en serio y me tocó tragar saliva que supo a sal. Luego añadió:

—Pero si algún día tomas la decisión, antes de hacerlo piensa en R.

No dije nada. R iba delante, a lo suyo, aparentemente ajeno a todo.

—Él no sabría seguirte —dijo—. Y si lo volvieran a abandonar, no se recuperaría. —Calló unos instantes, elaborando—. Nadie lo miraría como tú, ni lo acariciaría igual, ni le hablaría como tú lo haces. Y seguiría buscando tu olor por la noche cuando subiera a tu cama. Y lo peor es que nadie sabría explicarle que ya no volverías, porque no quedaría nadie.

Sonreí. No fue una sonrisa fácil. En su bondadoso intento, mamá había olvidado que, en el año que llevaba conmigo, R nunca había dormido en mi cama. Es más, ni siquiera dormía en mi cuarto, sino junto a la puerta, montando guardia, y de cara a la ventana. Entendí que mamá se había jugado la carta de R para asegurarse de que si a ella le pasaba algo y nos dejaba, yo no haría ninguna tontería teniendo la responsabilidad de R conmigo. Así lo entendí o así preferí entenderlo, porque con mamá, con esa Amalia de la cara B que muestra en muy contadas ocasiones, nunca se sabe.

No volvimos a hablar hasta llegar a casa. Media hora más tarde, llevé a mamá a la estación. Cuando regresé, encontré a R tumbado en la cocina. No salió a saludarme y tampoco quiso comer, pero no le di importancia. La conversación con mamá me había dejado seco y agotado y me acosté temprano. Quise leer, pero no pude. Apagué la luz y cerré los ojos, esperando a que llegara el sueño.

Unos instantes más tarde, oí el tecleo de las patas

de R acercarse desde la cocina y sentí en la oscuridad el peso de una mirada a mi lado.

Encendí la luz.

R estaba sentado en la alfombra, junto a la cama, exactamente como lo había visto la noche de la tormenta que un año antes nos había cambiado la vida a los dos. Me miraba fijamente y jadeaba, inmóvil, como cuando en verano se tumba al sol en la terraza, envuelto en calor. Me acordé entonces de esa frase que Emma dice a veces y que se acerca tanto a lo que es: «Nadie mira como R cuando mira», dice. Es verdad. R mira para decir. Cuando no dice, no mira. Siempre hay un mensaje en esa mirada.

Desde la cama, alargué la mano para acariciarlo y él apartó la cara. Cuando volví a intentarlo, retrocedió, sin apartar la vista de mí.

—¿Qué pasa, guapo? —le pregunté, empezando a sospechar que realmente le pasaba algo, algo físico, quiero decir. Él no pestañeó. Siguió observándome atentamente desde la alfombra hasta que soltó un suspiro, se levantó y circuló por el perímetro de la habitación hasta que, al llegar junto a la ventana, saltó sobre el lado de la cama que yo no ocupaba y se tumbó a mi lado, apoyando la cabeza en la almohada.

Me volví hacia él y quedamos tumbados frente a frente, su hocico a escasos centímetros de mi nariz y sus ojos marrones abiertos, sin pestañear. Yo estaba tan conmocionado viéndolo tumbado en la cama por primera vez que sentía que me ardía la cara y el cuello, pero no quise moverme. Temía romper la magia del momento si hacía algún gesto equivocado y preferí esperar. R no. Sin dejar de mirarme, se desperezó sobre el edredón, estiró las dos patas y dejó apoyada una sobre mi costado. Luego bostezó, y siguió mirándome unos segundos más hasta que cerró los ojos y se quedó dormido.

R no ha vuelto a dormir en el suelo. A veces, cuando corre en sueños, noto su pata sobre las costillas, empujando. Otras, el calor húmedo de su hocico en el cuello. Y hay noches en que soy yo el que lo abraza por detrás, buscando ese olor a cachorro que conserva todavía y en el que yo encuentro una pequeña casa donde todo está bien. Desde esa noche, sé que no hay elección y que mamá ganó por goleada porque tiene en R un aliado que nunca le falla: mientras él espere que me quede, yo no podré irme. Lo supe esa noche, como supe también que él dio un paso de gigante para reclamarme la vida. Y entendí que no se puede traicionar lo que une así.

No, no se puede.

Ahora, mientras esperamos a que llamen del veterinario y la noche resbala poco a poco hacia el final del día, recuerdo esa tarde de paseo con mamá y con R en casa y pienso que todo llega de una forma extraña, que los ritmos de las vidas no se explican por sí mismos y que la abuela tenía razón cuando decía que la vida está hecha de viajes menores unidos por transiciones de descanso y que son esos viajes menores, esos golpes de intensidad, lo que recordarán quienes nos conocieron y nos compartieron. Hoy, en el plazo de unas horas, he recogido del suelo a R y a mamá.

Los dos dependen de mí para seguir, uno porque vive de la confianza ciega que deposita en lo que somos juntos, la otra porque está mayor y su autonomía es menos de lo que cree. Los dos viven atados a mí y me atan a lo que soy, y sin ellos soy menos, mucho menos de lo que debería atreverme a ser. Hoy me he arrodillado para levantarlos, he notado su peso, lo que la gravedad les exige, y a pesar del miedo —del miedo en todo su abanico de matices, tonos y texturas—, hay algo en mí que se alegra de esta camiseta manchada de pipí, del dolor de brazos y de espalda y de las rodilleras que cubren los moratones de mamá. Hay en todo esto un algo de vida que me dice que la travesía sigue, que sigue adelante todo porque la vida no es lo que controlamos ni lo que limpiamos para que brille. La vida es lo que mancha y hoy hay mancha, hoy todo es mancha.

Esta tarde la tempestad ha caído sobre mí después de tres años de travesía pausada, enfangándome de calle, suelo y miedo. En algún momento sonará el teléfono y habrá una noticia que no sé si sabré encajar. Si el color es el negro, habrá naufragio, pero no solo el mío. Naufragará mamá también y eso nos obligará a reordenar fuerzas y lutos. No quiero que R se muera. No quiero tener que consolar a mamá, ser fuerte, sobrevivir a otra ausencia y volver a curar, a zurcir y a achicar. No quiero ese dolor ahora. Y mientras nos veo aquí esperando a los cuatro, juntos en lo que invocamos para empezar a remar desde la balsa contra la corriente, pienso en cómo voy a vivir cuando R y mamá ya no estén, en qué quedará que me ate a la balsa. Y tengo que tragar mucho, muchas veces, porque esa es una posibilidad que hoy no puedo contemplar.

Y mientras aparto esa posibilidad de mi cabeza, vuelvo distraídamente la mirada hacia la cristalera y en la acera de enfrente, junto a la parada del bus, la luz de la farola ilumina ahora la pintada sobre la persiana negra. La ilumina entera, sin nadie que la tape ya. Y, como la vida es como es, y los mensajes llegan cuando llegan, no me sorprende que lo que leo sea:

NO DUDAR ES DE COBARDES

Cuánta razón. Miro a mamá, a Silvia y a Emma y las veo bregando sobre nuestra balsa de cuatro, con nuestros miedos, nuestra historia en común y nuestras eternas dudas sobre casi todo y siento unas ganas irreprimibles de decirles que sí, que no dudar es de cobardes, pero que ellas son tres valientes desde que yo soy yo, y que su compañía es la que me hace flotar sobre lo oscuro, lo que no veo y lo que temo. Les diría eso y muchas otras cosas, pero no es el momento. Todavía no.

Falta mucho esta noche para tocar tierra y quizá no sea la tierra que todos esperamos. Si es así, la balsa embarrancará y habrá que bajar a repararla. No lo sabemos aún.

De momento hay que esperar y seguir.

Queda noche, mucha noche, por delante.

Y compañía. Sobre todo queda la compañía.

Libro tercero

Ese pequeño hueco en el tiempo

Nuestras certezas nunca son inamovibles. Un día uno quisiera morirse, y al día siguiente se da cuenta de que bastaba con bajar un par de escalones para encontrar el interruptor y ver las cosas más claras.

Juntos, nada más,
ANNA GAVALDA

I

La abuela Ester decía que los secretos son lo que hace que nos creamos únicos, no lo que nos hace quienes somos. En realidad, ella lo decía de otra manera, pero desde que se fue la literalidad de algunas de sus frases forma parte del olvido familiar y solo quedan las interpretaciones que algunos de nosotros seguimos dándoles. La abuela lo decía cuando hablábamos de la familia. «Las familias con secretos no son únicas —decía—. Simplemente están vivas.»

Algunas veces los secretos no son tales. Son solo datos que se pierden de una generación a la siguiente y que un día alguien rescata de la memoria colectiva por error, por casualidad «de la buena o de la mala», como diría mamá, o porque el tiempo se revuelve inesperadamente sobre sí mismo y enseña una carta que siempre estuvo allí y que en vida de quien la tenía no fuimos capaces de ver. En el caso de la abuela, su secreto se llamaba Rosi y a pesar de que, visto desde ahora, pueda resultar tan insignificante que ni siquiera merezca la pena mencionarlo, conocerlo me ayudó a entenderla y a encajar en su rompecabezas una pieza importante, quizá no en sí misma, pero sí en todo lo que provocó con su ausencia.

Ocurrió hará cosa de un par de meses, el fin de semana antes de la cena de Sant Jordi en casa de mamá en la que Silvia nos anunció que John y ella habían decidido mudarse a Pensilvania a final de año. Emma había empezado a hacer limpieza de una de las cuadras en desuso de la casona y había encontrado un montón de cosas mías que llevaban allí guardadas desde que yo me había separado de Andrés y me había instalado con Max en el estudio de la Barceloneta. Después, al mudarme al campo con R, me había dado pereza recuperarlas y allí se habían quedado, pero Emma necesitaba el espacio y mis cosas habían llegado.

Estábamos con mamá vaciando cajas, ordenando bolsas y limpiando todo lo que había llegado en la furgoneta, con R y Shirley olisqueando la novedad y un sol de principios de abril blanqueándolo todo desde los ventanales. Habíamos dejado de desenvolver unos platos y unas copas que en su día me había regalado Silvia por un cumpleaños y yo había abierto una caja blanca de cartón en la que años atrás yo mismo había escrito «Documentos importantes» y que resultó contener contratos de alquiler, mi historial laboral, varias declaraciones de la renta y un sobre marrón acolchado que llevaba escrito mi nombre con una letra que enseguida reconocí. Hacía tiempo que no revisitaba aquel sobre y me hizo gracia que apareciera justo en ese momento, con mamá en casa. Aprovechando que ella estaba preparando un poco de café y unos bocadillos, me senté a la mesa, lo abrí y saqué lo que contenía. Sonreí al ver la libreta con las páginas de color violeta de la abuela, sujeta todavía con el elástico de doble vuelta y con su nombre y el mío en la cubierta. Pero no la abrí. Conocía de memoria el contenido: todos los porqués escritos en las páginas violetas que la abuela me había legado a su muerte y que tanto bien me habían hecho en su momento. Además de la libreta, en el sobre había dos fotos. Una era de la abuela con mamá. Mamá estaba embarazada de mí y la abuela y ella se tomaban un helado en una terraza, mamá con un pañuelo en la cabeza y la abuela con la mano sobre su tripa. Sonreían a la cámara. Al dorso, la abuela había escrito: «Al fresco mientras te esperamos». La otra era la foto de un perro. Recordaba haberla visto la primera vez que había abierto el sobre, pero también que la había olvidado enseguida porque la libreta había captado toda mi atención y después ya no había vuelto a acordarme de ella. Le di la vuelta y, en bolígrafo de color violeta, encontré escrito: «Rosi, 14 años tú y 14 días yo». Al volver a girarla, observé con atención la imagen. Era una perrita: blanca, con manchas marrones, pelo corto y cara de lista, una especie de podenca en miniatura. Miraba también a cámara con las orejas tiesas. La foto era en blanco y negro y muy antigua.

Mamá se sentó en ese momento a mi lado y empezó a servir el café.

—¿Qué es? —preguntó sin demasiado interés.

Se la enseñé. Ella la cogió y se la acercó a la cara. La luz que entraba desde fuera era demasiado intensa y tuvo que cubrirse los ojos con la mano a modo de visera para poder ver. No le hizo falta mirar al dorso para saber.

—Es Rosi, ¿no? —preguntó, devolviéndomela.

No entendía nada.

—No sé quién es Rosi, mamá —respondí, en parte confundido y en parte sorprendido por la naturalidad con la que ella parecía dar por hecho que yo sabía quién era.

Mamá cogió un bocadillo de la bandeja.

—La perrita de la abuela —dijo.

La miré, perplejo.

—¿La abuela tuvo una perrita?

—¿No lo sabías?

Negué con la cabeza.

—Nunca me lo dijo. —Cogí la foto y le di la vuelta—. Mira lo que pone.

Mamá se acercó una vez más la foto a los ojos, pero fue incapaz de leer.

—¿Puedes? —preguntó, devolviéndomela.

—Claro. Dice: «Rosi. Catorce años tú y catorce días yo».

Mamá bajó la vista y luego soltó un suspiro.

—Mamá...

No me miró.

—Yo creía que la abuela odiaba a los perros.

Levantó la vista y frunció el ceño.

—¿La abuela? —dijo—. ¿Estás loco?

—¿Entonces?

Volvió a coger la foto y la miró. Luego le pasó la uña por el borde y sonrió.

—Rosi estuvo con nosotros desde que yo tenía seis años hasta que cumplí los veinte —dijo—. Nos la encontramos abandonada en un campo que teníamos cerca de casa. De los seis cachorros, solo vivió ella. Tu abuela la recogió y nos la quedamos. Estaba tan débil y tan llena de pulgas y de heridas que no creímos que sobreviviría, pero mamá la cuidó como si hubiera encontrado un tesoro, ya sabes cómo era con lo suyo.

Asentí.

—Sí.

—Salió adelante y se quedó. Y desde entonces fue *su* Rosi —dijo mamá, ladeando la cabeza—. No he visto hacer a tu abuela por nadie lo que llegó a hacer por aquella perra.

Sentí un escalofrío provocado por algo que no supe nombrar. Mamá siguió recordando.

—Resultó que Rosi había tenido un problema en las cuerdas vocales durante el tiempo que había estado abandonada, una infección o algo, ahora no me acuerdo, y se había quedado muda. No hubo forma de curarla.

Yo oía a mamá y pensaba en la abuela, en esa especie de imán que tenía siempre con los perros. Y me acordé de la escena que había vivido con ella y con la perrita sorda que se le había acercado en el parque.

—Vivió catorce años —continuó mamá—. Ni un día más. El día que murió, la abuela la enterró en el jardín de casa. Cavó de rodillas y no dejó que la ayudáramos. La cubrió de tierra, puso una piedra encima y luego volvió a la cocina. Después de comer, cogió todas las cosas de Rosi, las sacó al jardín, hizo un pequeño montón y les prendió fuego. No lloró, o por lo menos ni tu tío Eduardo ni yo le vimos una sola lágrima. Al día siguiente, durante el desayuno, no habló. Siguió haciendo lo mismo que había hecho hasta entonces, pero sin decir nada. No saludaba, no nos reñía, no se reía. Ni siquiera nos miraba a los ojos. Al principio no hicimos nada. Nos daba tanta pena que pensamos que lo mejor era dejarla. Cada uno reacciona como puede y bueno, tu abuela era muy suya, así que seguimos a lo nuestro, un poco intentando no ver y, sobre todo, no molestar. El abuelo estaba tan preocupado... ni te imaginas lo que fueron esos días, sobre todo porque no sabíamos hasta cuándo iba a durar aquello, ni si habría un hasta cuándo. Sabíamos que la abuela callaba como quien traga. No estaba triste. Tragaba, tragaba todo el rato, y siempre tenía las manos cerradas y se le marcaba esta vena de aquí —dijo, señalándose el cuello—, pero así, muy inflada. Pasaron dos semanas. Cuando empezábamos a creer que las cosas quizá no cambiarían, la mañana del decimoquinto día, durante el desayuno, mamá se sentó a la mesa, se sirvió el café y dijo: «Un día de silencio por cada año de Rosi». Luego se tomó el café hirviendo hasta que no le quedó ni una gota en la taza y dijo con una voz que yo no volví a oírle nunca: «Si alguno de vosotros me habla de Rosi a partir de ahora, no volveré a dirigirle la palabra en la vida, os lo juro. Y si se os ocurre traer a un perro a esta casa, salís por la puerta, el perro y quien lo traiga».

Volvió el escalofrío. Entendí entonces que era de añoranza. Oír a mamá hablar así de la abuela me provocaba demasiadas cosas. Demasiado juntas.

—Nunca más volvimos a mencionar a Rosi —prosiguió mamá—. Y cuando te digo nunca, es nunca. Fue como si no hubiera existido. Es más, los primeros años ni siquiera mencionábamos a ningún perro y, si por casualidad a alguien se le escapaba, mamá se hacía la sorda. No contestaba. No oía. No estaba.

En ese momento, me acordé de la frase que la abuela me había soltado el día que estábamos viendo el programa de televisión en su casa y yo le había sugerido tener un perro. Me acordé de la frase y enseguida recordé también el tono, esa bofetada de voz que tampoco yo volví a oírle nunca: «Hay que ser idiota para decidir querer a alguien que sabes que no te va a sobrevivir —había dicho. Y luego, sin apartar la vista del televisor, había añadido, apretando los dientes—: Aunque sea un perro».

Cuarenta y cinco años. La abuela Ester había comido pena y luto por su perra durante cuarenta y cinco años, más, muchos más de los que yo tengo ahora, protegida contra el dolor de una ausencia que no había sabido encajar y contra el que nos protegió hasta que ya no pudo seguir haciéndolo. No era desafección. Era exceso de dolor. Ese era el titular que estaba escrito al dorso de la pequeña pieza de su rompecabezas particular. Un día de silencio por cada año de vida con Rosi. Sonreí, en parte compadeciéndola, porque imaginé el grado de pena que debía de haberla acompañado durante todos esos años, y en parte también aliviado, porque nunca había podido entender que a la abuela no le gustaran los perros. No encajaba.

No, no podía ser.

—Qué curioso, ¿no? —le dije a mamá, que en ese momento se servía un poco de leche—. Hay que ver lo que somos capaces de hacer para evitar que las cosas duelan y lo mal que nos sale siempre.

Mamá se encogió de hombros con la jarra de leche en alto e hizo una mueca que no supe interpretar. Luego dejó la jarra en la mesa, se aclaró la garganta y dijo:

—Ahora que dices eso, ¿sabes una cosa?

La miré. No me dio tiempo a responder.

—Pues que yo también sufro, cielo —dijo con cara de pena. Se llevó la mano al cuello en un gesto entre dramático y distraído y añadió—: un poco como la abuela, pero al revés.

No supe qué decir.

—O sea, que yo también sufro por los perros, pero no por Shirley, sino por otros.

—¿Otros?

—Bueno, algunos —aclaró con un gesto de la mano que no entendí.

—Mamá, no te entiendo.

—Es que, mira... —empezó, antes de hacer una pausa para ordenar un poco lo que quería decirme. Enseguida se le iluminó la mirada—. Yo te he hablado de la señora Merrill, ¿verdad?

—No, mamá.

—Ah —dijo—. Pues la señora Merrill es una señora que es un poco mayor, o sea como yo o más, y que vive cerca de Chris.

—¿Chris?

—Mi Chris —saltó con voz de ofendida—. El veterinario de Bondi. —Y luego, poniendo cara de «cómo puede ser que seas tan despistado», añadió—: Pero, Fer...

—Sí, mamá, vale —la corté—. Chris, tu Chris, el de la tele.

—Eso —murmuró, satisfecha—. Pues resulta que la señora Merrill vive sola porque su marido la dejó, más o menos como me pasó a mí, pero en Australia y no con ciento cincuenta euros de pensión, sino con una casa con jardín australiano y con su dinerito. Y entonces se dio cuenta de que lo que en realidad le gustaba no era casarse, sino salvar perros, porque claro, en Australia no es como aquí. Allí, si abandonan un perro, se lo comen los tiburones o los cocodrilos de mar, o esas arañotas peludas que tienen las cabezas como la chiquita del telediario, pero con más pelo, ¿sabes?

—Mamá...

—Vale, vale —se defendió, levantando las manos y enseñándome las palmas—. A lo que voy. Pues la señora Merrill salva muchos perros y se los lleva a Chris para que los opere, porque siempre hay que operarlos de algo. Es que el programa es así.

—Ya, mamá. Ya lo imagino.

—Y fíjate tú qué maravilla lo que hace: los recoge y los adopta un tiempo, los cura y los deja taaaan bonitos... es como lo de las revistas, lo del antes y el ahora de las chicas feítas, pero en buena obra.

—Ajá.

—Y cuando Chris ya les ha puesto los clavos y los ha dejado perfectos, ella les encuentra una familia o una personita sola que se los queda. Y bueno, a veces enseñan cómo se despide de ellos, y da tanta pena... pero siempre aparece otro enseguida, porque claro, Australia es muy grande y si no la señora Merrill no saldría en el programa.

Se interrumpió. Tomó aire y también un par de sorbos de café con leche. Aproveché para intervenir.

—Mamá, ¿estás intentando decirme algo?

Cuando dejó la taza en el plato, tenía un halo blanco alrededor de la boca, como el payaso de McDonald's. Quise decírselo, pero no me dio tiempo.

—Un poco.

—¿Cómo que «un poco»?

—Es que creo que no te va a gustar.

Tensé los hombros.

—Ya me parecía.

—Bueno —dijo—. Pues es que hemos pensado que a lo mejor podríamos acoger perritos.

Sentí como si acabaran de clavarme un alfiler entre las lumbares y cerré las manos, estrujando el sobre de la abuela.

—¿Hemos? —pregunté.

Asintió.

—Ingrid y yo.

—Ajá.

Sonrió, encantada, al ver que no me había enfadado, y se explicó mejor.

—Ingrid conoce a una chica que los recoge y que tiene tantos que ya no puede con todos. Así la ayudaríamos. Serían solamente perritos pequeños, no vayas a pensar que vamos a coger de todo, y los cuidaríamos para darles cariño antes de...

—Mamá, no —la corté.

Se quedó con la boca abierta durante una fracción de segundo, antes de cerrarla y soltar el aire por la nariz.

—Pero, Fer...

Negué con la cabeza.

—«Pero, Fer» nada, mamá —dije, muy tranquilo—. Tú no puedes tener más perros.

—¿Ah, no? —preguntó, contrariada—. ¿Y se puede saber por qué?

—Pues porque no puedes pasear con las dos manos ocupadas, ya lo sabes. Y porque ves muy poco. Y porque te caes, y porque en lo que llevamos de mes te has olvidado a Shirley tres veces en el banco. ¿Sigo?

Un mohín de fastidio y luego:

—Pero Ingrid me ayudaría. Y saldríamos a pasear siempre juntas. Y...

—Mamá, Ingrid está chiflada.

—Ay, hijo, un poco, pero qué quieres, con todo lo que ha pasado, la pobre. Además, eso los perros no lo saben.

—Ya, pero nosotros sí. Y en cuanto se entere Silvia, te aseguro que te busca una residencia, pero de las de antes. Con barrotes.

Chasqueó la lengua y torció el morro.

—No tiene por qué enterarse.

—¿Ah, no? ¿Y qué piensas decirle cuando vaya a tu casa y te encuentre cada vez con un perro distinto? ¿Que tienes un boquete en la pared y se te cuelan los perros en casa?

—Tampoco hace falta que te burles.

Sabía por experiencia que mamá estaba en ese modo «niña testaruda» que conocemos bien y entendí, a juzgar por la forma en que había introducido el tema en la conversación, que Ingrid y ella debían de llevar un tiempo madurándolo. Seguramente lo debían de tener ya todo pensado, quizá incluso se hubieran comprometido con alguna protectora. Imaginé el trasiego de perros en el apartamento de mamá, primero uno, después un par y después un ir y venir de transportines, latas de comida, donaciones, viajes al veterinario, problemas, dilemas, teoremas, mamá en acción, Ingrid en acción, Silvia en alerta roja y Emma tapándolo todo, y supe que no, que tenía que convencer a mamá de que no solo no era una buena idea, sino que además era un peligro que, gracias a Dios, iba a poder evitar por haberlo confesado a tiempo. Entendí que tampoco sacaba nada hablándole como lo habría hecho con cualquiera. Como dice Silvia, «a mamá hay que hablarle con el código Amalia, lo demás es jugársela».

Así que eso fue lo que hice.

—Mamá, a mí me encantaría que lo hicieras, de verdad.

—¿Sí?

—Claro. ¿Conoces a alguien a quien le gusten los perros más que a mí?

Se detuvo a pensar.

—Sí, a Chris y a la señora Merrill.

—Ya, mamá, pero ellos están en la tele y nosotros aquí. Y siento muchísimo que no pueda ser, de verdad, pero no es por mí. Es por Shirley.

Mamá tensó el cuello.

—¿Por... Shirley?

—Por la oxitocina.

Puso cara de alivio e hizo un gesto con la mano.

—Ay, Fer, a los vecinos les va a dar igual. Ya se lo he comentado a algunos y ni les va ni les viene, créeme. Además, a estas edades ya ni nos vacunan.

Tuve que morderme la mejilla y bajar la cabeza para contener la risa antes de volver a hablar.

—Mamá, ¿me puedes decir qué tiene que ver la oxitocina con los vecinos?

Tardó un poco en responder.

—A veces mucho y otras no tanto —dijo—. Según.

No pude seguir conteniendo la risa. Mamá me miró, sin entender nada.

—La oxitocina es lo de la fiebre del cochino, ¿no? ¿La que te pone la cabeza gorda? —preguntó.

Me levanté, me acerqué al fregadero y me serví un vaso de agua mientras intentaba sacar toda la risa que llevaba dentro, de espaldas a ella. Cuando consideré que podía volver a la conversación, me senté a la mesa.

—Escucha, mamá: Shirley lleva muchos años contigo y no sé si ha salido ya en algún programa de tu Chris, pero deberías saber que entre una perrita recogida del tamaño de Shirley y su dueña existe un vínculo en la mirada que es vital para la perrita.

—¿Vital... cómo?

—Vital de verdad. Te lo pasé en el artículo que te imprimí, ¿te acuerdas?

—No.

—Ya. Pues resulta que una universidad japonesa ha descubierto que entre las perras y sus dueñas la mirada que comparten activa en la perra la hormona de la oxitocina. Y esa hormona es la que hace que Shirley te reconozca como su... madre.

Abrió los ojos como platos.

—¿En serio?

—Sí. Y precisamente eso es lo que le alarga la vida —aclaré—. Cuanta más oxitocina, más viven las perritas. Si dejas de mirar a Shirley y la obligas a que te comparta con otro perro, le darás menos oxitocina y entonces ella dejará de reconocerte.

Palideció.

—No.

—Sí.

—Pero... eso no puede ser... —dijo, cogiendo a Shirley en brazos y sentándosela en el regazo.

—Y si deja de reconocerte, caerá en una depresión —ataqué—. Y entonces dejará de mirarte del todo. Y bueno... sin la oxitocina... —negué con la cabeza y chasqueé yo también la lengua— le acortarás la vida.

Mamá se abrazó a Shirley y empezó a comérsela a besos.

—Mucho. Se la acortarás mucho.

Se volvió a mirarme, horrorizada.

—Años —rematé, con cara de funeral.

Mamá pegó la cabeza de Shirley a su cuello. Shirley jadeó, encantada.

—Ay, no —murmuró, mamá—. No, no, no. Mi niña no.

—Por eso te lo digo. Tú no quieres que Shirley se vaya joven, ¿verdad?

Me miró, horrorizada.

—Pues claro que no. Qué cosas dices, Fer.

Asentí.

—Entonces tendrás que renunciar a las acogidas.

Puso cara de pena, como una niña. Pero enseguida asintió, sin soltar a Shirley, que ronroneaba contra su cuello, y se levantó con ella en brazos.

—Voy a llamar ahora mismo a Ingrid para decírselo —dijo con la voz compungida.

Me quedé en la mesa, me llevé el bocadillo a la boca y esperé. La oí buscar el teléfono en mi cuarto mientras le decía cosas a Shirley por lo bajo. Luego silencio.

—Hola, cielo —dijo, volviendo al salón con el teléfono pegado a la oreja. Shirley entró correteando tras ella—. Sí, todo bien. Bueno, no tanto. —Silencio—. Es que te llamo porque no va a poder ser. Lo de las acogidas. —Silencio—. Pues por la oxilicona. —Silencio—. No, la oxilicona. Es una glándula que al parecer tiene Shirley en las mamas y que si comparte piso con alguien se le inflaman y explotan. Y sueltan un veneno que te acorta la vida y que está prohibido. Es terrible. —Silencio—. No, me lo acaba de decir Fer, pero lo han descubierto los japoneses, sí. Menos mal que siempre están investigando cosas, porque claro, como tienen tan poco sitio, no pueden moverse mucho y miran, lo miran todo, todo el rato. Y entonces descubren cosas, como lo de la oxigenina. —Silencio—. Ya, pero menos mal que lo hemos sabido a tiempo, ¿no? ¿Tú sabías que cada vez que dejo de mirar a Shirley le quito una semana de vida?

El asunto quedó zanjado esa tarde, no sin antes haberle hecho prometer a mamá que ninguno de los dos comentaría nada del proyecto de acogidas que no había llegado a ver la luz.

—Total, para qué, mamá —le dije—. Sería buscarte un lío. —Ella asintió, entre apenada y agradecida, y después me puso la mano en el brazo.

—Gracias, cielo —dijo—. A lo mejor, cuando los japoneses descubran una pastilla para la oxilubina podríamos intentarlo, ¿no?

Le di un beso en la frente.

—Claro, mamá. Claro.

Secretos. Las familias giran alrededor de lo que se dice y lo que no se dice, de lo que se dijo a tiempo y evitó catástrofes que lamentar y de lo que se dijo cuando no procedía y causó males que cicatrizaron mal y que tardaron generaciones en sanar. Hay pequeños secretos que no nacieron para serlo y que, por esas cosas del destino, terminan siéndolo, como lo fue desde esa tarde entre mamá y yo su proyecto de acogidas; hay otros que lo fueron durante muchos años y quedaron enquistados en algún rincón de la constelación familiar, esperando que las coincidencias se conjugaran en el tiempo, que alguien desenterrara la verdad y abriera con ella las puertas a otras verdades necesitadas de luz, como el dolor de la abuela Ester y su fiel silencio a Rosi. Ahora, viéndonos aquí a los cuatro, mientras esperamos a que suene mi teléfono y me acuerdo de la abuela Ester y de esa tarde entre cajas con mamá, reconozco los secretos que manejamos porque son iguales entre nosotros. La abuela tenía razón cuando decía que los secretos no nos hacen quienes somos, que solo nos ayudan a creernos únicos. Afortunadamente, los que quedamos somos más de dudas que de secretos, o por lo menos eso pensamos. Cuando callamos, lo hacemos porque aprendimos de la abuela y de mamá que hay

cosas que dichas duelen a quien las escucha y no sa-
nan a quien las comparte, y callamos mal, porque al
final siempre ocurre algo, siempre falla algo, y llega
la verdad, y cuando la verdad llega no hay filtro que
la suavice. Somos todo o nada, intensidad o vacío,
porque los que quedamos somos muy pocos y estamos tan juntos, nos miramos tan seguido, que ocul-
tarnos las cosas nos cuesta demasiado.

Y porque esta balsa es demasiado pequeña para
que los secretos nos duren mucho.

Demasiado presente cada uno en las vidas de los
otros tres. Ese es nuestro resumen y también nuestro
talón de Aquiles. Y nos gusta que sea así, eso es lo curioso. Nos gusta la estrechez, el contacto, la molestia,
los silencios que terminan estallando y que después
recordamos bien.

Y sobre todo nos gusta la compañía.

Sin ella, hace tiempo que la balsa que habitamos
habría dejado de flotar y no podríamos enfrentarnos
a lo que esta noche queda por venir.

Sin compañía, no. No podríamos.

2

En compañía.

Mientras Raluca y Andoni cuchichean en la puerta de la cafetería, ella con el teléfono en la mano y cara de embobada, y él sudado y soltando de tanto en vez una carcajada, por la calle pasa un grupo de adolescentes que hablan a gritos, el tráfico arranca con el semáforo en verde y aquí dentro el tiempo ha quedado suspendido entre nosotros cuatro y el encuentro de la puerta.

A mi izquierda, Silvia coge el abanico de la mesa, gira la cabeza hacia mí y dice:

—Creo que deberías llamar al veterinario.

La voz de Silvia rompe el equilibrio de la contemplación y me devuelve bruscamente a R y a lo peor de esta noche. Automáticamente, cojo el móvil y al pasar el dedo por la pantalla y ver la imagen de R por enésima vez, entiendo que tengo tanto miedo de que suene el teléfono como de que no lo haga, y eso es lo que estoy a punto de decirle a Silvia. Eso y que tiene razón, que tendría que llamar y saber, pero quisiera decirle que mientras hay espera no hay malas noticias, y yo prefiero esto porque para lo otro no estoy preparado. Quiero decirle eso y también muchas otras cosas, pero no sé cómo ordenarlas y tampoco tengo fuerzas para intentarlo.

Emma sale en mi ayuda.

—Mejor que no —dice, y lo hace con una calma que nos sorprende a todos. Es un «mejor que no» sereno, como de madre—. Si han dicho que llamarán, no sacamos nada con insistir, Fer.

—Es verdad —dice mamá con un hilo de voz—. Mejor esperar.

Silvia empieza a abanicarse y cuando ya parece que está conforme con la mayoría del «no», cierra de golpe el abanico y dice:

—Pues yo sigo pensando que...

Pero la frase rebota contra una música de maracas y trompetas que suena de improviso a todo volumen y que no es otra que la del timbre del móvil de mamá. Es una música de charanga, con mucho platillo y mucha trompeta, porque como mamá se lo deja olvidado por todas partes, tuvimos que buscarle algo que oyera desde cualquier rincón de la casa. En cuanto lo oye, mamá se activa como si le hubieran pinchado con un alfiler, y entonces la escena cambia, porque cuando intenta coger el bolso para buscar el teléfono, Shirley se le resbala de los brazos y, en el gesto que hace para cogerla y evitar que caiga al suelo, la que termina en el suelo es la bolsa de lona verde que le cubre las rodillas, dejando a la vista piernas, rodilleras y bermudas.

Enseguida mamá intenta taparse las piernas con el bolsito de tela raída, pero esa es sin duda la peor opción, porque el bolso es tan pequeño que no le cubre nada y porque, para más inri se lo pone al revés, boca abajo. Todo pasa tan deprisa que cuando nos volvemos a mirar, lo que vemos es a mamá con las piernas muy juntas, Shirley colgándole del brazo y un bolso abierto del que van cayendo, por este orden, el móvil blanco que sigue sonando hasta que se estampa contra el suelo y se desmiembra en tres o cuatro partes, dos compresas para las pérdidas, un tarjetero con el logo de una marca de lujo —que por supuesto es falso, porque se lo compró a «un negrito de la plaza Catalunya que se llama Hassan y que tiene su mujer taaaan enferma»—, una crema hospitalaria para el sol, la libreta amarilla de espiral, la lupa y el montón de puntos de libro que lleva sujetos con una goma y que colecciona desde hace un tiempo.

A mi lado, Silvia suelta un suspiro de fastidio que acompaña con un: «Ya estamos otra vez», antes de levantarse y empezar a recoger el montón de puntos de libro que han ido a parar debajo de la mesa.

—¿Y estos puntos? —pregunta, mirándolos con atención.

—Son míos —dice mamá.

—Ya, mamá, ya lo veo. Pero, ¿para qué los quieres?

Mamá intenta taparse mejor las piernas con el bolso. En vano.

—Para acordarme —dice, sin prestarle demasiada atención.

Silvia le da los puntos a Emma.

—¿Piensas leer todas estas novelas?

—No.

—¿Entonces?

—Me los trae Fer de las librerías —dice mamá, bajando un poco la voz—. Son las novelas que ya no voy a poder leer, aunque me gustaría —aclara—. Por lo menos tengo los puntos.

Silvia me mira. Dicho así, en boca de mamá, suena tan triste que veo un destello de pena en los ojos de Silvia. Dura poco, pero está. Ella parpadea y entonces se fija en las rodilleras y sonríe.

—Vaya, qué bien —dice—. ¿Así que las usas?

Mamá asiente.

—Claro, hija —miente—. Las llevo siempre que salgo a pasear con Shirley, como me dijiste.

A Silvia se le ilumina la cara.

—¿Y solo te pones una codera? —pregunta, frunciendo un poco el ceño.

—Sí —vuelve a mentir mamá—. Bueno, no. La llevo siempre, pero para merendar me la quito, porque si no, no puedo doblar el brazo para coger la taza.

—Ah, claro. —Silvia mira atentamente las rodilleras que mamá intenta ocultar como puede con el bolso hasta que dice—: Pues no son tan feas, ¿no?

Mamá me lanza una mirada de «no, tan feas no. Son un horror» que supuestamente Silvia no debe de haber visto.

—No, hija, qué va. A Ingrid le encantan y yo ya me he acostumbrado —responde—. Cómo será que a veces cuando vuelvo a casa ya ni me las quito. Es como lo de la placa de los dientes, la que me dio el dentista para dormir. A veces me paso toda la mañana con ella puesta y me doy cuenta de que la llevo cuando voy a comprar.

Silvia se ríe y yo también. Está relajada. Ver a mamá con las rodilleras es para ella un pequeño triunfo que importa, importa mucho. Al lado de mamá, Emma va metiendo las cosas en el bolso hasta que mamá alarga la mano y le coge la libreta amarilla de las manos.

—Un momento —dice—. Tengo que apuntar una cosa.

Dicho y hecho. Rápidamente, saca el bolígrafo de la espiral, abre la libreta y apunta algo, una palabra nada más. Luego la cierra y se la devuelve a Emma.

—Ya —dice.

Silvia niega con la cabeza.

—Mamá, lo tuyo con la libreta no es normal —dice.

Mamá la mira.

—¿Por qué?

—Pues porque no entiendo qué es lo que apuntas todo el rato.

—Cosas —dice con una mueca desafiante de niña mayor—. Mías.

Mientras Emma termina de recoger el pintalabios, vuelve a sonar un móvil, aunque esta vez el timbre es totalmente distinto y proviene de mi izquierda. Es una especie de zumbido sincopado. Rápidamente, Silvia abre su bolso, saca un móvil plateado de tamaño XXL que parece un archivador y mira la pantalla.

—Ah, vaya —dice con una mueca de fastidio—. Es Erika. —Erika es la chica que está a cargo de la oficina de «Lady Bayeta» en Buenos Aires. Silvia hace el gesto de ir a colgar, pero duda, deja el bolso sobre la mesa y se levanta—. Tengo que cogerlo —dice, echando a andar hacia la puerta con paso firme—. Ahora vuelvo.

Mientras mamá y yo la vemos salir, Emma termina de meter en el bolso de mamá un par de muestras de perfume y recoge el sobre blanco que tiene debajo de la silla, al lado del pie. Cuando va a guardarlo, lo mira y le pregunta a mamá:

—¿Y esto?

Mamá entrecierra los ojos y fuerza la vista para poder verlo.

—Son los volantes para el dermatólogo del Clínico —responde—. Y creo que también está la petición de los análisis.

Emma abre la solapa y hojea distraídamente el montón de papeles.

—Cuántos, ¿no?

—Sí —responde mamá—. Entre los análisis, las placas y lo de los dos lunares de la espalda, es un no parar.

—Ya me imagino —dice Emma, y lo dice de verdad, porque, durante un instante, su inconsciente ha conectado el sobre que tiene en la mano con otro que no está aquí y que tanto mamá como yo conocemos. No es más que un parpadeo, pero está ahí y está vivo, y en ese parpadeo se abre una pequeña grieta que mamá y yo vemos, pero que ella decide pasar por alto, porque sabe que ese hueco es un tobogán que la deslizará hacia algo que puede o no tener un buen final y el miedo puede más.

—Mamá —le digo, empujándola hacia la grieta como si no hubiera otra salida—, eso que me has contado antes del sobre. ¿Te acuerdas?

Tensa la espalda y estira el cuello como una grulla.

—No.

—¿No me habías dicho algo de que te habías encontrado un sobre en un cajón...? —insisto.

Me mira con cara de «no sé de qué me hablas» y sonríe a nadie.

—No sé, cielo —dice, encogiéndose de hombros—. Ahora no me acuerdo.

—En el cajón del pan...

Vuelve a sonreír como si no me hubiera oído y dice, mirando a Emma:

—Ah, ahora que dices lo del pan, ¿te has acordado de llevarte la bandeja con los bocadillos que han sobrado de la merienda, verdad? Imagínate qué hago yo con toda esa comida...

Emma asiente y yo vuelvo a la carga.

—Mamá.

Saca el móvil del bolso y se hace la interesada en nada, porque el móvil está roto. Pero ahora que la tengo no la suelto y me vuelvo hacia Emma.

—Creo que mamá quería preguntarte algo —le digo.

Emma gira la cabeza hacia ella.

—¿Yo? —pregunta mamá, sin mirarme. Luego vuelve a meter el móvil en el bolso y, al ver que los dos seguimos mirándola, termina por rendirse, destensando los hombros y soltando un suspiro—. Ay, hija —dice con un hilo de voz—. Un poco sí. —Y bajando la vista, añade—: Pero no quiero que te enfades, ¿eh?

Emma la mira primero a ella y luego a mí.

—¿Por qué me voy a enfadar? —dice—. ¿Qué pasa?

Mamá se retuerce las manos.

—Pues pasa que... hace días que no duermo.

Emma parpadea, en alerta.

—¿Por qué?

Mamá no levanta la vista.

—Porque el otro día, en tu casa, mientras buscaba el cuchillo del pan en un cajón de la cocina, me encontré un sobre.

Emma no dice nada. Ahora ni siquiera parpadea.

—Y, bueno... lo abrí, solo un poco, ¿eh? —continúa mamá, levantando la mano—. Y vi... cosas.

—¿Cosas?

—Sí, unas cuantas —dice. Y al ver que Emma sigue mirándola, expectante, añade—: Lo de la ecografía, los análisis y las hormonas y todo eso. Lo vi... todo. Y también lo del ingreso del miércoles.

Ahora Emma sí parpadea. Ordena la información que mamá acaba de soltarle y procesa también que, a juzgar por el preámbulo de la conversación, yo estoy al corriente de lo que mamá acaba de decir. Y entiende.

—¿El... ingreso? —pregunta con cara de no estar nada cómoda.

—Sí, cielo —responde mamá, sin dejar de retorcerse las manos—. Y bueno... ya sé que es algo malo.

Expresión de extrañeza en la cara de Emma.

—¿Malo? —pregunta, confundida—. ¿Cómo que algo malo?

—Algo en los ovarios, o en la matriz, o... no sé. No lo pude ver bien porque la letra era muy pequeña. —Mamá se interrumpe, y la risa ahogada de Raluca desde la puerta y la voz lejana de Silvia desde la calle lo llenan todo—. Pero el miércoles te ingresan y desde que lo vi yo no duermo.

Emma se remueve en la silla y empieza a masajearse un hombro con la mano. Nerviosa, está nerviosa porque sabe que yo sé y que mentir ahora es difícil.

—No es nada malo, mamá —dice—. En serio. Solo son unas pruebas que me ha mandado el ginecólogo.

Mamá la mira y niega con la cabeza.

—Es que lo que yo vi no era para unas pruebas, hija —dice con un tono tan angustiado que siento un pequeño pinchazo en el pecho—. Eran más cosas. Más... graves.

Emma deja escapar un suspiro. También a ella le ha tocado el tono de mamá.

—No es nada grave, mamá. —Y luego, como si le hablara a una niña asustada—: ¿Por qué tienes que ponerte siempre en lo peor?

Se hace un silencio tenso que se alarga entre los tres contra los murmullos que se reparten desde la puerta sobre la noche. Es un silencio activo, compartido a partes iguales por mamá y Emma.

—Pero entonces... —dice mamá con la voz encogida por la preocupación—. Entonces, si no es grave, ¿para qué te ingresan?

Emma traga saliva y luego me mira. Sé que si cuenta la verdad, o al menos la que en su día compartió conmigo, quizá mamá consiga lo que yo no conseguí entonces y, sin quererlo, por una de esas carambolas que a veces vivimos en familia, Emma corrija lo que todavía está a tiempo de solventar.

Quizá, oyendo a mamá, se dé cuenta de que yo tenía razón.

—Es que voy a inseminarme —dice por fin. Lo suelta así, a bocajarro, porque no sabe modular las verdades. Está tan acostumbrada a no contar nada, que cuando lo hace, habla de resultados, no de procesos. «Voy a inseminarme.» Ese es el titular. Esa es Emma.

Mamá la mira con cara de no estar segura de lo que acaba de oír. Luego deja de retorcerse las manos, frunce el ceño y vuelve a intentar cubrirse bien las piernas con el pequeño bolso antes de decir:

—¿Para... qué?

Emma se echa un poco hacia atrás en la silla.

—¿Como que para qué? —dice, aunque no habla con brusquedad. Al revés, habla con ese tono suave que utiliza a menudo con mamá cuando quiere hacerle entender algo que sabe que va a costar—. Pues para quedarme embarazada, mamá, para qué va a ser.

—Ya, hija —le responde mamá—. Ni que fuera tonta.

Emma baja la mirada.

—Yo no he dicho eso.

Se hace de nuevo un silencio tenso que rompe mamá, volviéndose de nuevo hacia Emma con una mirada de alivio en los ojos.

—Pero ¿seguro que no es un tumor? —dice, llevándose una mano al pecho.

Emma niega con la cabeza.

—¿De verdad?

—Sí, mamá. De verdad. Lo que viste en el sobre

eran las pruebas que me he hecho para la inseminación.

Mamá suelta un suspiro. Luego coge la taza vacía de la bandeja y mira dentro.

—Ay, hija. No sabes la alegría que acabas de darme —dice. Y enseguida—: Ahora mismo me tomaría un chocolate con churros.

Emma sonríe y mamá le devuelve la sonrisa. Entonces, parece caer en la cuenta de algo. También ella procesa.

—¿Y pensabas hacerlo tú sola? —pregunta—. ¿Sin decirnos nada?

Mamá está dolida, además de perpleja. Con los años ha aprendido a asumir que Emma nos deje aparte en lo que duele para no hacernos daño, pero no comprende que se empeñe en seguir viviendo las cosas buenas sin compartirlas. En su ADN de madre que tiene delante a una hija que también quiere serlo ha saltado una luz roja porque entiende que tiene que estar, que su lugar no es a un lado.

Se vuelve hacia mí.

—¿Tú lo sabías? —pregunta con voz vacilante.

Miro a Emma y niego con la cabeza.

—Qué va —miento.

—Ah. —Se queda más tranquila. «Entonces no es cosa de todos —piensa—. Solo de Emma.»

—Pensaba contarlo si salía bien —dice Emma, y lo que dice suena a excusa, aunque sea verdad—. Si no, para qué.

Esa es Emma, la del «si no, para qué», la de los hechos consumados. Su respuesta es una de las piezas que mejor encaja en su rompecabezas y por eso no nos sorprende. Nos molesta más o menos, pero no hay sorpresa porque ya son demasiados años en la misma balsa y nos conocemos bien los cuatro. Por eso las reacciones son las que son: mamá asiente despacio, aliviada ahora que su peor miedo ya no tiene razón de ser y también confundida. La decisión de Emma de no contar nada es sinónimo de que todo está en su sitio y de que seguimos comportándonos como somos, sin novedad. Y yo sigo esperando a que me mire, dolido todavía con ella porque me hizo creer que no, que lo de la inseminación no. «Tienes razón —mintió—. No puede ser.» Ahora sé que mentía como miente mamá cuando decide hacer lo que quiere a pesar de todo y de todos. La terquedad de las dos es la misma. Son como dos niñas que conspiran sin descanso, juntas o por separado. Estoy dolido con Emma por haberme dado esquinazo, a pesar de que ahora lo que me importa es R y lo demás es lo demás.

Desde la puerta, Andoni suelta una nueva carcajada, Raluca le dice algo al oído y, mientras yo espero, el silencio va alargándose, incómodo, uno, dos, tres segundos, sumando vacíos de palabras hasta que por fin, cuando creo que la conversación ha terminado —atrincherada Emma en su incapacidad para contar y contenida mamá en su miedo visceral a molestar con sus preguntas—, mamá, que no deja de mirar a su alrededor con el ceño fruncido como si buscara algo que no le cuadra, se vuelve hacia Emma y nos sorprende con esa voz pequeña de la madre que no entiende y que quisiera no tener que preguntar, pero que tampoco puede callar.

—Pero, Emma, cielo —dice con mucho aire entre una palabra y la siguiente—. ¿Para qué? —Emma me mira, yo miro a mamá y mamá se vuelve hacia la cristalera y en voz muy baja, como si hablara con alguien que está ahí pero que nosotros no vemos, repite, dirigiéndose al reflejo de Emma en el cristal—: ¿Para qué?

3

«¿Para qué?», pregunta mamá sentada a mi derecha, con el bolso sobre las rodillas y cara de no entender nada mientras al otro lado de la cristalera Silvia se pasea de un lado a otro de la calle, discutiendo acaloradamente al teléfono, y en la puerta Raluca y Andoni siguen a lo suyo. El «para qué» de mamá es el mismo que pregunté yo hace unas semanas, el tono casi idéntico. Después de haberle dicho a Emma durante nuestra comida que la acompañaría, y después de las dos primeras visitas al ginecólogo, desayunábamos en un café que hay junto a la clínica, esperando para volver a subir a que le hicieran una ecografía. Emma estaba al corriente del protocolo, porque el médico era el mismo que hacía unos años había llevado la inseminación de Olga. No estaba nerviosa. Conocía los pasos, los tiempos y las probabilidades. Sabía que negándose a hormonarse, como lo había hecho Olga en su momento, las posibilidades de quedarse embarazada disminuían considerablemente, pero quería que todo fuera lo más natural posible. Se había dado un margen de tres intentos.

—Si a la tercera no me quedo, no insistiré —me había dicho el primer día en el restaurante.

En aquel momento yo no había hecho preguntas. En las pocas ocasiones en que se atreve a pedir, Emma siempre ha sido muy clara y esa tarde había pedido compañía, no consejo, y yo había decidido que eso era lo que le daría. Entendí que, si pedía acompañamiento, pedía también silencio, y que por eso me había buscado a mí y no a mamá o a Silvia. No quería opiniones ni tampoco una charla de hermanos, y mucho menos juicios; y, aunque al principio yo había respetado el mensaje, en los días que llevábamos de visitas a la clínica la había visto tan seria y apagada que me costaba callar. Había vuelto la sombra de la Emma ausente y autómata de los peores tiempos, esa mirada casi opaca, el gesto difuso, y por mucho que lo intentaba, yo no conseguía dejar de preguntarme qué había realmente detrás de su decisión. Al principio creí que era miedo: al dolor, al embarazo, a la responsabilidad... Son tantas las variables cuando entra en escena el miedo que las posibilidades se vuelven infinitas. Pero enseguida entendí que no. No era miedo, sino falta de ilusión. Emma hablaba y actuaba como si estuviera cumpliendo con algo, eso era. Esa mañana la había estado observando en la consulta: miraba por la ventana mientras el médico nos contaba lo que ya sabíamos. Estaba y no estaba, oía sin escuchar. Ida. Una parte de Emma se ausentaba en cuanto entrábamos en la clínica y llegaba el turno de lo real, de la práctica. Una parte estaba mientras la otra buscaba con la mirada puertas y ventanas, una salida, algo que ni ella misma entendía, pero que tampoco sabía evitar.

Mientras esperábamos a que llegara la hora de subir a la consulta para que le hicieran la ecografía, no pude seguir callando. Acompañar a Emma se había convertido en una tortura y algo me avisaba de que quizá me estaba equivocando manteniéndome al margen y respetando un silencio que después habría de lamentar. Por eso había llegado mi «para qué», que había sonado casi como el de mamá contra el murmullo de clientes que tomaban sus desayunos en las escasas mesas ocupadas junto a la barra.

Emma no me miró. Le echó un poco de azúcar al zumo de naranja y empezó a revolverlo.

—Es lo mejor... —dijo. Luego suspiró, se volvió hacia mí y añadió—: para todos.

Supe entonces que había hecho bien en preguntar. La respuesta de Emma estaba tan llena de huecos y era tan... Emma, que entendí que no mentía.

—¿Para todos? —pregunté, sin entenderla.

Asintió, llevándose la cucharilla a la boca.

—Para nosotros —dijo.

Sentí un pequeño rasguño en el pecho. Esperé a que siguiera hablando, pero ella no parecía tener intención de hacerlo. Sin embargo, cuando quise saber más, ella se me adelantó.

—A mamá le hará bien —aclaró. Y al ver mi cara de perplejidad, añadió, suavizando el tono—: Lleva mucho tiempo diciendo que le gustaría que fuéramos más. —Hizo una nueva pausa. Quizá pensaba dejarlo ahí, pero al ver que yo iba a hablar, dijo—: Los despistes, la falta de ilusión, lo de la memoria... todo eso es porque está demasiado sola, Fer. Aparte de Shirley no tiene ninguna responsabilidad, nadie que dependa de ella. Y aunque no lo dice, seguro que no se siente necesitada.

La respuesta me dejó tan seco que por un momento no supe qué decir. En parte Emma tenía razón. Mamá estaba sola y seguramente también se sentía sola, aunque dijera que nunca se había encontrado tan bien desde que se había divorciado de papá. Lo que mamá no sabía era que cuando decía eso confundía la buena soledad con el alivio que provoca la ausencia de la mala compañía. En su caso, el alivio ocupaba mucho porque la sombra de papá se había alargado demasiado en el tiempo, había pesado demasiado. Sí, Emma tenía esa parte de razón y se preocupaba por mamá como lo hacíamos Silvia y yo, pero a diferencia de nosotros ella había decidido dar un paso al frente y proponer una solución no consensuada. Un hijo por mamá, ese era el paso. Así de simple y así de... de Emma.

—Pero, Emma, no puedes tener un hijo solo para que mamá esté ocupada —dije, intentando controlarme—. No se tienen hijos para eso.

Frunció el ceño, pero no contestó enseguida. Mientras pasaba el tiempo, la vi recorrer con la mirada el ventanal que daba a la esquina, como si buscara algo en él que yo no supe ver. Por fin me miró.

—¿Por qué no? —dijo.

Formulado así, con esa simplicidad tan meridiana y tan infantil, también yo me lo pregunté. ¿Por qué no? Preferí no pensarlo. Algo me decía que si lo hacía, si tiraba de ese hilo y rebuscaba en el eco de la pregunta, aparecerían muchas más, la intimidad del momento se disolvería en lo más general y la conversación daría un giro que no nos convenía.

—Porque no es sano, Emma —dije, acotándola y

volviendo a concentrar en ella el foco de la conversación—. Si quieres tener un hijo, tenlo porque quieres ser madre, no para solucionarle la vida a mamá.

Ladeó levemente la cabeza e hizo una mueca que quiso ser una sonrisa, pero que se dibujó como una débil expresión de confusión.

—Pero mamá no para de decir que le gustaría tener un miembro más en la familia —murmuró, casi más para sí misma que para mí—. «Un miembro más, que le dé un poco de alegría a esta casa», dice. ¿No la has oído?

«Dios mío —pensé—. Qué mal nos escuchamos cuando escuchamos solo lo que no duele oír.»

Y lo entendí. Entonces lo entendí.

—Emma —le dije, armándome de paciencia—: cuando mamá dice «un miembro» no se refiere a un nieto.

Frunció el ceño y entrecerró los ojos.

—¿Ah, no?

—No.

—¿Entonces?

Estuve a punto de soltárselo directamente, pero preferí tirar de tacto.

—¿Alguna vez has visto a mamá pararse en la calle a mirar a un bebé o a reírle las gracias a un niño?

Lo pensó durante un momento y negó con la cabeza.

—No.

—¿Le has oído decir que echa de menos tener nietos correteando por su casa?

Otra fracción de segundo.

—No.

Nos miramos. «Bueno —pensé—. No está siendo tan difícil.»

—Pero siempre dice que echa de menos tener «un miembro más» en la familia —insistió.

Solté el aire por la nariz.

—Emma, parece mentira que no conozcas a mamá —dije.

Frunció el ceño. Otra vez.

—¿Por qué lo dices?

Cogí la taza y me la acerqué a los labios.

—Porque cuando mamá dice «miembro», no piensa en niños —dije—. Piensa en perros.

Me miró, sin entender nada.

—De verdad que parece que no la conozcas —insistí.

Entonces reaccionó.

—Pero... —empezó, procesando lo que acababa de oír—. Pero eso no puede ser.

Solté una carcajada forzada que sonó casi como una carraspera. En la mesa de al lado, un par de chicas se volvieron a mirar. Las reconocí de la sala de espera de la clínica. Ellas a nosotros también.

—Claro que puede ser —le dije—. Lo de «no puede ser» no rige con mamá. Cuando ella habla de «alguien», piensa en un perro, no en un niño —le repetí, bajando la voz—. Pero si ha estado a punto de empezar a acoger perros abandonados con Ingrid. —Me sentí mal por haber roto mi promesa a mamá, pero aquella era una situación de causa mayor y quise creer que si algún día llegaba a enterarse, lo entendería—. Dice que Shirley se siente sola, que le da pena y que sufre por todos esos perros que vagan por ahí, buscando casa. Que no sé qué señora del programa ese que ve del veterinario lo hace y que está feliz de la vida.

Emma negó con la cabeza.

—Pero...

No dije nada. Preferí que ella misma se tomara su tiempo para digerir lo que acababa de oír e intentara buscarle un sitio en su decisión de ser madre para contentar a mamá. Poco más podía decirle. Ya solo me quedaba esperar.

Emma se humedeció el índice, lo metió en el sobre del azúcar y se llevó distraídamente la yema a la boca. Luego volvió a repetir el gesto, esta vez más despacio, mientras en el televisor que colgaba sobre la barra del bar un grupo de tertulianos hablaban de algo que seguramente importaba poco y que, entre el ruido de la cafetera y las conversaciones de los clientes, prácticamente no se entendía.

—¿Y lo va a hacer? —dijo.

La miré.

—¿Cómo?

—Lo de acoger perros con Ingrid —aclaró, dejando el sobre en el plato.

Negué con la cabeza.

—No —respondí—. Me lo contó el otro día, mientras me ayudaba a ordenar las cosas que me llevé de tu casa. Por suerte la convencí para que no lo hiciera. Aunque, con ella, cualquiera sabe.

Sonrió.

—Ya.

Yo también sonreí antes de añadir:

—De momento, creo que estamos salvados.

Emma volvió a mirar por el ventanal de la esquina. Era el único de la cafetería desde el que se veía la clínica. Parecía seguir procesando lo que acabábamos de hablar. Yo terminé de tomarme el resto del café con leche que me quedaba en la taza y después esperé. Fueron solo unos instantes.

—Entonces —dijo, apartando la mirada del ventanal—, ¿tú crees que la ayudaría tener otro perro?

Dejé la taza en el plato. «Se me va —pensé sin dejar de mirarla—. Emma se me va como se va mamá cuando lo que tienen entre manos les pesa demasiado y desvían la atención hacia lo que no son ellas.» De repente, lo que importaba, lo que realmente contaba para Emma, era mamá y no su embarazo. El foco se había desplazado unos metros para iluminar otra escena distinta y darle aire, apartándola a ese segundo plano que tanto ella como mamá habitan desde siempre.

Tuve que atraparla a tiempo y lo hice con su propio lenguaje, como actuamos con mamá cuando queremos que se quede en lo que importa.

—Emma —la interrumpí, intentando mantener un tono suave—. ¿De verdad quieres ser madre?

No me miró. Volvió a meter la cuchara en el vaso vacío y la hizo tintinear entre los restos de pulpa pegados al cristal.

—Yo... —empezó—. No lo sé —dijo con un hilo de voz.

Respiré, aliviado.

—Pues quizá, hasta que lo sepas, deberías parar esto y pensarlo —le dije.

Silencio.

—¿No crees?

Más silencio.

—Por lo menos hasta que estés segura —añadí—. No indefinidamente. Solo hasta que lo sepas.

Siguió con la vista fija en la mesa. Parecía una niña pillada en falta y me dio pena verla así. Pena por ella y también por mí.

—Sí —murmuró—. Supongo que sí.

Han pasado unas semanas desde esa mañana en la clínica, pero la pregunta es la misma y la energía que desprende Emma también. No se esperaba esto, y menos ahora, cuando la situación es la que es y la guardia, la suya, está baja. Emma no tiene buena cintura cuando hay que improvisar. Es lenta en la invención; en la verdad, no. Y con mamá le cuesta demasiado mentir porque de algún modo se ve reflejada en ella. Hay algo de mamá en Emma que solo ellas dos comparten y que las acerca en lo pequeño, algo que nos deja fuera a los demás. Siempre ha sido así.

Mira a mamá y arruga la boca.

—Al principio fue por ti —dice. No dice más. Se queda colgada de su frase como si la hubiera oído por primera vez o como si acabara de descubrirla. A su lado, mamá acaricia a Shirley entre los ojos con el pulgar mientras el silencio tiende un puente tenso entre los tres.

—¿Por mí? —pregunta, sin comprender qué significa.

Emma asiente varias veces. Despacio. Pensando, o quizá recordando.

—Sí —responde. Y luego—: Pensé que si tenías un nieto, estarías más... acompañada. Y que todo lo que te pasa, lo de la memoria, los despistes, ya sabes... pensé que te haría bien, que tendrías una ilusión. No sé... ser abuela debe de ser tan bonito...

Mamá se vuelve a mirarme. En sus ojos entrecerrados hay una luz que enseguida reconozco. Es la luz que se activa cuando el faro reconoce a un barco que navega demasiado cerca de los escollos. No aparece siempre, y desde hace un tiempo prácticamente vive apagada, pero, a pesar de eso, no me extraña verla, porque Emma pide esa luz sin saberlo. Van con ella, los escollos van con ella.

—Pero, hija... —dice mamá, que se ha vuelto a mirarla y le pone la mano sobre la rodilla.

—Luego lo pensé mejor —sigue Emma, mirándome durante una fracción de segundo—. Hace unos días, cuando volvía a casa del instituto, no sé por qué me acordé de eso que decía la abuela, lo de que si le pides poco a la vida lo más fácil es que no te dé nada. —Se interrumpe para coger aire y mamá reacomoda a Shirley sobre su regazo, haciendo crujir el bolso que le cubre las piernas—. Yo... —vuelve Emma—, no tengo nada, mamá. —Bajo la cabeza. Esa es la voz de Emma que todos tememos, porque es la que habla desde dentro: sincera, pequeña, naufragada—. Todos tenéis algo —dice, mirándome—, a alguien, y yo... yo no consigo que nadie se quede...

Mamá empieza a acariciarle la pierna y Emma baja la vista hacia la mano de mamá, pero no se mueve. Luego se encoge un poco de hombros y dice:

—Nadie se queda nunca, mamá.

Trago saliva y deslizo el dedo por la pantalla del móvil para no tener que mirarla. Sobre la rodilla de Emma, la mano de mamá sigue acariciando, casi sin tocarla. Se hace un silencio que no es completo, porque en la calle el semáforo se pone en verde y el tráfico menguante ruge sobre la voz amortiguada de Silvia. Después Emma vuelve a hablar, recorriendo el suelo de la cafetería con los ojos.

—¿Por qué nadie se queda nunca?

Silencio. Shirley bosteza sobre el regazo de mamá y Emma pasea su mirada por el local hasta que se vuelve a mirar a mamá y dice:

—Primero Sara. Después Olga. Y la niña... y la abuela, y papá... Se van, mamá. Todos se van —murmura, como si no hablara ya con nosotros, sino con la sombra de todas las ausencias que tiene dentro y que la habitan—. Y yo... si tuviera un hijo mío... a Sara le gustaría...

Mamá se vuelve a mirarme. Tiene la cara tan contraída por lo que oye que ni siquiera entrecierra los ojos, porque ver no importa ahora. Ahora todo es la voz de Emma. Oírla. Saber.

—Y le daré un buen nombre —sigue Emma mientras la mano de mamá ya no acaricia. Ahora está quieta sobre su rodilla—. Para que no se vaya pronto.

Silencio. Calla el tráfico en la calle y se apaga la voz de Silvia desde fuera. El silencio es tan hueco que, cuando Emma vuelve a hablar, su voz rebota contra las paredes de la cafetería, llenándolo todo.

—Y a lo mejor podrías ayudarme —dice, poniendo su mano sobre la de mamá—. Un poco. Solo al principio.

Mamá tiene los ojos muy brillantes y a Shirley pegada al pecho. Con la mano izquierda le cubre la cabeza como a un bebé, y la acuna mientras respira mal. Asiente sin perder de vista los ojos de Emma.

—Claro, cielo —dice—. Claro que te ayudaré.

Emma sonríe más, pero no mejor. Es una sonrisa tan sencilla, hecha de emociones tan pequeñas, que tengo que apartar la vista porque me duele. Me duele verla pedir así, como si no tuviera derecho, ella también, a ocupar esta balsa que entre todos mantenemos a flote. Me duele que crea que lo suyo molesta, que no importa.

—Yo quería hacerlo por ti, mamá —dice ahora, excusándose—. Pero no puede ser... —añade, volviéndose a mirarme—. No puede ser, porque si lo hago por ti, seguro que se me irá pronto, y yo quiero tener algo mío. Me gustaría poder...

Ahora sí. Ahora mamá entrecierra los ojos para mirarla, y no sé si lo hace porque desde fuera los focos de un coche apuntan directamente al cristal y la deslumbran, o porque los tiene tan húmedos como los tengo yo y no quiere que Emma lo vea. Antes de hablar, gira la mano hacia arriba y entrelaza los dedos con los de Emma sobre su rodilla.

—Le buscaremos un nombre que dure, cielo —dice con la voz de la Amalia que cada vez está menos pero que ahora parece estar del todo—. Claro que sí. Ya lo verás. —Luego me mira. Aunque es solo un segundo, reconozco la mirada y también el mensaje que encierra. «Buscar un nombre que dure» es el mensaje de mamá. Y yo lo capto al vuelo, porque eso es lo que lleva pidiéndome desde que decidí quedarme con R: que le dé un nombre que sea algo más que una letra. Su mirada es solo eso, un recordatorio, y se desvanece tan rápido como ha llegado. No quiere hacer esperar a Emma—. Le buscaremos un nombre bonito y no dejaremos que se vaya —dice, sonriendo ella también—. Y si se va, si tu hijo se va, mandaremos a Shirley a buscarlo. Verás como no vuelve a intentarlo.

Emma suelta una pequeña risa que queda en nada y mamá levanta la mano y le acaricia la cara.

—Emma... —dice. Y cuando parece que todo va a volver a empezar, que esta es una escena que no ha terminado porque hay que saber más, hay que oír más e impregnarse más... cuando el tiempo parece habernos dado un respiro y esta cafetería, esta noche, este junio en esta ciudad, son ahora nuestro sitio, nuestro recodo en el camino, desde un punto de luz que no está aquí pero que tampoco está lejos porque también es nuestro, un plazo toca a su fin y el rompecabezas familiar recupera una pieza que no queremos perder y que quizá ya no encaje.

El sonido, un breve tintineo metálico, suena desde mi mesa. En cuanto lo oigo sé lo que es, porque nadie manda ya SMS, o al menos nadie que yo conozca, salvo Elena, la chica de la consulta del dentista, y Carmen, la del veterinario. Sé que el mensaje es R y sé también lo que me espera con él. Por eso, cuando cojo el móvil de la mesa y paso el dedo por la pantalla para marcar el código de desbloqueo, me tiembla tanto la mano que marco los números que no son dos veces seguidas. A la tercera, después de haber respirado hondo y de haber tensado la mano para que deje de temblar, marco los cuatro números correctos y el fondo beis del SMS engulle la imagen de R en el lago, llenando la pantalla.

A mi derecha, mamá y Emma callan. Siguen de la mano, con los ojos clavados en mi móvil.

El mensaje es tan breve y tan aséptico que en cuanto lo leo siento un sabor metálico en la boca que me es familiar. He vuelto a morderme la cara interna de la mejilla y el sabor es el de la sangre. Releo, esta vez en voz alta:

Hola, Fer. Soy Carmen, de la consulta. En media hora puedes venir. El doctor te estará esperando.

Cuando vuelve el silencio, dejo el móvil encima de la mesa y miro a mamá y a Emma.

—Tenemos que irnos —digo.

Mamá pone cara de angustia y, llevándose al cuello la mano que antes tenía en la mejilla de Emma, pregunta con un hilo de voz:

—Pero... ¿no dice cómo está?

Niego con la cabeza.

—No —respondo, intentando controlar el temblor de las manos para que ni ella ni Emma lo vean—. Solo eso. Que me esperan en media hora.

Mamá baja la mirada y acaricia a Shirley en la cabeza con la palma entera, casi cubriéndola con ella. Luego, sin levantar la vista, pregunta con un hilo de voz:

—¿Y no dice si está...?

No acaba la frase. El sabor metálico vuelve a llenarme la boca y antes de que termine de hablar, me levanto, cojo el móvil de la mesa y me oigo decir con una voz que no reconozco:

—No, mamá. No lo dice.

4

Mamá está apoyada contra el semáforo, con el bolso colgado en bandolera. A su lado, Emma lleva a Shirley de la correa y yo espero sentado en el respaldo de un banco de madera que está a unos metros mientras al fondo Silvia se acerca a paso rápido por la acera de enfrente, gesticulando a nadie y con el móvil en la oreja. Han pasado apenas diez minutos desde que hemos salido de la cafetería, pero no ha sido fácil llegar hasta aquí, porque cuando hemos cruzado la puerta Raluca ha querido presentarnos a Andoni, y como Silvia seguía a lo suyo, nos hemos quedado los tres plantados junto a la cristalera esperando a que Raluca volviera de la barra con el cambio.

Después de un silencio tenso, mientras Emma intentaba captar sin éxito la atención de Silvia para decirle que nos marchábamos, mamá ha mirado a Andoni de arriba abajo con los ojos entrecerrados y ha dicho:

—Qué bien, ¿no?

Andoni la ha mirado, ha levantado el brazo para rascarse la cabeza y al flexionarlo ha dejado a la vista un bíceps tatuado con un ancla del tamaño de un bolardo.

—¿Qué bien? —ha preguntado con cara de no entenderla mientras se rascaba la cabeza rapada.

—Que seas cocinero —ha dicho mamá con una sonrisa cómplice.

Andoni ha arrugado la frente y ha vuelto a pasarse la mano por la cabeza.

—¿Cocinero?

—Sí. Nos lo ha dicho Rúspula —ha respondido mamá—. Nos ha enseñado la foto. —Andoni seguía sin entenderlo, pero no ha insistido. No ha hecho falta. Mamá estaba tan nerviosa que necesitaba llenar el silencio con lo que fuera—. La de los huevos y el *pintxo* —ha aclarado.

Andoni ha soltado una carcajada que ha resonado en el silencio de la calle como un disparo y Shirley se ha escondido detrás de Emma.

—También dice que no le importa que seas gay porque tienes muchos valores —ha seguido mamá—. Y que lo que más le gusta de ti es que arreglas los motores de las lavadoras. Y yo creo que eso está muy bien: lo de arreglar y reciclar, porque ¿tú sabías que ahora los chinos fabrican los aparatos para que se estropeen enseguida? Aunque no creas que me extraña, porque los chinos ya son los dueños de todo. Primero fueron los restaurantes y las tiendas de todo a un euro, luego los bares, después las tiendas del final feliz con el gato que mueve la pata y creo que hasta dentistas hay. Pero lo de los dentistas es mejor que no, porque a mi amiga Ingrid le hablaron de un dentista chino muy barato y fue. Y la pobre, cuando se sentó en aquella silla y el hombre le preguntó si prefería con o sin anestesia, se puso tan tensa que se tragó un empaste.

Andoni ha mirado a mamá y luego ha vuelto a soltar una carcajada que ha hecho temblar el cristal de la ventana. Mamá ha sonreído, encantada. Luego ha dicho:

—Rúcula nos ha dicho que, además de cocinero, eres portero gay de una discoteca. —Andoni ha parpadeado, sorprendido, pero no ha dicho nada—. Y que tienes una casa en Sitges.

Andoni ha torcido la boca y ha fruncido el ceño, claramente descolocado, pero en ese momento Raluca ha vuelto con el cambio. Mientras me lo daba, le ha dicho a mamá:

—No, gais no. Andoni no. Su hermano Iker.

Mamá se ha iluminado al oírla y me ha mirado.

—Ya decía yo —ha soltado con cara de felicidad—. Si es que hay que preguntar, Fer. Hay que preguntar siempre.

Yo estaba tan angustiado, esperando a que Emma consiguiera captar la atención de Silvia para poder marcharnos, que he pasado por alto el comentario.

—Tener un hermano gay es muy sano —ha dicho mamá, entrecerrando los ojos de nuevo y mirando a Andoni como si quisiera hipnotizarlo—. Es por la oxilicona.

Silencio. Emma ha mirado a mamá con ojos de no entender nada.

—¿La siliconas? —ha preguntado Raluca, muy interesada, apoyándose en el hombro de Andoni.

—Sí —ha contestado mamá—. La glándula.

—Y ante las caras de póquer de Andoni y Raluca, ha dejado escapar un suspiro dramático y ha dicho—: La oxilicona es una glándula que tienen los gais en los ojos y que alarga la vida. Por eso es tan bueno tener un gay en la familia, porque todo el mundo vive mucho más. Antes creían que la tenían las perritas, pero no, la tienen los hijos gais que a veces dicen mentiras a sus madres para que no acojan perros y se queden quietas —ha dicho, mirándome con una mueca de «ya ves, tu madre al final acaba enterándose de todo». Luego ha mirado a Andoni y ha dicho—: ¿Iker es... hmmm... cocinero como tú? ¿O sea, también tiene un miembro con la carita amarilla y los corazones?

Andoni ha mirado a Raluca y ha soltado otra carcajada.

—Pero, Ralu...

Ella ha sonreído y le ha guiñado un ojo y yo he decidido intervenir mientras a mi derecha Emma ha vuelto a reunirse con nosotros y me ha dicho:

—Silvia dice que es mejor que nos adelantemos, que nos alcanza enseguida.

He asentido y me he vuelto hacia Raluca y Andoni.

—Perdonadla, pero es que está muy nerviosa porque... bueno, tengo al perro en urgencias y llevamos unas horas muy difíciles.

Andoni se ha puesto serio.

—¿Qué le pasa?

—Lo han atropellado —salta mamá—. Cuando salía de mi casa.

Raluca se ha llevado la mano a la boca.

—Ay, no...

Andoni se ha vuelto hacia ella.

—Podrías habérmelo dicho, Ralu. Habría avisado a Iker.

Mamá ha arqueado una ceja y ha entrecerrado los ojos.

—¿Iker?

Andoni ha vuelto a pasarse la mano por la cabeza, como si el contacto con la falta de pelo lo relajara.

—Es veterinario —ha respondido—. Bueno, todavía está en prácticas, pero es un *crack*. Y casi siempre visita en urgencias.

Mamá se ha llevado la mano al pecho mientras empezaba a abanicarse con la mano.

—¿Ve-te-ri-na-rio?

—Sí.

—¿Iker? —La voz de mamá ha subido tres tonos—. ¿El gay del miembro?

—Sí.

—¿Y es rubio?

—No, es moreno, pero se afeita la cabeza.

—Ah. Bueno. Y a lo mejor es un poco... ¿australiano?

He decidido intervenir. Las caras de Andoni y de Raluca eran el vivo retrato del estupor.

—Mamá, Iker es vasco, como Andoni —le he dicho con suavidad—. Son hermanos, ¿recuerdas?

Mamá ni me ha mirado. Su único foco de interés eran Andoni e Iker. Lo demás era nada.

—Pero hablará inglés, ¿no? —ha insistido, entusiasmada.

—Sí, se defiende.

—¿Lo ves? —me ha dicho. Luego se ha vuelto hacia Andoni y se ha puesto a aplaudir como una niña pequeña—. Ay, Antoñito, que creo que vamos bien.

Andoni ha soltado una risotada de cargador de piedras que Raluca ha celebrado con una sonrisa embobada.

—¿Y una foto tendrías? —ha vuelto mamá—. Pero solo de él, ¿eh? Del *pintxo* no.

Andoni ha sacado el móvil de la funda que llevaba enrollada al brazo, ha buscado a toda velocidad en la fototeca y ha dado con lo que buscaba. Luego le ha pasado el móvil a mamá, que se lo ha pegado a la cara para poder ver antes de pasármelo.

—Humm... es muy galante. Mira.

Lo que he visto en la pantalla era un gigante nada galante con pinta de *ángel de la muerte*, lleno de tatuajes en los brazos, un aro del grosor de una tuerca de puente colgando de la nariz y una camiseta ajustada en la que ponía: «Tortura a un animal y comerás piedras».

Mamá le ha devuelto a regañadientes el móvil a Andoni y luego ha dicho, de carrerilla:

—¿Y tu hermano está soltero, y si está soltero podrías darme su teléfono para que si tengo una urgencia con Shirley pueda llamarle? Es que, además, tengo un proyecto con mi amiga Ingrid para acoger perritos antes de que los adopten y me gustaría comentar una cosa con él y también a lo mejor presentarle a Fer..., es que yo creo que se llevarán muy bien.

Andoni me ha mirado, buscando una explicación que yo ni siquiera he intentado darle, y ha respondido:

—Claro, mujer. Ahora mismo.

—Mamá, tenemos que irnos —le he dicho, cogiéndola del brazo y mirando mi reloj. Ella ni me ha escuchado. Ha empezado a cantarle su número de teléfono a Andoni para que él la llamara y le dejara el suyo grabado y, cuando han empezado a sonar las maracas y las trompetas del teléfono de mamá en algún rincón de su bolso, ha sonreído, satisfecha.

—Gracias, cielo —le ha dicho a Andoni con voz de abuelita buena.

Después hemos echado a andar hacia aquí, mamá entre Emma y yo, caminando lentamente como una especie de bebé patinador gigante, con sus inmensas rodilleras y la codera negra asomándole de la manga de la camisa mientras Silvia nos seguía por la acera de enfrente, hablando por teléfono durante unos segundos más y dando por terminada su conversación con un abrupto: «Mira, Erika, ya lo hemos hablado. O lo arreglas o lo arreglas, porque si tengo que arreglarlo yo, no creo que vaya a seguir necesitándote».

Ahora cruza la calle y se acerca a nosotros, acalorada y encendida, y al llegar a la esquina, mira a mamá y dice:

—Pero, mamá... no hace falta que lleves puestas las rodilleras.

Mamá, que debe de llevar temiendo este momento desde que me han avisado de la clínica, me mira con cara de circunstancias.

—Ah, no. Por eso no te preocupes, cielo. Ya te he dicho que me encanta llevarlas. Son tan cómodas...

—dice, levantando un poco la pierna derecha y flexionándola con una alegría que no siente. Luego, cuando vuelve a estirarla, abre los ojos, incapaz de contener el dolor y Silvia, que la ve, suelta un bufido.

—Mamá, de verdad. Quítatelas. Yo te ayudo.

—No, no —salta mamá—. Yo no me las quito ni muerta —dice, agarrándose al semáforo—. No, no y no.

—Pero, mamá. ¿Tú has visto cómo caminas? A este paso no llegaremos nunca. Seguro que te las has apretado demasiado.

—Que no —insiste mamá—. Además, me van bien para la osteoporosis —dice atropelladamente—. Y para... el hipotiroidismo.

Bajo la cabeza y Emma me mira con cara de no entender nada. Mamá está acorralada y lo sabe y cuando se siente así, suelta lo primero que le viene a la cabeza. Lo sé yo y lo sabe también Silvia, que ahora sospecha.

—Tú no tienes hipotiroidismo, mamá —dice, acercándose a ella.

—¿Ah, no?

—No. Ni osteoporosis.

—Ah.

—De verdad, mamá —dice Silvia con una voz extrañamente dulce y cargada de paciencia—. Si tanto te gusta llevarlas, te prometo que en cuanto lleguemos a tu casa te las vuelvo a poner. Pero ahora tienes que quitártelas. Con lo despacio que caminas no llegaremos nunca.

Mamá me mira y pone los ojos en blanco. Los dos sabemos lo que está por llegar. Al ver que Silvia se arrodilla junto al semáforo y empieza a desabrocharle el cierre de la rodillera derecha, dice casi sin voz:

—Es que las tengo un poco... sucias.

Silvia levanta la cabeza.

—¿Sucias?

Mamá asiente y me lanza una mirada que es como una bengala que no llega a arder en la oscuridad de la calle.

—Sí —dice.

Silvia chasquea la lengua y separa el velcro del cierre. En cuanto retira la parte delantera de la rodillera, se queda con ella en la mano, con los ojos clavados en la rodilla de mamá, que incluso desde donde estoy parece una mancha negra bajo el resplandor del semáforo.

No ocurre nada hasta que Silvia levanta de nuevo la vista:

—Mamá —dice con una voz llena de clavos—. ¿Se puede saber qué es... esto?

Mamá hace una mueca de «ay, Dios mío» que todos conocemos bien y pregunta:

—¿Es... to?

Silvia no contesta enseguida. Lo que hace es acercar el dedo a la rodilla inflamada de mamá y hundirlo sin contemplaciones en el inmenso moratón, y mamá responde con un grito ahogado que es más mueca que voz y que Shirley saluda con una tanda de ladridos que desaparecen en cuanto Emma le da un tirón de la correa.

—Sí, mamá —dice Silvia—. Esto.

Mamá traga saliva y cierra los ojos al tiempo que

Emma se vuelve a mirarme con el ceño fruncido y una expresión de no entender nada.

—Hija —dice mamá con una sonrisa de dolor—. Esto es... ¿una alergia?

Silvia baja la cabeza. Luego, sin volver a levantarla, escupe con un murmullo lleno de todos los grises y de todos los negros de la tormenta que está por llegar:

—No, mamá. No es una alergia. —Suelta la rodillera, que cae al suelo, y desata de un tirón la otra, dejando a la vista un moratón aún mayor—. Son dos rodillas —dice. Y cuando parece que eso es todo y que no va a decir nada más, levanta la mirada y ladra con una voz rasposa—: Son dos rodillas amoratadas, mamá.

5

Fueron dos rodillas, una rota y la otra no.

Una mía y la otra no.

En nuestra precaria balsa de náufragos y episodios familiares, las dos rodillas de mamá no han sido las primeras en crujir. Otras crujieron en su día y también dolieron, desatando cosas que fue imposible anticipar pero que llegaron de todos modos: una doble cojera que duró lo que duró y que marcó un antes y un después en mi vida con R.

Mamá cuenta la historia de esas dos rodillas siempre que puede, y me temo que debe de ir soltándolo también entre sus víctimas del parque, aunque entiendo que lo haga. En cuanto a mí, cada vez que la recuerdo me emociona igual: sigue asombrándome el cariño callado, la empatía y la cicatriz que labraron a fuego esos seis meses de R conmigo, porque después de vividos, entendí que quizá no es que la realidad supere siempre a la ficción, sino que simplemente la una es la cara más amable de la otra y por eso conviven bien, como dos hermanas viejas que, ya de vuelta de todo, deciden retirarse a vivir juntas y compartir el presente, lo pasado y el poco futuro que la vida pueda darles. No, ficción y realidad no compiten: trabajan a cuatro manos como el poli bueno y el malo, juntas y muchas veces también revueltas, porque ambas mezclan deseos, recuerdos, años, sorpresas, tránsitos, las experiencias comunes y las no compartidas; ambas navegan en nuestra balsa de supervivientes, a veces sumergidas en lo inconsciente, otras a la sombra benigna de las velas y de la brisa. Son, en suma, como dos rodillas: funcionan en paralelo, sin mirarse ni verse. La disfunción de la una merma la función de la otra y coinciden solo durante el sueño. Cuando dormimos, las rodillas se rozan en la oscuridad y la vida en paralelo desaparece porque desaparece el control y lo que somos no es más que un presente continuo e inconsciente, como las corrientes que, desde el fondo, impulsan nuestra balsa hacia un destino que somos incapaces de imaginar.

La historia, la de las dos rodillas, ocurrió hace poco menos de un año. Una noche, después de haber jugado un partido de pádel, noté molestias en la rodilla. Al principio fue solo eso: un pequeño pinchazo al que no di importancia, pero el pinchazo fue a más durante la noche y al día siguiente entendí, a juzgar por la intensidad del dolor, que quizá los pinchazos eran solo la punta del iceberg y que habían llegado para quedarse. No me equivoqué. El diagnóstico —rotura del menisco interno de la rodilla derecha— fue claro, como lo fue también el traumatólogo cuando tuvo todas las pruebas sobre su mesa.

—Hay que operar —dijo—. Extraer y limar. Todo lo demás serán parches que antes o después te llevarán al quirófano.

Operamos. Supuestamente fue todo bien. R y yo nos instalamos, durante las dos semanas más complicadas de la recuperación, en casa de Emma. Tocó cama primero y muletas después. En esos quince días, R solo se separó de mí para salir de paseo con Emma y para comer. El resto del tiempo estuvo tumbado al pie de la cama y siguiéndome a todas partes cuando empecé a manejarme con las muletas. Pasado un mes, llegó la rehabilitación en sala y de ahí al gimnasio para muscular. Todo parecía haber salido como esperábamos, pero durante la recuperación algo se torció: nuevos pinchazos, molestias, algún crujido. Nuevas pruebas. Los resultados mostraron que, por causas que hasta hoy desconozco, se me había roto también el menisco externo de la misma rodilla.

—No es aconsejable volver a operar —dijo el traumatólogo—. Hay que buscar una alternativa.

La solución fue derivarme a un especialista en medicina deportiva, que a su vez me derivó a un podólogo deportivo, que me puso unas plantillas para que apoyara el pie como supuestamente hay que apoyarlo y que a su vez me aconsejó ponerme en manos de un fisio-entrenador personal para seguir musculando la rodilla lesionada.

Y eso fue lo que hice.

El día después de mi visita al podólogo, durante el paseo de la tarde, detecté una leve cojera en la pata derecha de R. No me preocupó. R era y sigue siendo tan bruto cuando corre por el bosque que supuse que debía de haber pisado mal y que tenía alguna pequeña torcedura. Una vez más, me equivoqué. Desde esa tarde, la cojera de R no solo no remitió, sino que poco a poco fue a más hasta hacerse ostensible.

Veterinario. Examen. «Una luxación», fue el diagnóstico de Miguel. Antiinflamatorios.

No funcionó. Pasaron las semanas y R seguía cojeando. Llegaron radiografías, ecos, un especialista en traumatología de golden retrievers. Nada.

—No sé qué decirte —terminó reconociendo Miguel con cara de resignación—. No encuentro ninguna explicación fisiológica, la verdad.

Esa misma tarde dejé de medicar a R. Se acabaron las pruebas y los antiinflamatorios. Él siguió cojeando y yo continué con mis sesiones de musculación semanales, intentando convencerme de que, al menos en su caso, no había dolor. Salíamos a pasear, cada uno con su cojera en la rodilla derecha, como si cojear fuera parte de lo que tocaba, acostumbrándonos poco a poco al nuevo ritmo de paseos, más lento, más sincopado, más juntos. Y así pasaron seis meses, veinticuatro semanas de fisio-entrenador personal, esfuerzo, tesón, ejercicios en el gimnasio, en la piscina... R no dejó de cojear ni un solo día durante ese tiempo.

El último viernes antes de Semana Santa, el fisio me dio el alta. Al salir de la consulta, me fui directo a buscar a R y salimos a dar un paseo por el bosque. Caminamos un buen rato. Cuando volvíamos a casa, él hizo algo que yo no le había visto hacer desde hacía mucho, muchísimo tiempo: se adelantó al trote por el sendero y durante unos minutos avanzó a unos metros por delante de mí. Anochecía y el verde de los campos era tan intenso contra las nubes de tormenta que casi dolía. Me detuve en seco en mitad del camino. R no. Siguió alejándose tranquilamente al trote, ajeno a todo lo que no era trigo, nubes y tierra, contento en su pequeña burbuja de olores y sonidos.

Y entonces lo entendí: R no cojeaba. Correteaba delante de mí como lo había hecho hasta antes de mi segunda lesión, alejándose un poco, dando la vuelta para mirarme y asegurarse de que le seguía y volviendo a alejarse, correteando un tramo más, con la lengua fuera y esa sonrisa de perro feliz que solo conocemos y reconocemos los que convivimos con ellos a diario. Sí, R estaba feliz y detrás de él yo seguía plantado en mitad del camino, tragando polvo y sal, sin poder moverme porque en mi cabeza se había abierto esa puerta de cristal siempre sellada que separa lo real de lo ficticio para que impere la cordura, y una ráfaga de aire había repartido por todos los rincones las piezas del rompecabezas que durante los más de dos años que llevábamos juntos, R y yo habíamos construido entre los dos. Las piezas se esparcieron y en el vacío que dejó el nuevo desorden entendí que la cojera de R había desaparecido cuando mi rodilla había dejado de fallar, que su compañía era tan integral, estábamos tan compenetrados, que él había decidido cojear contra mi cojera y compartir la lesión, quizá sin saberlo, quizá por puro instinto animal o quizá en un destello de ficción, ya no lo sé. El trote de R, a unos metros delante de mí, abrió demasiados interrogantes que desde entonces forman también parte de nuestro nuevo rompecabezas y nuestras rodillas ya no cojean, pero comparten la misma cicatriz y el mismo lugar en la balsa. Literalmente.

Afortunadamente.

Ahora, contra lo poco que alumbra la luz cambiante del semáforo, han pasado ya unos minutos y la bronca de Silvia a mamá parece haber amainado. Están la una delante de la otra, Silvia con las rodilleras en la mano y la espalda encogida después de la rabia mal controlada que todavía circula como un halo de electricidad a su alrededor, y mamá con las rodillas al descubierto como dos grandes sombras oscuras sobre su piel blanca. Estamos cansados, demasiado cansados los cuatro, y la noche se ha hecho larga.

—Tampoco es para enfadarse así, hija —murmura mamá, tocándose una rodilla sin demasiada fe. Está incómoda con el silencio metálico de Silvia y también dolida con esos primeros minutos de rabia fea y mal masticada que Silvia le ha echado encima como un cubo de agua sucia.

—No estoy enfadada, mamá —replica Silvia con una voz que suena hueca—. Estoy triste.

Mamá pone los ojos en blanco y luego contrae los labios, como si acabara de recibir el titular de una mala noticia que sabe que va a tener que oír entera. La tristeza de Silvia no es la mejor opción para esta noche y mamá lo sabe tan bien como nosotros.

—Hija —dice, intentando quitarle hierro al asunto—. Son solo unas rodilleras.

Silvia niega con la cabeza.

—No —replica casi en un susurro—. No es solo eso. —En el silencio que sigue, mamá está a punto de decir algo, pero lo piensa mejor—. Es todo, mamá —continúa Silvia—. Todo lo que no he conseguido ni voy a conseguir contigo por mucho que me esfuerce. Y cansancio, también es cansancio.

No decimos nada. Emma cambia de pie el peso del cuerpo y busca algo en su pequeño bolso. A su lado, Shirley se ha tumbado en el suelo, y a unos metros de nosotros una figura con una bolsa de basura azul cruza la calle en dirección a los contenedores. La noche no descansa.

—Estoy harta —vuelve Silvia, bajando la cabeza. El tono sigue siendo triste, casi opaco—. Harta de ser siempre la que te riñe, la que está encima de ti como un policía. No me gusta, mamá. No me gusta tener que pensar por ti, ver por ti, estar siempre pendiente de que no te pase nada mientras tú te miras el ombligo y te lo pasas todo por el forro, porque claro, ya estamos nosotros para preocuparnos.

Mamá baja la cabeza.

—Si tú no te preocupas de ti, yo me canso, mamá —sigue Silvia—. Me canso porque tengo cuarenta y cuatro años y no quiero una hija de setenta. Lo que quiero es una madre. Por eso estoy tan agotada y tan triste... porque a ti solo te preocupa tu televisión, tu Chris, tu Ingrid, tu parque, tu perrita, tus cuatro paredes, tú, tú, tú... y los que estamos no contamos. No contamos nada, mamá.

—Eso no es verdad —se defiende mamá, aunque sin demasiado convencimiento. Lo dice porque quiere que Silvia vea que sí le importa, no porque realmente crea que no es verdad. Quiere participar de la soledad de Silvia y su mejor manera de hacerlo es intervenir así, con la boca pequeña, rellenando con algo propio los huecos de silencio que le deja Silvia. Quiere estar en la conversación, pero no tiene por dónde entrar.

—A mí también me gusta que me cuiden. Que mi madre se preocupe por mí —dice Silvia, subiendo el tono y levantando la vista.

Mamá se rasca distraídamente el esternón y ladea levemente la cabeza.

—Yo me preocupo por ti, hija.

Silvia deja escapar un bufido que es casi un jadeo y que acompaña con una mueca torcida.

—Tú ni siquiera me ves —suelta con una frialdad que Emma recibe a mi lado encendiéndose un cigarrillo y echando una bocanada de humo turbio al aire de la calle—. No me has visto nunca —remata con un siseo—. ¿Y sabes por qué? Porque no me miras, mamá.

Mamá sigue frotándose el esternón sin darse cuenta, como si quisiera rascarse una costra que no está.

—Pero... —balbucea.

Entonces Silvia se inclina un poco sobre ella, acercando la cara a la de mamá, y dice, empequeñeciendo todo lo que hemos oído hasta ahora:

—¿Dónde mirabas cuando volvías a casa?

Mamá parpadea. El dedo deja de rascar y queda suspendido en el aire a pocos centímetros de su pecho.

—¿Qué? —pregunta, frunciendo el ceño.

Silvia acerca un poco más la cara a la de mamá.

—Cuando te ibas y volvías, ¿dónde mirabas?

Mamá me mira, buscando algo. Por su expresión entiendo que pide una respuesta que yo no puedo darle.

—No te entiendo —murmura.

Silvia clava en ella los ojos y espera un instante antes de hablar.

—Cuando nos dejabas en casa con papá y desaparecías, ¿te acuerdas?

Mamá baja la vista y poco a poco baja también la cabeza.

—Estaba todo limpio, mamá —dice Silvia—. Todo limpio para cuando volvieras: los armarios, la ropa, las lámparas, la plata... Creía que si te ayudábamos con las cosas de casa no volverías a irte, que si limpiábamos te quedarías. —Baja la cabeza y encoge los hombros—. Pero tú volvías a desaparecer y yo ya no sabía qué más limpiar, no sabía qué inventar para que vieras que tenía miedo de que no volvieras. Porque, si no volvías, ¿qué íbamos a hacer, mamá?

La expresión de mamá es tan triste, hay una tristeza tan real y tan honda en las arrugas que le llenan la cara, que durante un instante prefiero no mirar. No habla. Parece que ni siquiera respire. Solo escucha y espera, rendida, mientras los segundos se alargan entre los cuatro sobre la esquina y la tensión es casi líquida.

Entonces hace una mueca que encierra todo lo que no va a decir y susurra:

—Yo te miro, hija.

Silvia se pasa la mano por la mejilla. Desde donde estoy, no le veo la cara, solo una parte del perfil. Sigue con los hombros encogidos.

—Yo sé que limpias para que las cosas no duelan —dice mamá, tocándose el codo amoratado con el dedo—. Todos hacemos lo que podemos para que las cosas no duelan, hija, o para que duelan menos. Pero hay cosas que ya no se pueden limpiar. Hay manchas que no salen, por mucho que frotes, aunque te dejes las uñas y la vista. La vida mancha así, y para vivir con esas manchas hay que aprender a no mirar, o a no ver. —Sonríe, más para sí misma que para nadie, aunque no hay luz en su sonrisa, solo el reflejo rojo de la del semáforo. Luego se pasa una vez más la mano por el codo y dice, de nuevo a nadie—: A veces, cuando la vida duele demasiado, hay que irse. Hay que irse para saber y para querer volver. O al menos intentarlo.

Silvia levanta la vista hacia la luz roja del semáforo y un halo de color le enciende el pelo. No dice nada; nosotros tampoco. Al fondo, más abajo, el chasquido de una persiana y risas ahogadas. Raluca y Andoni y la música de un móvil que suena desde más lejos, desde la plaza.

—Ni siquiera te importa que me vaya, mamá —dice Silvia, bajando la mirada.

Emma y yo nos miramos y en sus ojos reconozco lo que diría si pudiera hablar: diría que esa es la pieza que Silvia no encaja en su rompecabezas, que es así desde que éramos pequeños y ella tuvo que hacerse mayor sola, inventándose el orden donde no lo había. Los ojos de Emma dicen lo que ella y yo callamos, pero hay un brillo de alivio en su mirada. La balsa había embarrancado y la voz de Silvia empuja desde atrás, soltando lastre.

Mamá la mira, pero no habla. La voz de Silvia lo llena todo.

—Brindar por tu hija cuando te dice que se va a vivir a la otra punta del mundo... ¿Así es como miras?

—dice—. Mirarme así es muy fácil, mamá. Querer así es muy fácil.

Mamá baja la vista y se pasa la mano por el cuello. Despacio, muy despacio, se masajea la nuca como si tocara puntos de un mapa que solo existen para quien los palpa. Cuando habla, su voz es pequeña. Vuelve la Amalia que vivía a la sombra de papá. Reducida, mamá está reducida.

—Yo... —empieza con la voz ahogada, pero se interrumpe. Es solo una fracción de segundo—. Se me ocurrió que, si te ibas, a lo mejor sufrirías menos —dice—. Por mí, quiero decir. Que estando lejos, estarías mejor. Más tranquila.

Vuelve el silencio. El único sonido que nos envuelve ahora es el rugido de un camión de la basura que pasa junto a la acera y que se aleja dando un acelerón hacia los contenedores del fondo de la calle. Cuando el rugido cesa, en su estela se deja oír la voz rota de Silvia.

—Yo no quiero estar más tranquila —dice—. Lo que quiero es que estés bien. Que estemos bien, mamá. Las dos.

Mamá se retuerce las manos antes de hablar. Cuando lo hace, cuesta oírla:

—Es que no me atrevo —dice con la voz llena de aire—. No me atrevo a pedirte que te quedes. —Silvia levanta la cabeza y ahora es ella la que entrecierra los ojos. Es sorpresa, el parpadeo es de sorpresa, pero también hay algo más—. Me da miedo que me digas que no... —dice mamá, hablando muy despacio—: Que por mí no...

Silvia ni siquiera pestañea. Desde donde yo estoy

veo el agua que le llena el ojo que queda a la luz. Hay una mueca en los labios que no alcanzo a descifrar y un parpadeo de piel en la mandíbula.

—A mí me gustaría, mamá —dice, con una voz igual de encogida que la de mamá—. Me gustaría que me lo pidieras.

Asoma de nuevo la sonrisa triste de mamá, y con ella llega también un nuevo silencio, un silencio que es espera en la espalda contraída de Silvia y que se alarga sobre el tiempo mientras Emma fuma a mi lado y todo parece quedar suspendido en una burbuja llena de piezas que solo mamá y Silvia deben repartirse. Silvia espera que ocurra lo que lleva esperando desde que mamá empezó a irse sin despedirse. Espera una mirada, poco más, para completar su rompecabezas de agravios y poder respirar mejor, pero a su lado mamá sigue en silencio, retorciéndose las manos en la esquina, sin atreverse a confiar. Mamá vuelve a ser la Amalia que papá adiestró para el temor y tiene miedo de dar y que duela, de que haya venganza y también trampa. Por eso no se encuentra la voz y sus manos siguen retorciéndose, sin atreverse, pero sabiendo a la vez que no puede continuar callada. Hasta que, cansada de esperar, Silvia da un par de pasos hacia mí.

—Deberíamos irnos, Fer —dice con una voz en la que no queda ni un gramo de emoción.

Emma tira el cigarrillo al suelo y exhala una bocanada de humo blanco. A sus pies, Shirley se levanta y yo paso el dedo por la pantalla del móvil en un gesto que ni siquiera evito. Asiento con la cabeza y Silvia vuelve a dar un par de pasos hacia mí. Cuando va a decir algo más, la voz de mamá suena, temblorosa, desde el semáforo.

—Se me hace muy raro tener una consuegra que se llama como la niña de la escoba de Harry Potter —dice la voz.

Silvia se para en seco y sigue mirándome, tensa como un cable, aunque no sé si me ve. En sus ojos, hasta ahora opacos, asoma un brillo que no llega a ser luz y el músculo que palpitaba en la mandíbula se relaja.

—Además es un poco rara —insiste mamá, cuya voz suena repentinamente más segura—: Solo dice «ajá» y se viste como Peggy Sue.

Silvia cierra los ojos. Los hombros se relajan, la mandíbula también. En los labios hay algo que no estaba allí hace un segundo. Es una sonrisa. Mínima y cansada, pero sonrisa. Espera un poco antes de hablar.

—Mamá —dice—, Hermione solo dice «ajá» porque no habla una palabra de español. Te lo he dicho mil veces.

Detrás de ella, junto al semáforo, mamá asiente y baja la cabeza. Más segundos. Más espera. Emma coge a Shirley del suelo y le da un beso en la cabeza. Lo demás es calle, esquina, madre e hija.

Mamá vuelve desde su trinchera.

—Creo que no quiero tener una hija *melonita*.

Silvia abre los ojos. Ahora sí. Ahora brillan, llenos de humedad, y la sonrisa está entera. Me mira, pero no me ve. Ve todo lo que flota alrededor de nuestra balsa, lo que sobrevive, y se ve navegando con nosotros, se ve dentro, encima, parte de. Y cuanto más se ve, más humedad hay en los ojos y más amplitud en la sonrisa. Y cuanto más está, más vuelve la Silvia que es, con sus más y con todos sus menos, la que fue mayor por mala suerte y tuvo que crecer contra sí misma.

—Es menonita, mamá —la corrige, negando con la cabeza y poniendo los ojos en blanco—. Con «n». Me-no-ni-ta.

Detrás de ella, mamá levanta la cabeza y asiente, con cara de ancianita obediente. Ha vuelto. Amalia ha vuelto y con ella hemos vuelto todos. Lo dice su gesto y también la luz que desde el semáforo rebota en sus ojos casi ciegos y que vuelve a repartir sobre nosotros.

—Claro, cielo —dice—. Pero a las *melonitas* no les dejan tener lavadora, ni lavavajillas, ni calentador, ni calefacción. Y tú eres muy friolera, hija, así que no sé yo...

Silvia da media vuelta y echa a andar hacia mamá con las rodilleras colgando del brazo. Junto al semáforo, mamá aprovecha el pequeño respiro para volver a hablar.

—Pensilvania —dice entre dientes, chasqueando la lengua y negando con la cabeza—. Si por lo menos fuera Sídney... —Y en ese momento se le ilumina la cara y sonríe como una niña feliz antes de decir—: A lo mejor podríamos ir a conocer a Chris...

Silvia llega hasta ella, tiende la mano y la coge del brazo. Mamá la mira, entre sorprendida y recelosa, y al ver que lo único que quiere Silvia es ayudarla a andar mejor, se relaja, sonríe y cubre con su mano la de Silvia que, volviéndose a mirarla, le dice con una dulzura que descoloca a mamá:

—¿Te duelen mucho?

Mamá la mira, sin comprenderla.

—Las rodillas. ¿Te duelen?

Mamá baja la mirada.

—Un poco —responde, doblando la pierna derecha y apretando los dientes.

—¿Crees que podrás caminar?

Asiente.

—Claro.

Echan a andar las dos, rodilla con rodilla, muy despacio, la una apoyada en la otra como dos sombras, cada vez menos bañadas por la luz ahora verde del semáforo mientras detrás de ellas, viéndolas alejarse juntas, Emma y yo nos miramos. El intercambio de miradas dura apenas un instante, pero es suficiente. Emma tira entonces con suavidad de la correa de Shirley, viene hacia mí y, cuando está a mi lado, entrelaza su brazo en el mío y dice casi en un susurro:

—Vamos.

6

Aunque la puerta está cerrada, al otro lado del cristal veo a Carmen sentada detrás del mostrador: el pelo rubio, la frente ancha, una perla asomando a un lado y los ojos claros. El resto queda oculto bajo la madera. Ahora que estoy aquí, noto las piernas débiles y cuando levanto la mano para llamar al timbre y la veo temblar, me arrepiento de haber venido solo. Por un momento estoy a punto de dar media vuelta, salir a la calle y esperar a que lleguen mamá, Silvia y Emma.

—Adelántate tú —ha dicho Silvia cuando apenas habíamos andado cinco minutos, avanzando a un paso exasperantemente lento—. Nosotras llegaremos enseguida.

Venir los cuatro no ha sido una buena idea, no con mamá así, tan dolorida. Tendría que haberlo imaginado. En cuanto hemos cruzado la plaza, Emma se ha separado de mí, se ha colocado a la derecha de mamá y la ha cogido del brazo que tenía libre para ayudarla a caminar. Demasiado dolor, demasiada hinchazón. Cada paso era una pequeña tortura para unas rodillas que a duras penas podían flexionarse. Así hemos seguido unos minutos, hasta que finalmente Silvia ha terminado por sentar a mamá en el escalón de una portería para que descansara un poco. Mamá ha soltado un suspiro de alivio y ha estirado las piernas. Luego, del bolso, ha sacado su libreta amarilla y, abriéndola por la primera página que ha encontrado, ha garabateado algo antes de volver a guardarla.

—Creo que deberíais adelantaros vosotros —ha dicho—. Yo puedo ir sola.

Silvia se ha vuelto a mirarla.

—Ni hablar. —Ha negado con la cabeza—. Necesitas que alguien te ayude.

Mamá ha insistido:

—Pero es que Fer tiene que llegar. Y no está bien que vaya solo.

Silvia ha estado a punto de contestarle, pero Emma se le ha adelantado.

—No estará solo, mamá —ha dicho, intentando tranquilizarla—. Nosotras llegaremos dentro de nada. Además, tal como estás, no podemos andar a su ritmo, y no creo que quieras esperar, ¿verdad? —dice, girando la cabeza hacia mí.

He dudado. He dudado antes de responder, pero la duda se ha disipado en cuanto he mirado el reloj. «Media hora», decía Carmen en su mensaje. Desde entonces habían pasado casi treinta y cinco minutos y todavía tardaría otros diez en llegar a la clínica.

—Mejor que me adelante, sí —he dicho. Luego he tragado saliva, me he acercado a mamá y le he dado un beso antes de marcharme. Ella me ha cogido la mano y me la ha estrechado con fuerza—. Nos vemos ahora.

Y ese «ahora» es ahora, y el timbre suena desde mi dedo, repartiendo un tintineo metálico al que Carmen responde desde el mostrador, levantando la cabeza. Enseguida se levanta, llega con paso rápido hasta la puerta y la abre.

—Hola, Fer.

Aunque los ojos de Carmen son verdes, a la luz de los fluorescentes son simplemente claros. Normalmente sonríen, sonríen solos, independientes del resto de sus rasgos. Normalmente dicen cosas no elaboradas, como los de un niño: bien, mal, alegría, preocupación, enfado, molestia, gracias... Sus pupilas son lo primero que vemos los clientes al entrar a la clínica y también lo último que nos despide y ahora, esta noche, busco en ellas algún mensaje que me ahorre cuota de dolor, aunque en vano. Sus ojos no dicen nada. Debajo, la sonrisa cerrada es todo lo que ella no es: mecánica, rígida, lejana. Nos quedamos plantados junto a la puerta hasta que Carmen adivina que voy a preguntar más de lo que ella sabe, o puede decir, o quiere decir. Entonces se me adelanta y, señalando con un gesto hacia la puerta de la primera consulta, dice con suavidad:

—Miguel te espera.

Miguel me espera. Tengo tantas preguntas, tanto miedo, tanto de todo y es tan poco sano lo que me circula por dentro que cuando recorro los escasos cinco metros que separan la entrada de la puerta y entro en la consulta, ni siquiera saludo. Simplemente me acerco a la silla como un mecano, la retiro, me siento, me cojo las rodillas con las manos para que dejen de temblarme y, mirando a Miguel a los ojos, pregunto con una voz que es más aire que timbre:

—Está vivo, ¿verdad?

Él se quita las gafas y asiente.

—Sí.

Dejo escapar todo el aire que me llena los pulmones. Él no dice nada más y yo no puedo esperar.

—¿Pero? —pregunto.

Pone las dos manos sobre la mesa antes de hablar, luego baja la vista y dice:

—Todavía no está fuera de peligro.

Siento un pinchazo en el pecho y después una ola de calor que me sube desde los pies, mojándome entero. La ola es tan húmeda que noto la tela de la camiseta pegada a la espalda y algo que me quema en las rodillas. Aprieto más los dedos sobre ellas, pero no digo nada porque no sé qué voz me saldrá si hablo. Prefiero esperar. Conozco bien a Miguel y sé que con él hay que saber esperar.

—La buena noticia es que R está vivo y que las radiografías y la eco son buenas —dice—. No tiene ninguna costilla rota, aunque está lleno de laceraciones y de cortes que ya hemos curado.

Cosido. Laceraciones. Cortes. Me miro las manos. Tengo los nudillos tan blancos que intento destensar un poco los músculos para que por ellos vuelva a circular la sangre.

—Tampoco tiene afectados los órganos internos —sigue Miguel—, así que en ese aspecto podemos estar tranquilos. Tenía mucho dolor, por eso está en estado precomatoso. —Suena algo al otro lado de la puerta, un chasquido, y sus ojos se vuelven hacia allí antes de regresar a mí—. El dolor se debe sobre todo a la contusión torácica que le ha provocado un edema con derrame pleural. Se lo hemos extraído ya y las constantes vitales se mantienen bien, pero, como hay peligro de que pueda entrar en *shock,* tenemos que monitorizarlo y mantenerle el oxígeno. Las próximas doce horas son vitales: puede hacernos un trombo, puede sufrir una insuficiencia respiratoria o tener algún problema vascular, y hay que hacerle analíticas cada hora para prevenir una hemorragia interna.

Precomatoso, hemorragia interna, vascular, edema... Miguel habla como si recitara la lista de un pedido a un proveedor: «Tengo esto, necesito esto, me gustaría probar esto, guárdeme esto otro...». Habla de lo que hay y de lo que falla, de la mecánica del corazón, de posibilidades, plazos, práctica y teórica; y, a pesar de que sé que lo que dice importa, que tiene sentido, lo que yo oigo es una balada monocorde de tonos y semitonos que añaden calor a la ola de sudor que me quema la espalda. Oigo cosas que no entiendo, porque sé que esto no es lo importante. La mirada de Miguel dice que hay más, que si este es el discurso de las buenas noticias, la cara B, esa canción que nadie quiere oír, espera a que la aguja raspe el vinilo para que el estribillo lo llene todo.

Silencio. Miguel me mira ahora con sus ojos azules y con esa mirada limpia que R busca en cuanto entra a la consulta. Cuando entiende que ha recuperado mi atención, dice:

—La mala noticia es que se está produciendo una pericarditis. —Se interrumpe y espera a que yo diga algo, pero tengo tanto calor y respiro tan mal que no hablo. Pericarditis. «Eso es el corazón», me dice una voz que es la mía aunque suene extraña. El corazón—. En nada le haremos una punción con ecografía para extraer el líquido que sospechamos que es sangre —prosigue, levantando las manos de la mesa y juntándolas sobre su agenda—. Si efectivamente es sangre y no podemos parar el sangrado, el peligro es muy alto, porque la extracción puede provocar una parada cardiaca irreversible. Si es solo líquido, respiraremos tranquilos.

Podría decir que lo que siento es angustia, pero no sé si estaría diciendo la verdad. Podría decir que es miedo y supongo que no mentiría. Podría dedicar años a deshilvanar todo lo que me aplasta contra el suelo de la consulta, esa madeja de fechas, nombres, recuerdos, imágenes... instantáneas que se suceden a una velocidad de vértigo y que desfilan por la pared sobre la cabeza de Miguel. Tardaría años en describir, en descubrir, en ordenar. Y aquí sentado, esta noche, entiendo que todo eso, todo este entramado de vida que desfila sobre el blanco de la pared es duelo: duelo por anticipado, duelo por R y para atrincherarme contra la pena que lo llenará todo si el corazón de R falla y la noche me deja aquí sin él.

Quiero decirle que no. Quiero decirle: «Miguel, la cara B no, esa música no, el corazón no nos lo toques porque no andamos sobrados esta noche. Hace años que no ando sobrado de corazón, Miguel». Eso quiero decirle, eso y mucho más: hablarle de mamá, de Silvia y de Emma, y contarle que están de camino, que mamá cojea porque se ha caído al entrar en la cafetería, que ve poco, pero, cuando ve, lo ve todo, y que si

R se va, mamá se partirá por la mitad y con ella también la balsa sobre la que flotamos. Quiero decirle que R es lo poco que tengo desde que elegí tener poco y que las ausencias no pueden llegar siempre así, que mi cupo de pérdidas tempranas está lleno y que si pierdo a R, me pierdo otra vez y para eso necesito tiempo.

Quiero decirle eso y tantas otras cosas, que cuando puedo hablar, lo único que me oigo decir es:

—¿Puedo verlo?

Miguel mira su reloj y arruga un poco la frente.

—Está sedado —dice, encogiéndose un poco de hombros—. Es muy improbable que te oiga o que te reconozca, y mucho menos que reaccione, pero...
—Vuelve a encoger los hombros—. En cualquier caso, no tenemos mucho tiempo. Martina debe de estar al llegar para la punción.

No digo nada. Siento una bola en el pecho que no se mueve y que no es aire ni tampoco sólido. Es la madeja de todo lo que circulaba hasta ahora por la pared y que me llena la boca y el estómago como la ceniza.

—Las próximas horas son vitales —insiste, como si no lo hubiera dicho ya o como si temiera que yo no lo hubiera registrado—. Si la punción sale bien y pasa la noche sin novedad, mañana por la mañana estará fuera de peligro.

Silencio. Lo único que se oye en la consulta es una especie de gemido rítmico y ronco que entiendo que deben de ser mis pulmones. Lo demás es tensión. Y preguntas. Tengo tantas preguntas que podría llenar las cuatro paredes con ellas: quiero saber posibilidades, porcentajes, alternativas, alternativas a alternativas... control. Siento que si estoy, si me quedo aquí a pasar la noche con R, vigilando, no pasará nada. Siento que en esto lo vital soy yo, que si no estoy aquí R no luchará.

Cuando las preguntas empiezan a desvanecerse en mi cabeza, aplastadas por mi decisión de quedarme, el timbre de la calle me arranca de golpe de mi remolino de fango, despertándome a lo que hay. Al otro lado de la mesa, Miguel levanta la cabeza y vuelve a mirar su reloj mientras oímos la voz de Carmen que se entrelaza ahora con la de otra mujer.

Pasos. Pocos. La puerta se abre y entra una mujer morena y alta. Lleva los pantalones, la camisa y los zuecos verdes bajo una bata blanca. En el bolsillo de la chaqueta, bordado también en verde, su nombre: Martina.

—¿Eres Fernando? —pregunta, mirándome desde la puerta.

Asiento, pero no hablo. El que sí lo hace es Miguel.

—Ya le he contado como está —dice, mirándola—. Quiere pasar a verle.

Martina tuerce un poco la boca y cambia de pie el peso de su cuerpo. Está cansada y no lo disimula. Y preocupada, también está preocupada, aunque su preocupación es la crispación en modo alerta del médico de urgencias: tiene un caso urgente entre manos y lo demás, lo que no es mecánica, no computa.

Sé lo que va a decir antes de que hable. Adivino el tono, el timbre y también el gesto.

—No hay tiempo —dice, mirando a Miguel como quien mira a un niño que ha soltado alguna verdad que tendría que haber sabido guardar porque así lo habían acordado. Y enseguida añade, suavizando un poco la voz y también la mirada—: Preferiría hacerle ya mismo la punción.

Miguel asiente y baja la mirada.

—Claro —dice.

Martina me mira y esboza una sonrisa forzada antes de volver a hablar.

—Todo irá bien —sentencia—. Ya lo verás. —Luego mira a Miguel una vez más y añade—: Te espero dentro. Voy preparando las cosas.

Mientras los pasos de Martina se alejan por el pasillo, Miguel se levanta y cierra su agenda. Luego rodea la mesa y espera a que me levante yo también para ponerme la mano en el hombro y caminar juntos hacia la puerta. En cuanto doy el primer paso, siento un pinchazo en la rodilla y me acuerdo de R. El pinchazo sube entonces por la pierna y por la columna hasta la base del cerebro, multiplicándose por mil.

—Quizá sea mejor que no lo veas —dice Miguel cuando salimos al vestíbulo. Carmen levanta la cabeza desde detrás del mostrador al oírnos—. Verlo así... —dice, negando con la cabeza—. Vete a casa y descansa. Si algo se complica durante la noche, te avisaremos. Si no, mañana por la mañana, en cuanto llegue Carmen, te llamará para decirte algo.

Yo sigo con tantas preguntas sin respuesta, con tanto control por desplegar y tanto pinchazo en todo lo que no es hueso que no me muevo. Es como si dejando a R en las manos de Miguel y las de Martina sin estar yo con él estuviera fallando, faltándole.

—¿Y si la punción falla? —es lo primero que consigo preguntar—. ¿Qué pasa si falla?

Miguel no me mira. Carmen sí. Me mira y empieza a levantarse desde detrás del mostrador. No sonríe. También ella tiene cara de cansada. La mano de Miguel me aprieta el hombro un par de veces y, antes de echar a andar hacia la puerta de madera con el gran ojo de buey de cristal que separa el vestíbulo del primer quirófano, dice:

—No fallará. Verás como no.

La calle está desierta. Detrás de mí oigo a Carmen bajar la persiana metálica y cerrar después la puerta por dentro. Delante, a lo lejos, en la misma acera de la clínica, tres figuras muy pequeñas se perfilan contra la luz intermitente y naranja de las farolas como un recortable negro. Desde donde estoy no puedo ver si se mueven. Aparecen y desaparecen entre las sombras en el aire de la noche y un calor que huele a verano lo impregna todo mientras los mosquitos circulan persiguiéndose alrededor de la luz, sin ruido. Echo a andar despacio, flexionando las rodillas a pesar del dolor de piernas y de la tendencia natural de los músculos a seguir contraídos, y camino hacia el recortable como quien camina hacia lo que intuye, porque todo lo que sé es que la luz está detrás, que la dejo detrás con cada paso que doy y que quizá no vuelva a bañarme más en ella. Lo que sé es que camino porque la mecánica es ahora la que se impone, dentro y fuera de la clínica, y que envidio a Silvia porque no tengo su fe: no sé limpiar para que las pérdidas no sean reales, no froto la vida para que el brillo deslumbre lo malo y lo que hace daño pase de largo y no duela. Si pudiera, si creyera, esta madrugada limpiaría la calle entera con las uñas para no tener que pensar y que fuera ya mañana y que mañana fueran buenas noticias. Si pudiera, limpiaría una vez y otra para volver atrás y que esta noche todavía no hubiera llegado.

Si pudiera, si creyera de verdad que hay algo que yo pueda hacer para que la suerte cambie, haría, movería, accionaría. Pero lo único que hay entre mi sombra sobre el asfalto y el recortable negro que parece avanzar, ahora sí, lentamente hacia mí desde el fondo de la calle, como una balsa, es la espera.

La espera y también la suerte.

Hoy no ha sido un día de suerte. En algún rincón del mosaico familiar que conjugamos los que todavía quedamos, alguien ha abierto por error una ventana y un viento seco lo ha barrido todo. La mala suerte ha desordenado sobre nuestra balsa las piezas del rompecabezas que nos articula y nos ha dado apenas unas horas para ordenarlas y descubrir qué imagen es la que traerá la mañana.

La pieza que ha dejado el viento sobre la balsa es el retrato de R. Mira hacia arriba, vigilante y confiado en que sabré colocarle en el hueco que corresponde. Al dorso estoy yo, alejándome para poder ver el rompecabezas desde la distancia y encontrar nuestro hueco en el tiempo, en este tiempo, para no perdernos.

Ordenar y descubrir. Descubrir y conjurar. Queda mucho trabajo todavía.

Mucha noche.

No podemos fallar.

Libro cuarto

Un perro y una madre

> Siempre hace falta un golpe de locura para desafiar un destino.
>
> MARGUERITE YOURCENAR

I

Las ventanas abiertas dejan entrar el silencio que envuelve la plaza y que ahora es todo lo que guarda la madrugada. En el salón de mamá solo hay una lámpara encendida. Es un punto de luz pequeño y tímido, casi un hueco amarillo. A su lado, en la mesita, el reloj de la abuela marca las 05.30 horas.

Aunque son apenas quince minutos los que se tarda en llegar andando desde la clínica, cuando, después de salir del veterinario, finalmente nos hemos reunido los cuatro en la calle, mamá no podía dar un paso más y Silvia ha llamado a un taxi que, después de dejarnos aquí, ha seguido con ella y con Emma en dirección al centro. Hoy duermen las dos en casa de Silvia, montando también ellas guardia en la distancia. Más fácil así.

—Cualquier cosa, llama —me ha dicho Silvia al oído en el taxi mientras me daba un abrazo que, por falta de costumbre, he encajado a destiempo—. Lo que sea.

Luego mamá y yo hemos intentado comer algo, pero ella estaba tan dolorida que enseguida se ha acostado y yo he sido incapaz de probar bocado.

Ahora duerme en su cuarto, y yo sigo aquí sentado, mirando por la ventana con el móvil en la mano. He intentado dormir un par de veces, pero en cuanto he cerrado los ojos y he visto lo que he visto, he vuelto a abrirlos. No es noche de sueño. Es una de esas noches largas de vigilia, café, angustia, luz pequeña, aire de verano y descuentos mientras al otro lado de la ventana, más allá de la plaza con sus farolas encendidas, sus parterres de flores rojas y el quiosco que parece apoyarse en la barandilla de la estación de metro está la clínica. No la veo desde aquí, pero sé que está. Lo sé como sabemos a veces que sobra lo que duele o que falta lo que falta cuando falta lo que importa.

—¿No duermes?

Es mamá. Está de pie junto a la mesa del comedor, apoyada en el respaldo de una silla con su quimono blanco de seda falsa salpicado de carpas rojas y sus Crocs de Hello Kitty. Lleva las rodillas al aire, negras e hinchadas, aunque las cubre una especie de pasta blanca que no sé lo que es, pero que desde aquí huele a mentol. A su lado, Shirley monta guardia, sentada en el suelo blanco, con ojos de sueño y la lengua fuera.

—No puedo —le digo, volviendo a girarme hacia la ventana.

Silencio.

—¿Sabes una cosa? —pregunta a mi espalda, sin moverse.

—No.

—Creo que me apetece un chocolate caliente.

Si la situación fuera otra, le diría que volviera a la

cama y que lo que menos le conviene es seguir abusando del chocolate como lo ha hecho hoy. También disimularía una sonrisa y seguramente tendría que chantajearla para que se acostara y pusiera las piernas en alto, pero la situación es la que es y yo agradezco su compañía. Agradezco que esté, esa es la verdad.

—¿Te preparo uno? —pregunta desde la mesa.

—Vale.

Ruido. Mamá trasiega en la cocina, que está abierta al comedor. Enseguida se le cae una cacerola y Shirley suelta un ladrido ahogado. Luego la oigo abrir armarios, sacar tazas y cucharas y también una bandeja. A mi lado, en el reloj avanza el minutero y al poco, el aroma del chocolate se mezcla con el olor a mentol que llena el salón.

Después hay pasos. Muy lentos. Acompañados del tecleo continuado de cuatro patas cortas.

—Toma. —Deja la bandeja encima de la mesita y al ver que extiendo la mano hacia ella, dice—: Quema, ten cuidado. —Luego se sienta en el sillón que está junto al mío con un gemido de dolor, alarga la mano, coge una taza y la sostiene en alto antes de que Shirley suba de un salto y se le acomode sobre las piernas.

Vuelve entonces el silencio. Es un silencio lleno de cosas que no son únicamente tensión y que solo interrumpe el tintineo de la cuchara de mamá en la taza: un sonido rítmico del metal contra la porcelana que, sin saberlo, se adecua al avance del segundero en el reloj. Más allá de la plaza, en el horizonte, algo clarea.

—Tendría que haber entrado a verlo —digo, y lo

digo sin querer, casi sin darme cuenta. Llevo tanto tiempo repitiéndomelo en silencio desde que estoy aquí sentado que por un momento dudo de haberlo dicho en alto.

—No digas eso. —Mamá habla con suavidad, como si le doliera decirlo. O como si le hablara a un niño que no quiere dormirse.

En ese momento Shirley cambia de lado la cabeza y bosteza sobre su regazo.

—Tendría que haber insistido —digo—. Seguro que Miguel me habría dejado entrar.

Mamá no dice nada. Se acerca la cuchara a los labios y la toca con la lengua, pero el chocolate quema y lo piensa mejor. Luego arruga la boca en una mueca triste.

—No te ayuda pensar así —dice—. No te hace bien.

Vuelve una vez más el silencio y el tintineo de la cucharilla en la taza de mamá marca su versión del tiempo, que para mí es descuento. Espero a que siga hablando, pero parece haberse concentrado en algo que no está aquí o que yo no veo.

—Es que no puede ser que me pase esto otra vez, mamá —me oigo decir con una rabia que es menos de la que parece, porque hay en ella mucho agotamiento y también sueño—. No puede ser que R se vaya así. —Miro a mamá, que al moverse en el sillón ha quedado envuelta en el pequeño halo amarillo de la lámpara—. Que ni siquiera pueda despedirme de él.

Más silencio. Más cuchara contra la porcelana. Más mamá callada en su butaca, escuchando como si esperara oír algo muy concreto para intervenir.

—No puedo quedarme aquí sin hacer nada, esperando a que me llamen para saber si vive o no —digo, pasando el dedo por la pantalla del móvil y dejándolo en el brazo del sillón.

Mamá deja de revolver su chocolate y sonríe, aunque su sonrisa es una línea triste, real pero triste.

—No —dice—. No puedes.

La miro. Habría preferido otra respuesta. Me habría gustado oír: «No te castigues, Fer. No hay nada que hacer. Ahora descansa. Intenta dormir. ¿Quieres una pastilla? ¿Algo?». Me habría gustado esa versión más madre de mamá, pero por su voz, por el tono de su «no puedes», entiendo que hay en ella una declaración de intenciones que lleva masticando desde hace un rato, quizá más, y que es parte de ese gesto ausente que yo no sé interpretar.

—¿Y qué puedo hacer? —le pregunto, barriendo con la vista el recortable negro de las azoteas contra el cielo que ya no es negro, sino falto de luz—. ¿Qué hago?

Mamá deja la cucharilla en la taza y se cambia el plato de pierna.

—Buscarle un nombre.

La respuesta me cierra de golpe la garganta. No la entiendo, ni el contenido ni tampoco el momento. Y no me gusta. Si lo que intenta es ser graciosa, no me gusta.

—No tiene gracia, mamá.

Niega un par de veces con la cabeza.

—No, ninguna —dice. Luego se vuelve a mirar por la ventana y entrecierra los ojos. La primera línea de claridad cruza ahora lo oscuro y mamá arruga la frente, intentando enfocar—. Lo que quiero decir es que le debes un nombre, Fer —aclara, sin apartar la mirada de lo que hay fuera—. A R le debes un nombre.

Deslizo una vez más el dedo por la pantalla del móvil. No hay mensajes. Nada.

—Se llama R, mamá —le contesto con una voz de fastidio y de poco sueño que no me gusta pero que tampoco me molesto en modular—. Qué tendrá que ver su nombre con... con nada.

Mamá no habla enseguida. Durante un momento solo respira, atenta a algo que yo sigo sin ver, mientras en la plaza alguien camina deprisa, cruzando entre los parterres hacia el metro. Es una mujer.

—A lo mejor me equivoco y te molesta lo que te digo, pero si algo he aprendido en estos últimos años es que la única forma de que las cosas no se nos pierdan es nombrándolas —dice—. Pero para eso, para poner nombre a lo que importa, hay que ser valiente, Fer, y casi nunca lo somos. Te lo digo por experiencia.

No la miro. Sigo a la mujer con la vista y la veo llegar a la parada, bajar y desaparecer.

—Yo creo que lo que te pasa es que tienes demasiado miedo.

Ahora sí la miro.

—¿Demasiado miedo?

Asiente. También sonríe, aunque es una sonrisa tímida. De disculpa.

—No le has dado un nombre a R porque no te atreves, hijo.

No digo nada. El tono de mamá me pone en alerta, porque sé que es el de las ocasiones que en mi archivo de momentos comunes están marcadas con un punto rojo. Es el de la Amalia que necesita decir, mezclado con el de la Amalia que daría cualquier cosa por estar equivocada. Miro el reloj. Son las 05.50 horas.

—No te atreves a comprometerte, cielo —dice, estirando las piernas con una mueca de dolor y acariciando a Shirley en la cabeza—. Tienes demasiado miedo a querer, a querer y que no dure. A que se vayan pronto, como Emma. En eso sois iguales. En eso casi todos somos iguales.

Siento un nudo en la garganta que no se mueve, y también un hormigueo en las piernas. Es un hormigueo feo, incómodo. Delante de nosotros el cielo clarea, abriéndose ahora a una sombra que es luz, al tiempo que aparecen los primeros violetas en el horizonte.

—Por eso vives como vives —dice mamá con suavidad—. Por eso el campo, por eso no más parejas, no más amigos, no más gente cerca. —Se lleva la mano al codo y se lo masajea con cuidado, evitando mirarme. Luego, cuando creo que no va a seguir hablando, dice—: No sabes cuánto me alegro de haberte mentido con R.

Ahora el nudo baja de golpe hasta el pecho y lo que siento es un pinchazo. En un primer momento no entiendo el comentario y estoy a punto de saltar, pero ella se da cuenta y se me adelanta justo a tiempo.

—De habértelo llevado cuando perdiste a Max —aclara. Y añade—: Aunque sabía que me odiarías por hacerlo. —El pinchazo desaparece, la tensión no—. Pero no me importó, de verdad que no. Si no lo hubiera hecho, seguramente estarías todavía en el estudio de la playa, sin perdonarme a mí, sin perdonarte a ti y culpando al mundo para poder seguir agarrado a ese poco de vida que te quedaba. —Baja la mirada y deja escapar un suspiro—. Nadie nace para morir tan joven estando vivo, hijo. No nacemos para eso, y tú menos que nadie.

Trago más saliva y la saliva sabe a algo que no es metálico y sí salado. La mezcla de pena y de verdad tiene ese sabor. No se va. Cuando llega, no se va. Parpadeo unas cuantas veces porque siento la mirada líquida y algo que escuece dentro.

—Pero la solución fue solución a medias —sigue mamá—, porque aunque sé que quieres a R más que a nada, también sé por experiencia que lo que no tiene nombre no nos compromete porque no existe, y a ti te asusta tanto el compromiso, te da tanto miedo volver a quedarte fuera, o atrás, o lejos, ya no sé... que crees que si le das un nombre a R existirá del todo y entonces llegará lo peor, porque empezará a irse y hasta ahora todo lo que ha llegado se ha ido demasiado pronto. Por eso es mejor que no llegue nadie, que no duela más.

No me gusta. No me gusta oírla hablar así: para decir y no para conciliar. No me gusta que tenga razón. En esto no.

—Yo tardé cuarenta y cinco años en nombrar lo que no tenía con tu padre —dice, y aunque habla conmigo también lo hace con lo que recuerda de ella misma—. Cuando me atreví, entendí que hasta entonces no había estado preparada para oírlo, para oírme decirlo, porque sabía que cuando eso pasara ya no habría vuelta atrás. Y así fue. No la hubo. Pero hubo muchas cosas buenas que antes no veía: llegó esta casa, llegó Shirley, llegasteis vosotros, o lo mejor de mí para vosotros, y eso, ese compromiso con lo que desconocía, ese vértigo, me ha hecho mejor: mejor madre, mejor mujer y sobre todo mejor amiga de todas las mujeres y de todas las madres que no he sabido ser.

Me vuelvo a mirarla. Sentada en su sillón, con su quimono brillante, Shirley durmiendo en el regazo, los zuecos rosas y el pelo blanco y despeinado, parece una inofensiva mezcla de *geisha* y Mary Poppins mayor pillada entre funciones. Pero sé que lo que veo es lo que menos importa. La mirada de mamá, aunque forzada y arenosa, es benigna como lo es siempre, pero hay en su poca visión una lucidez que hacía mucho tiempo que no veía en ella y que recibo con un estremecimiento de alegría y tensión. «Es mamá —dice una voz que solo oigo yo porque no la comparto con ella—. Está aquí. Mamá sigue estando.»

—R no es un nombre, hijo —dice, acariciando a Shirley entre los ojos—. Si se muere, necesitarás uno para despedirte de él y para echarle de menos. —Shirley bosteza y estira una pata sobre el vacío—. Y si vive, lo necesitarás para aprender con él a vivirte más, a confiar más.

Bajo la mirada y, al relajar los hombros y el cuello, oigo un crujido que soy yo. Mamá también lo ha oído y la mueca de preocupación que no disimula me encoge más que el propio crujido.

—Búscale un nombre, Fer —termina, dejando

313

en la bandeja el plato con el chocolate—. Hazle caso a tu madre —añade, inclinándose hacia atrás, cogiendo a Shirley y preparándose para ponerse en pie—. Mañana, cuando lo veas, lo necesitarás.

Se levanta despacio, con un gemido de dolor, y se aleja arrastrando los pies seguida de Shirley hacia la mesa del comedor. Cuando llega a la silla de la cabecera, descuelga el bolso del respaldo, lo abre y saca su libreta amarilla con un suspiro de algo que debe de ser alivio. Deja entonces el bolso encima de la mesa, vuelve renqueando hasta mí y deposita la libreta en el brazo de mi sillón.

—Toma.

La miro sin entender.

—¿Tu libreta?

Ella niega con la cabeza y hace un amago de sonrisa.

—No es la mía —dice, poniéndome la mano en el hombro—. Es la libreta de R.

Durante un momento no digo nada. Sobre la mesa, el reloj marca las 06.10 y desde el otro lado de la ventana una ráfaga muy suave de aire húmedo entra en el salón, refrescándonos y llevándose los restos de noche que todavía quedan dentro. A mi lado, la luz amarilla de la lámpara ilumina menos contra los primeros blancos del alba y el momento de silencio se alarga hasta que cojo la libreta, la abro por la primera página y no puedo evitar una sonrisa que no llega a ser física cuando lo que encuentro es una especie de título que ocupa todo el blanco de la hoja y que, con la letra grande y redonda de niña de mamá, dice: «Libreta de R».

Un poco más abajo, casi a pie de página y entre paréntesis, leo: «(¡Hoy Fer por fin ha decidido adoptar a R!)».

Giro un poco la cabeza y vuelvo a levantar la vista para mirar a mamá.

—¿Y esto?

Me aprieta el hombro con los dedos.

—Ábrela —dice—. A lo mejor te ayuda.

Al principio no entiendo lo que veo. La segunda página es un entramado de palabras que forman una lista larga y desordenada que llena el blanco hasta el último hueco. Son palabras sueltas, escritas en colores distintos, algunas en mayúsculas, otras no. En cuanto empiezo a leer y dejo de fijarme en el todo para concentrarme en las partes, vuelve la presión al pecho y algo caliente me invade la cabeza desde dentro, llenándome de humedad, porque entiendo lo que las une. Entiendo lo que hay.

Todas las palabras empiezan por la misma letra.

«Ramón, Román, Ricardo, Rusco, Rulo, Ralito, Remigio, Ron, Risto, Renato, Rafael, Roberto, Rodolfo, Rolando, Román, Rolan, Rodrigo, René, Rubén, Rosendo...»

Nombres. Son nombres que llenan la página como un mosaico multicolor, escritos en días distintos, tamaños distintos, algunos en horizontal, otros en vertical, de arriba abajo y viceversa, como en una inmensa sopa de letras.

—Pero... —Soy incapaz de despegar la vista de la página—. ¿Son...?

—Nombres —dice mamá a mi espalda—. Para R.

Trago saliva y noto la boca seca. El calor no cesa a

pesar de la brisa fresca que ahora lo baña todo y desde fuera un coche arranca con un rugido en el semáforo. La mañana empieza a clarear contra la ciudad, redescubriendo sus rincones.

—¿Tantos? —le digo, sin dejar de mirar la página.

Mamá suelta una risa tímida a mi espalda y sus dedos se destensan sobre mi hombro. Luego se inclina sobre mí, tiende la mano y pasa la página de la libreta.

—Hay más —dice—. Muchos. Hasta el final.

Hasta el final. Paso las páginas, primero despacio, leyendo al azar algunos nombres —«Roque, Reinaldo, Rafael, Roni, Rolo, Rafita»— hasta que decido hojear la libreta como si fuera una revista: cientos, calculo que son cientos, miles de nombres, todos con la letra R. Hay nombres en los márgenes, entre las líneas, en las esquinas... un gran *patchwork* de nombres tejido con bolígrafos distintos, lápices de colores, rotuladores, ceras... decenas, cientos de erres seguidas de cientos de combinaciones que tapizan el blanco y entre las que tropiezo con cosas tan peculiares y tan... mamá como «Ramo, Raspando, Rastrillo, Rosauro, Ramalazo, Rascayú, Requeteguapo, Ratonpérez, Reymagodeorientemedio, Ratatouille, Rietetú». Es el mundo de mamá y es también el testimonio por escrito de su testarudez contra la mía: tres años conspirando en silencio por R en su libreta amarilla, no dándose por vencida porque nunca lo ha hecho y yo tendría que haberlo sabido. Tres años insistiendo en que le diera un nombre a R para que, si ocurría lo que ocurre hoy, esta madrugada, no se fuera de nuestra balsa así, de vacío.

Antes de hablar, inspiro hondo. No quiero que me tiemble la voz.

—Pero, mamá —le digo, intentando poner un poco de orden, no a lo que veo ni a lo que entiendo, sino a la madeja de cosas que me aplastan el esternón contra la espalda—. ¿Cómo quieres que encuentre un nombre entre todo esto?

Mamá deja escapar otra risa pequeña.

—No, hijo —dice, negando con la cabeza—. No lo entiendes. —Me pasa la mano por el pelo y después la retira—. Todos estos nombres son los que no —dice—. Los que no sirven.

Los que no sirven, dice. Sigo sin entender.

—¿Entonces?

Vuelve a pasarme la mano por el pelo.

—Invéntalo, cielo.

La mano se aparta.

—¿Qué?

—Que tendrás que inventarlo.

—Pero, mamá... aquí hay miles de nombres —digo después de pensarlo—. Seguro que ya los has escrito todos.

Suelta un suspiro y siento un pequeño chorro de aire caliente en el pelo.

—Por eso —dice—. Por eso tendrás que inventártelo.

—No te entiendo.

Mamá retira la mano de mi hombro y se separa del sillón. Luego la oigo alejarse por el salón con Shirley a su lado. Al llegar a la puerta del pasillo, se vuelve hacia mí.

—Cuando murió tu abuelo, la abuela me dijo

que con la edad había entendido que las letras de los nombres de quienes hemos querido son muchas veces las iniciales de lo mejor que nos regalaron —dice con una voz que ahora suena cansada—. Puede que eso te ayude.

De nuevo el nudo en la garganta, y de nuevo este calor en los ojos que lo vuelve todo borroso y que ahuyento con un par de parpadeos. En el silencio que sigue, quiero decirle a mamá cosas que en este momento no sé nombrar porque para algunas es necesario encontrar el tono exacto y esta noche tengo poca voz. Quiero decirle que tres años son muchos, que no debería haber gastado su vista así, peinando los días en busca de lo que no, que le queda poca y que me siento mal porque sé que tiene razón. Y que no me gusta que la tenga, aunque me haga bien. Quiero decirle eso y muchas otras cosas que durante estos últimos años no he sabido decirle, pero cuando me giro en el sillón para hablar, ella se ha dado la vuelta y dice, alejándose por el pasillo:

—Me voy a la cama. —Y, más tarde, antes de llegar a su habitación, la oigo murmurar—: Buenos días, cielo.

2

Aunque mamá ha insistido en que quería venir conmigo, he conseguido convencerla de que, con sus rodillas, lo mejor es que coja un taxi y nos encontremos en la clínica.

—Necesito caminar, mamá. Que me dé el aire —le he dicho después de llamar al taxi mientras ella terminaba de poner el lavavajillas. Me ha mirado con cara de pocos amigos, pero no le he dado tiempo a más. Ahora termino de cruzar la plaza mientras en mi cabeza no dejan de circular combinaciones de nombres que se repiten y se reordenan sin parar y cada paso que doy cuesta más, porque aunque no haya habido noticias de la clínica, sé que muchas veces lo del «si no hay noticias, es que son buenas noticias» no se cumple, y después de tantas horas navegando entre la desconfianza y la ilusión me siento incapaz de construir nada bueno.

«Todo irá bien —me ha escrito Emma hace unos minutos en su *whatsapp*—. En cuanto sepas algo, llama, ¿vale?» Vigilan, mamá, Silvia y ella vigilan, preparadas desde anoche para lo que ha de llegar y, aunque se lo agradezco y sé que a la larga contará, sé también que, si R no vive, la vigilancia, la suya, no me ahorrará pena. Será pena acompañada, pero dolerá igual.

No tengo un nombre para R. Esa es la verdad, aunque mamá no haya querido preguntar durante el desayuno. No lo tengo porque lo que sí tengo es demasiado sueño, demasiada angustia, demasiada tensión y muchas otras cosas que seguramente no me ayudan a pensar bien; y, desde hace horas, cada vez que me pongo a darle vueltas a lo del nombre me digo que en el fondo es una tontería y que para qué, que lo que importa es que R no se muera, que ya veré luego. Pero entonces oigo a mamá hablándome de lo que se nombra y de lo que no, de mis miedos y de lo que no me atrevo a tener y sé que no se equivoca, que sí importa. «No es un nombre de verdad —la oigo decir cuando me despisto y bajo la guardia—. No nombrar no es de valientes, hijo.»

Tiene razón.

Al pasar por delante de la cafetería de Raluca, la busco con la mirada, pero veo que todavía no ha abierto y automáticamente me vuelvo hacia la acera de enfrente. Allí sigue la persiana negra con la pintada y el mensaje que nos ronda desde anoche, con sus letras blancas y desiguales: «No dudar es de cobardes».

No dudar es de cobardes. Me paro un momento y vuelvo a leer, esta vez más despacio, y me acuerdo de la abuela Ester y de sus frases lapidarias, como la de la pintada. El recuerdo arrastra en cadena muchos otros: la risa de la abuela, su olor —el de los últimos años, cuando ya apenas salía y mamá la ayudaba a lavarse y le ponía colonia de bebé en el pelo—, las tardes viendo juntos *Eva al desnudo*, sus réplicas y las mías y todo lo que me dio en vida y lo que me ha dejado al irse. Me acuerdo de su voz y la echo tanto de menos que la añoranza es casi física, porque lo único que no conservo de ella es el presente y a veces duele. Y se me ocurre que si estuviera todavía aquí no habría podido resistirse a R, ni R a ella, que con R habría terminado su duelo por Rosi, habría cambiado una R por otra y habríamos podido compartir algo que nunca fue. Y entiendo que cuando se va alguien como la abuela, siempre se va demasiado pronto: siempre hay cosas que no se hicieron, huecos que no se llenaron, piezas del rompecabezas que no pudimos encontrar a tiempo porque nacemos sin saber dónde buscar y la búsqueda no termina nunca. Y ahora, cuando echo a andar de nuevo, se me ocurre que si tuviera que inventarle un nombre a R me gustaría que llevara algo de la abuela, de lo que fue cuando estuvo y de lo que sigue representando en nuestro rompecabezas familiar, ese faro que aún hoy ilumina la balsa de los que sobrevivimos para que siga sorteando lo que suma mal. En un nombre nuevo para R la abuela sería una F. La del faro que no se apaga porque se marchó encendido, demasiado pronto y demasiado a tiempo a la vez.

Y, con la F de la abuela, las palabras de mamá cobran sentido justo en el momento en que voy a cruzar la calle para girar hacia la avenida y seguir desde allí hasta la clínica. «Las iniciales de lo que nos dan —ha dicho mamá—. De lo que nos regalan.» Y es entonces, mientras cruzo la calle, cuando lo veo.

Lo veo como si alguien lo hubiera escrito en una nueva pintada delante de mí, blanco sobre negro, tan claro que casi me paro en pleno semáforo, ignorando el tráfico que ahora arranca, y me oigo decir a nadie:

—El nombre somos nosotros.

Y, en los cuatro metros escasos que me separan de la acera, siento que lo tengo, que tengo el nombre porque tengo también las piezas de este rompecabezas que es R. Las he tenido desde siempre y no las veía, porque a veces vemos solo lo que nos falta, no lo que acompaña.

«Las iniciales», ha dicho mamá. Y las iniciales son pocas, porque los que las regalamos somos también pocos: además de la R del Rompecabezas que R trajo consigo al llegar y la F del Faro de la abuela Ester, está la U de Silvia y de esas Uñas gastadas con las que ella frota y frota sin descanso para que lo claro no vuelva a enturbiarse y lo ajeno pase de largo, a veces con éxito, otras no tanto, pero siempre parte de todo lo que damos y somos; y a esa U se suma también la O de los Ojos de mamá, que ven casi nada y aun así iluminan tanto que no habría puerto seguro en esta balsa sin ellos, no habría día ni tampoco agua; y por último, la última pieza de este nuevo rompecabezas que hasta ahora ha sido R es la L de la Luz tranquila que Emma respira sobre los cuatro desde su montaña callada, con todas sus ausencias, las tempranas y las que quizá no recupere ya, y con esas ganas intactas de que alguien llegue para quedarse y cambie algo o lo cambie todo.

Son estas. Las iniciales son las que son porque ya estaban antes de que yo las descubriera. Por eso las reconozco: llegaron con la abuela y después de ellas llegó lo demás. Y ahora camino deprisa, con el corazón palpitándome en la cabeza porque, aunque parezca una estupidez, saber que lo tengo, que he entendido a tiempo lo que mamá quería decirme, es como si hubiera encontrado la llave del cofre bueno, el que guarda los deseos que se cumplen. «Tengo la llave, mamá», grito por dentro mientras, a un par de manzanas de la esquina que ahora piso, veo el cartel verde de la clínica y alcanzo también a distinguir un taxi que acaba de detenerse justo enfrente.

—Lo tengo, mamá —digo entre dientes, y lo repito una vez y otra, y otra más, mientras aprieto el paso hacia el cartel verde hasta que cruzo el último semáforo y el cartel ya no es distancia porque es aquí, es esta entrada y es mamá esperándome apoyada en la barandilla de la escalera. Y, en cuanto la veo, el corazón deja de palpitarme en la cabeza, porque lo que me ocupa ahora es una mezcla de asombro, enfado, fastidio y una especie de risa que es más nervios que otra cosa y que consigo aparcar a tiempo.

Con una mano en la barandilla, mamá espera en el primer peldaño de la escalera, mirándome con una sonrisa de dibujo animado mientras intento recuperar el habla, buscando algo que me ayude a entender.

—Hola, cielo —dice como una niña pillada en falta, sin dejar de sonreír. Está vestida exactamente como la he dejado en casa hace un cuarto de hora: el quimono de seda con las carpas rojas, los Crocs de Hello Kitty, las rodillas cubiertas de esa pasta que huele a mentol y en el pelo la cinta rosa con el logo de una crema de noche que se pone cuando se maquilla y que debe de seguir ahí porque ni se ha enterado de que la lleva puesta.

—Pero, mamá... —digo, sin saber cómo seguir.

—Ay, Fer... —salta enseguida, llevándose una mano al pecho—. Es que cuando he ido a vestirme, no podía ponerme la falda porque con las rodillas así no me puedo agachar y no llego. Y tú ya te habías ido. Entonces he querido llamarte, pero no encontraba el móvil porque Shirley lo había metido debajo de la almohada, y cuando lo he encontrado ha llegado el taxi, y claro, he pensado que, total, como no me iba a ver nadie... —dice, levantando un poco el pie y enseñándome el Croc rosa.

No puedo enfadarme con ella. No podría en circunstancias normales y mucho menos ahora, que son las que son. A pesar de la falta de sueño, de la tensión, del miedo a enfrentarme a lo que me espera dentro y de la euforia que todavía conservo por haber llegado aquí con el nombre de R y los deberes hechos, no puedo evitar una sonrisa. Viéndola así, agarrada a la barandilla con el quimono de carpas rojas y las piernas al aire, queriendo estar como sea, dolorida o no, vestida o sin vestir, pero aquí, sin fallar ahora como no ha fallado nunca, siento una oleada de ternura que consigo contener a tiempo y pienso que qué difícil ser madre cuando se hace así, qué difícil improvisar siempre, vigilar en las distancias cortas para que no se alarguen hacia lo que no ha de llegar, qué difícil moderar la pena, los duelos, las ausencias, la risa y también lo que no lo es. «Qué difícil, mamá», estoy a punto de decirle. Pero ella, que es muy poco amiga de los silencios, aprovecha el mío para dejar escapar un suspiro de alivio, se separa con cuidado de la barandilla y entrelaza su brazo en el mío para que la ayude a subir.

—¿Vamos? —dice.

No contesto. Un instante después empezamos a subir los cinco escalones que nos separan de la puerta acristalada mientras al otro lado, a unos metros de la entrada, Carmen nos ha visto y se levanta ya detrás del mostrador. Cuando llegamos al descansillo —entre los quejidos de dolor de mamá y la rigidez de piernas y brazos que casi me impide coordinarlos para terminar de subir—, la euforia, la que yo traía desde la calle, ya no existe. Ahora es un conjunto vacío que ha ido llenándose de angustia, miedo, anticipación y nervios. Tan densa es la sombra que llena el conjunto que me paro delante de la puerta, viendo acercarse a Carmen desde el otro lado y, con una voz que casi no suena porque casi no lleva aire, le digo a mamá:

—¿Y si no está vivo?

Mamá se vuelve hacia mí. Al otro lado del cristal, Carmen no nos mira. Tiene los ojos fijos en el juego de llaves que lleva en la mano.

—Cielo... —dice mamá con un hilo de voz justo en el momento en que Carmen da con la llave y la introduce en la cerradura.

—¿Qué haré si no está vivo, mamá? —me oigo decir.

A mi lado, ella sigue mirándome durante un instante hasta que entrecierra los ojos, me aprieta muy suavemente el brazo con los dedos y, cuando la llave gira en la cerradura, por fin habla.

—Llorar, hijo —dice, bajando la vista—. Llorar mucho.

Trago saliva e inspiro hondo, pero no hay tiempo para más porque la puerta se abre y en cuanto miro a Carmen a los ojos, veo grabadas en ellos todas las escenas, secuencias, diálogos, tomas, descartes, fallos de rácord, horas, minutos y segundos de lo que ha ocurrido aquí durante la noche y lo sé. Sé lo que hay y lo que se ha llevado la madrugada, y sé que lo que toca ahora es remar y volver a tragar saliva. Toda la opacidad que me despidió ayer en los ojos de Carmen es ahora el resumen de lo que debe decirme y el mensaje es tan claro, está tan claro en la inclinación de la cabeza, en el rictus de la mandíbula y en la mano que tiende hacia mí hasta apoyarla en mi hombro, que reconozco lo que viene y sé que mamá también, porque sus dedos vuelven a cerrarse sobre mi antebrazo y se quedan allí, apretándome con su poca fuerza hasta que Carmen me acaricia el hombro y dice, con una sonrisa que yo agradezco aunque no importe:

—R es un campeón.

Entonces se acaba todo, y se acaba así, de golpe, como cuando en el cine se encienden las luces y el terror se queda en lo visto, no en lo que es. Toda la tensión, las expectativas, el miedo al dolor, a la ausencia, a perder... todo se aparta a un lado como si hubieran descorrido una cortina y la luz entrara a raudales por la ventana, desnudándolo todo de lo que ya no sirve. Y, cuando quiero darme cuenta de que la cortina ya no está, de que la luz es real y calienta y de que la mala suerte no vive aquí, cuando quiero decir cosas porque esto tengo que compartirlo con Carmen y con mamá y con quien quiera saberlo para asegurarme de que es verdad y de que esta vez he ganado yo, mamá se suelta de mi brazo y empieza a buscar algo en el bolso, desconectada y apremiada por una urgencia que sorprende a Carmen tanto como a mí.

—Tengo que hacer una llamada, cielo —dice, sacando el móvil del bolso con un bufido. Está tan nerviosa y tan emocionada que le tiembla la voz y también la mano. No pregunto. Entiendo que quiere compartir esto con Emma y con Silvia y se lo agradezco, pero la luz que hay aquí es tan pobre que al verla intentando pulsar las teclas con la pantalla casi pegada a los ojos, le digo a Carmen:

—¿Te importa si la sentamos a la luz? Estará más cómoda.

Carmen la mira y, al reparar por primera vez en las rodillas heridas de mamá, frunce el ceño y hace una mueca de dolor.

—Claro —dice, cogiéndola del brazo con suavidad—. Vamos. Yo la llevo.

Cuando, más tarde, mamá está instalada en la silla de recepción con el móvil en la mano, me vuelvo hacia la puerta de la consulta.

—¿Puedo verlo? —le pregunto a Carmen. No es todavía mi voz, pero hay cosas en ella que ya reconozco y que suenan a mí.

Ella sonríe y asiente.

—Claro. —Al ver que sigo mirándola, porque no sé a dónde ir, añade—: Es esa puerta de allí. La del ojo de buey. —Y, con la mirada brillante, añade—: R está justo delante, verás qué sorpresa se lleva.

Echo a andar hacia la puerta, con las rodillas temblándome tanto que casi las oigo crujir, pero después de haber dado unos pasos me paro y me vuelvo hacia ella.

—R no —le digo—. Ya no, Carmen.

Me mira y frunce el ceño.

—Es Rulfo —me oigo decir—. A partir de ahora es Rulfo.

Mamá, que está encorvada en la silla, peleándose con el teclado del móvil, levanta la cabeza y me mira. Solo eso: me mira y nada más, como si pensara o como si paladeara algo, porque mueve la boca sin abrirla, concentrada en algo que no comparte.

Hasta que, con un mohín de satisfacción, dice:

—Es un nombre muy orgánico, hijo.

Sonrío. Ella también. Y nos quedamos así un instante, suspendidos los dos sobre el silencio que nos conecta entre su sonrisa y la mía, hasta que me vuelvo de espaldas y me acerco a la puerta.

3

Duerme. Rulfo duerme en su jaula. Desde la puerta lo veo enroscado sobre sí mismo detrás de los barrotes, con las patas traseras y la parte central del lomo envueltas en vendas. Tiene un corte en la oreja y otro en el morro, aunque no llego a distinguir bien lo que es herida y lo que no. Lo que siento a este lado del cristal mientras lo miro es que tengo la camiseta pegada a la espalda y las manos empapadas y que el corazón me bombea tan rápido en la garganta que el milagro, el real, es que él no lo oiga.

«Rulfo», pienso mientras lo veo dormir, y, como mamá hace un minuto, también yo paladeo el nombre y me pregunto si le gustará cuando lo oiga, si se acostumbrará a él y cómo será llamarle así, cómo será oírme llamándolo con un nombre que ya estaba inventado pero que yo no veía, cómo será lo nuevo. Rulfo es la Rosi de la abuela Ester y los catorce días de luto que calló para no llorarla, y es también la pena de no poder tener a Max aquí para decirle que me habría gustado despedirme de él y que no pude porque no llegué a tiempo para estar, y quizá sea también la compañía que papá no supo o no quiso darnos y todos, todos los huecos de este rompecabezas que las ráfagas de viento desordenan cuando uno de nosotros abre una ventana y una luz nueva nos descubre un nuevo tramo de vida en común.

Aquí de pie, con la frente pegada al cristal, llegan de golpe preguntas que se esparcen por el suelo de la consulta como las piezas de un nuevo rompecabezas, con sus «cómo», sus «a partir de ahora», sus «por qué» y sus «hasta cuándo», y entre el torrente de preguntas se cuelan también las dudas: si sabré hacerlo mejor con Rulfo que con R, si además de futuro habrá también oportunidad, si aprenderé a leer mejor las letras de los nombres que elija para que me acompañen de ahora en adelante, a tratar mejor, a confiar en lo que está fuera de esta balsa a cuatro que nos lleva para que la aventura tenga otros colores, otro aire, más valor. «No dudar es de cobardes», dice la pintada. Y sonrío otra vez porque esa podría haber sido una frase de la abuela Ester, que desde algún rincón de la memoria me mira ahora con un brillo de niña mayor en los ojos y dice, sin apartar la vista del televisor: «Los mensajes no llegan. No se mueven. Los mensajes están desde que existe el recuerdo». La abuela diría eso y muchas otras cosas que llenarían con su voz las paredes blancas de esta sala y también el silencio que la envuelve.

Sin embargo, no es la abuela quien rompe aquí el silencio de la mañana. Quien lo rompe es mamá desde su silla, apartándome del cristal redondo de la puerta, de Rulfo y de todas mis dudas con un:

—¡Hola, Iker, cielo! —grita a mi espalda, como grita siempre que habla por teléfono con alguien que no somos nosotros—. Sí, soy Amalia. ¿Te acuerdas? Hablamos anoche.

Silencio. Un segundo. Dos.

—Sí, sí, por eso te llamo. —Niega con la cabeza y chasquea la lengua—. No, no va a poder ser. No se lo queda, no. Es que ha salido todo bien y R... Rulfo... está estupendo, así que... Sí, sí...

Silencio.

—Claro. Aunque, ahora que lo pienso, a lo mejor podría acogerlo yo hasta que le encontremos una familia, ¿no? Total, ya puestos... además, un gran danés me encanta. Sí, son todos un amor, con sus patotas, sus babas y esa cosa tan... nórdica que tienen. A mi amiga Ingrid también le gustan mucho, pero es que ella es sueca y, claro, son un poco como vecinos...

Silencio.

—Claro, hijo, claro. Oye, una cosita quería decirte. Es que me comentó Andoni que eras... hmmm... gay, ¿no?

Silencio.

—No, no lo digo por eso. Es que, a ver, lo que no me quedó claro es si eras gay, gay o solo de paso.

Silencio.

—Ah, bueno, bueno. Y teníais familia en Australia, me dijo Andoni o algo, ¿verdad?

Silencio.

—Ah, vaya. Qué pena.

Silencio. Mamá se lleva la mano a la cabeza, descubre la cinta elástica que lleva en el pelo e intenta quitársela, con tan mala suerte que en vez de subírsela, se la baja y la cinta se le queda enganchada en el móvil por un lado y cruzándole la cara por el otro.

—Ya —dice, tirando de la cinta y aplastándose la cara con ella—, pero supongo que por lo menos veterinario sí serás, porque si no, no sé yo...

Sonrío. En su parcela de mundo propio, mamá sigue a lo suyo. Su campaña no descansa porque ella es así, así de incansable y así de madre, mientras a su lado Carmen no le quita ojo y no la culpo, porque desde fuera, vista así, sentada así y oída así, no es fácil seguirla. Desde mi orilla la miro sin que me vea, antes de volverme hacia la puerta y dejarla con su Iker, sus pequeñas conspiraciones, sus buenas y malas coincidencias y sus ganas de verme mejor; y cuando recupero el cristal de la ventana se me encoge el pecho, porque lo que veo al otro lado es a Rulfo despierto, tumbado todavía con la cabeza entre las patas y envuelto en vendas, pero moviendo el rabo sin parar contra los barrotes de la jaula.

Tic, tac. Tic, tac. La atención de Rulfo está puesta en la voz de mamá, a la que acompaña y acompasa con la cola sin que ella lo sepa. Rulfo sabe que ella está aquí y sabe también que mamá y él se pertenecen. Son el uno del otro, pasando por mí: los dos puntos donde se apoya este cable por el que transito con mi vara sobre el agua, Rulfo al sur del cristal y ella al norte, pero juntos, tocándose como se tocan a veces realidad y ficción, o como dos rodillas de un cuerpo que todavía no ha aprendido a caminar solo.

A mi espalda, mamá cuida de que la balsa flote, vigilando en pequeño para que ninguno de los que todavía seguimos a bordo se despiste y pierda pie. Delante de mí, *Rulfo* celebra la voz de mamá con la cola, anticipando lo que seguirá recibiendo de ella hasta que uno de los dos se convierta en ausencia y el otro siga solo, y entre los dos estoy yo, los ojos de mamá detrás, la cola de Rulfo delante. Y así, así de acompañado, siento que esto que tengo es poco pero es grande, y que quizá, después de todo, baste con una buena compañía para sentir que hemos tenido una buena vida.

Hoy, esta mañana de este verano que apenas empieza a serlo, lo pequeño ha vuelto a ordenarse y la balsa se desliza de nuevo en la corriente sobre los remolinos de recuerdos, las voces que fueron y que ya no están y una estela de peces rojos como flores que surcan el presente continuo entre el alivio, la luz y la supervivencia. Lo que nos lleva, lo que marca la compañía, es tan sencillo y tan doméstico como lo es la alegría en la cola de un perro que agita en el aire la voz de una madre.

Una madre y un perro.

Amalia y Rulfo.

La compañía, la que a mí me hace seguir, son ellos.

Lo demás, o lo mejor, quizá esté aún por llegar.

Quién sabe.

Agradecimientos

Quiero dar las gracias a todas las mujeres Pubill, por aguantarme en los claros y en los oscuros; a Sandra Bruna, porque ya son años; a Pilar Argudo, porque eres única y tengo el lujo de que lo compartas conmigo; a May Revilla, tú lo vales y lo vales mucho; a Silvia Valls, no se puede ser más generosa; a Menchu Solís, cómo no y cuándo no; a Ofelia Grande y a Elena Fernández Palacios, porque sin vosotras nunca habría llegado y porque sois muy grandes; a todos/as los/as *bloggers*, libreros/as, bibliotecarios/a, periodistas que desde que llegué no habéis dejado de tratarme con un cariño que espero que no desaparezca nunca; a mi gente de Facebook y de Twitter, qué haría yo sin vuestras voces y sin vuestras miradas; a Anna Soldevila y Emili Rosales, porque trabajar en equipo te hace sentir en casa; y a Juan Vera, Mariella del Riego, Mercè Cañabate, Mercè Ubach, Mario García y Alba Serrano, porque me he sentido en las mejores manos.

Y, sobre todo, quiero dar las gracias a Quique Comyn, porque el cincuenta por ciento de la salud depende de tener un amigo como tú, y a Rulfo, porque mientras sigas conmigo todo estará bien, aunque haya veces que no lo esté.